脳科学捜査官　真田夏希

鳴神響一

目次

第一章　婚活！　5
第二章　アリシア　33
第三章　かもめ★百合　112
第四章　マシュマロボーイ　170
第五章　ジェノサイド　278

第一章　婚活！

【1】@二〇一七年七月十七日（月・祝日）夕

夏の大三角形がさえざえと輝いている。

横浜《よこはま》市立大学舞岡《まいおか》キャンパスの校舎の灯《あか》りが雑木林《ぞうきばやし》の丘の上で揺れている。

さわやかな風が吹くなか、夏希《なつき》は家を出た。

初めて会う織田《おだ》という男と待ち合わせたのは、横浜駅近くの高層ビルの最上階にあるローストビーフ専門店だった。

飲食店での待ち合わせならば、相手の顔を知らずとも無理なく出会える。

今夜はアクアのカットソーに白のクロップドパンツというシンプルでさわやかなコーデを選んでみた。エアコン対策として白紺ボーダーのコットン・カーディガンを羽織った。

エレベーターを降りた夏希は、頰をいくぶん上気させながら、店のエントランスをくぐった。

受付に立っているマネージャーらしき男性に、織田の名を告げる。

スタッフに案内されて、満席のテーブルの間を店の奥へと進んだ。

「こちらでございます。お連れさまはお見えになっていらっしゃいますよ」

織田は、気の利いたことに個室を押さえてくれていた。

ドキドキしながら部屋に入ると、コットンジャケットを羽織った背の高い男が夜景を眺めて、窓辺に立っていた。

部屋に入った気配に気づいたのか、男は夏希へと振り返った。

「こんばんは。初めまして、織田信和《のぶかず》です」

背後のガラス窓の夜景がぼおっと輝いて見えた気がした。

少なくともいまの職場には、絶対に存在し得ない男がそこにいた。

細面で鼻筋の通った理知的な顔立ち、筋肉質ですらっとした立ち姿……。

（イケメン……）

いい意味で予想をはるかに裏切った男の出現に、夏希の舌はもつれた。

「あ、あ、さ、真田《さなだ》夏希と申します」

「ま、座りましょう」

織田は親しげな笑みを浮かべると、手振りで椅子を指した。

二人はほぼ同時にテーブルに着いた。

「僕はツイているみたいです。真田さんのような素敵な方とご一緒できるなんて」

織田の両眼には、素直な憧《あこが》れの色が宿っていた。

自分と初対面の男のこのような視線に夏希は慣れていた。容姿には自信がないわけではない。

「わたしのほうこそ」

なんとか舌が正常に戻った。続けて何か言うべきだと思った。黙っていると、緊張して予想外の行動を取ってしまうおそれがあった。

夏希の右手には、きらめく夜景がひろがっていた。

（函館《はこだて》の夜景は大好きだけど、横浜は規模が違うね）

右手にはみなとみらい地区の高層ビル群が光の林と続く。

真正面にはベイブリッジが端正な弧を描いて輝いていた。

左手の遠景には製油プラントのタンクやパイプの複雑な造形が光のオブジェにも見えた。

横浜に移り住んだのはこの四月。すべての景色が新鮮に夏希の目に映る。とりあえず夜景の話でもしよう。

「素晴らしい夜景ですね。海側の部屋を取っていて下さったおかげです」

「お気に召して頂けて嬉《うれ》しいです」

ウォッシュの利いたカジュアルなコットンジャケットは、海辺を感じさせる明るいブルーが新鮮だった。オフホワイトのダンガリーシャツともチノパンともよく似合っている。

ファッションセンスのよくない男は、自己を客観視できない場合が多い。

店選びのセンスも抜群である。

（なんでこんなイイ男が一人なんだろう……）

当然の疑問が浮かんだ。結婚していないとしても、彼女がいて当然である。少なくとも、由《ゆ》香《か》の夫に紹介を頼む必要などないようにも思う。

白いコックコートの若い女性スタッフが、オードブルの並んだ檜板《ひのきいた》のプレートを持って来た。

まずは二人の出会いを祝してスパークリングワインで乾杯である。

アワビ、帆立、スモークサーモンなどの魚介類の前菜はどれも新鮮で味付けも品がよい。

「この店は眺めもいいし、お料理も最高ですね」

「僕も気に入っているんですよ。でも、真田さんがフレンドリーな方でよかった」

「どういう意味ですか」

グラスを傾けながら、織田は夏希の人柄を確かめるように、何気ない会話を始めた。

「そうは言ってもカジュアルなお店じゃないですか。厳しい方だと、『わたしはそんなに安い女じゃない』って怒られちゃうかなと思って」

いまどき、そんな上から目線の女など見たことがない。これは一種の引っかけ問題だろう。高飛車女に対する夏希の反応を見ているものに違いない。油断のならない男である。

「そんなやんごとなき育ち方をしてみたかったです」

夏希は笑いでごまかした。

「やさしい方で安心しました。話変わるけど、いい曲ですよね。ミウシャですね」

店内にはちょっとハスキーなボーカルのゆるやかなブラジリアン・ポップが流れていた。

「織田さんは、ボサノヴァがお好きなんですか」

「ええ、小野《おの》リサさんのライブにも何度か行きました。真田さんはどんな音楽がお好きなんですか」

音楽にそんなにこだわりがあるわけではない。

ただ、自分のいる空間に漂うような曲が好きだった。

「そうですね。ブラジリアンもいいですが、フレンチ・ポップとかの軽いものが好きです。織田さんは？」

「そんなにこだわりはないのですが、僕もあんまりビートの強くない曲が好きですね。エリック・サティが自分の音楽は家具のようであるべきだと言っていたそうです。ある意味、非常に傲慢《ごうまん》な言葉だと思いますが、僕もふだんは仕事の疲れを癒《い》やしてくれるようなやさしい曲を好んで聴きますね」

（音楽センスも合う！）

夏希は、内心で喜びの声を上げた。

十代から二十代にかけて、夏希には少ないながら男性と交際した経験がある。そのときの苦い想い出から男女の相性には、性格はもちろんだが、センスが一致することが大事だと考えている。

たとえば、大学院に通っているときにつきあっていた同級生は、頭脳レベルはよく合っていたし、温厚な人柄で一緒にいてあたたかい気持ちになれる男だった。

ただ、ガチガチのクラシックファンで、しかもオペラ好きと言うよりフリークだった。

クルマを所有する彼は、筑波《つくば》大学のキャンパスから離れた雑木林に臨む一軒家を借りていた。

彼の部屋に行くと、たいていオペラの歌声がガンガン流れていた。

オペラに素晴らしい芸術性があることは理解していたし、ヨーロッパでは多くの国で大切な存在と考えられていることも知っていた。

だが、大音量の甲高いソプラノが、夏希はとても苦手だった。

大脳、側頭葉の上側頭回、横側頭回に位置する、別の言い方をすれば、ブロードマンの脳地図における41野と42野にある「一次聴覚野」に突き刺さるのである。

どうしてもガマンしかねたが、相手の大切にしているものを、簡単に否定することはできなかった。彼の部屋を訪ねる回数がどうしても間遠くなっていった。

オペラだけが別れた原因というわけではない。だが、食べ物の好みや音楽の好みは、男女の交際の上では、とても大切なファクターであることを夏希は学んだ。

「織田さんは公務員なんですよね。おつとめはどちらですか？」

「僕は霞《かすみ》が関《せき》の中央合同庁舎につとめています」

「へぇー。国家公務員なんですね。それでどんなお仕事を」

「毎日、書類整理ばっかりですが、忙しいです。霞が関はブラック企業もいいところですよ」

織田の笑いは自嘲《じちょう》的に見えた。

自分の仕事を尋ねられることを恐れて、夏希は具体的な省庁名を訊《き》くことを避けた。まぁ、ゆるゆると尋ねていけばいい。

だが、織田は夏希の仕事についての質問はしてこなかった。紹介者の由香には公務員であるとしか伝えないように頼んである。

働く女性に理解がないとしたら、結婚相手としては問題である。とは言え、とりあえずは身分を告げずに済んでありがたいという思いだった。

矛盾した夏希の心理は、織田の肩の凝らない話題選びですぐに消えていった。

「梅雨が明けそうないまの時期は、ヨットに乗りたくてウズウズしてくるんですよ」

「ヨットに乗ってたんですか」

「ええ、学生時代の話です。ディンギーっていう小さな動力なしの船ですけど」

いい雰囲気を崩すことなく食事を終えると、織田はにこやかな笑顔で誘った。

「よかったら、もう一軒つきあってくれませんか。美味《おい》しいカクテルを作ってくれるお店があるんです」

「ええ……もちろんです」

夏希の胸はしぜんと高鳴った。

【2】@七月十七日（月）夜

織田が先に立ち、「はまみらいウォーク」を渡る。ここからは、みなとみらい地区の西北端に出る。

「オフィスビルなんですけれど、いいバーがあるんです」

人気《ひとけ》のないエントランスからエレベーターで最上階に上ると、フロアの右端につやつやと光るニス塗りのマホガニーっぽい木扉が設けられていた。店の名前は表札程度の小さな真鍮《しんちゅう》プレートで《帆HAN》とさりげなく示されている。

（うわ、入りにくいお店……）

閉鎖的なイメージである。一見《いちげん》さんお断りという雰囲気がありありと漂っている。

自分の家の玄関を開けるかのように、織田はすんなりと扉を押した。

「ああ、いらっしゃいませ」

織田とあまり変わらない年頃のバーテンダーが、酒瓶の並ぶカウンターの向こうから声を掛けてきた。ほかには人影はなかった。

「お客さまなんだよ。テーブル席でいいかな」

「もちろん、大歓迎ですよ。さぁどうぞ」

マスターはにこやかに右手のテーブル席を指し示した。

テーブルは右手に三席あって、窓に向かっていた。壁一面を夜景が埋めている。食事をした店に負けぬ絢爛《けんらん》な光の渦が眼下に広がっていた。

「素敵なお店ですね」

夏希はゆったりとしたモスグリーンのソファに座りながら、感嘆と感謝の言葉を発した。

「僕の隠れ家にしているんですよ」

織田はナチュラルな笑顔で言葉を継いだ。

「オリジナルカクテルがあって、ラムベースのショートなんだけど、試してみませんか？」

「頂いてみたいです」

シェイカーを振る小気味よい音が響いた。

店内にはゆったりとしたピアノトリオのモダン・ジャズが流れている。

「マスターはトミー・フラナガンが大好きでしてね。僕が店に入ると、たいていは『ジャズ・ポエット』が流れてるんですよ」

「織田さん、変なこと言わないで下さいよ。これでも曲は偏らないように選んでいるんですから。はい、オリジナルの《メインストリーム》です」

マスターは、二つのカクテルグラスをテーブルに置きながら、陽気に答えた。

「ははは、マスターは、ど真ん中のモダン・ジャズしか聴かないから」

織田はジャズにも詳しい知識を持っているようだった。だが、それをひけらかさないのがいいと、夏希はかすかに胸が熱くなった。

大学時代の彼は、知識自慢をするというのではないが、つばを飛ばしてオペラの話をまくしたてるのが常だった。

知識をひけらかす男は嫌いだが、まくし立てる男も苦手だった。

(気取らなくていい)

やはり不思議だ。織田はどう見てもモテる男に分類されるべきだ。

それなのに、なぜ、今夜、ここで夏希のような女と会わなければならないのだろうか。織田の目的は何か。まさか、公務員が結婚詐欺を目的としているはずもない。

「職場で新人さんとかが困っていると助けてあげたくなりますよね。わたし、結構それで時間取られちゃうんですけど、織田さんはどうですか？」

ついに言わずもがなの質問が夏希の口からしぜんに出てしまった。

「ま、助けてあげることが本当に必要なら、自分の時間を犠牲にしても仕方がないと思いますね。そうでない場合には放っておきます」

織田は迷いなく答えた。

「あの……織田さんは、例えば職場で他人と意見が対立したとき、物事の白黒をはっきりさせたいと思うほうですか？」

「え？　そうですね。まぁ、その問題によりますね。たいしたことじゃなかったら、適当に受け流しますよ」

織田はけげんな顔をした。

このくらいで抑えるべきである。

だが、夏希の舌は止まってくれない。

「上司から無理難題を押しつけられることってあるじゃないですか。そんなとき、織田さんはガマンしちゃうほうですか」

「ガマンしませんね。熟慮してそれが間違いなく無理難題だとしたら、上司の説得に努めようとします。……でも、なんで真田さんは僕にそんなことを訊くんですか」

「いいえ、ちょっと訊いてみたかっただけです」

夏希はあわてて顔の前で手を振った。もっとたくさんの質問をしたかったが、あきらめるしかない。

織田の顔ににやにや笑いが浮かんでいる。

代表的な性格分析であるエゴグラムに基づく設問を、テストだとわからないようにこの場でアレンジしてみた質問だったが、織田にはバレバレのようである。

エゴグラムは人間が持つP（Parent）、A（Adult）、C（Child）の三つの因子の優位性に基づき、性格分析を行う。Pの要素をさらにCP（批判的な親）、NP（養育的な親）に細分化し、Cの要素をFC（自由な子ども）とAC（順応した子ども）に分類する。

この五つの要素の偏りを把握することで、被験者の性格を分析するメソッドである。

夏希は織田に対して、この理論に基づく「新版TEGⅡ東大式エゴグラム」のテスト用紙に用意されている五十三問の質問を浴びせたくなった。

東京大学医学部心療内科TEG研究会が発表しているこのテストは、医療現場では心療内科や精神科、神経科などで患者の治療方針を検討する材料として、また、教育現場では生徒指導や進路指導に用いられることが多い。

織田はきっと、A優位型に分類されるはずである。さらにその中でもNPの優位さも目立つ結果が出るだろう。判断力や行動力に優れ、明るく楽しく責任感や協調性もある。職場では理知的でユーモアもある人物として多くの人に愛されるタイプに違いない。

もちろん、この程度の会話で、織田の性格を分析できるはずはないのだが。

「真田さんはどんなお仕事をなさっていらっしゃるんですか」

恐れていた質問が突きつけられた。

「は、はい……心理関係の仕事をしています」

「あ、やはり、心理テストは得意なんですね」

「え、そんなことしていませんよ」

「でも、僕の性格を探ろうとして、質問を繰り返しているじゃないですか」

にやつきながら織田は言葉を継いだ。

「ひそかに流行《はや》ってますよね。『9つの性格』とか……。なんか、ネットでもそんなテスト見たことあるなぁ。丸の図形のまわりに九つの性格のタイプが書いてあって、その間に線が引いてあるやつ」

「あれは……」

口にしてなんの得にもならない言葉の数々が、夏希の大脳のブローカ野……ブロードマンの脳地図では44野、一部の学者によれば45野でとぐろを巻いている。

「僕はああいうの意外と好きなんですよね。なんか、自分の性格が浮き彫りになるのって、おもしろいじゃないですか」

織田は罪のない顔で笑った。

ここで織田に反駁《はんばく》しても、夏希にとって何ひとつ利益となることはない。

だが、言葉は、夏希のブローカ野でシューッとかま首を持ち上げた。

「いわゆるエニアグラム性格論ですね。人間を九つの性格に分類する方法です。改革する人、助ける人、達成する人、個性的な人、調べる人、忠実な人、熱中する人、挑戦する人、平和をもたらす人……。これはドン・リチャード・リソによる分類ですが、一九六〇年代に合衆国で生まれた考え方です。日本に紹介されたのは一九八〇年代の終わりですが、そもそも、リソやヘレン・パーマーら、キリスト教系の心理学者によって提唱されてきた考え方で、イエズス会の賛同を背景にした宗教色の強いものです」

あっけにとられて、織田はためらいがちに反論を口にした。

「はぁ、イエズス会……フランシスコ・ザビエルですか。ああ、上智《じょうち》大学なんかもイエズス会系でしたっけ……でも、本屋でも『9つの性格』の本とか、よく見かけますよ」

「お言葉を返すようですが、これは欧米の心理学における性格分析論の系譜とは、まったく異なる基礎の上に成り立っている考え方です。現代の心理学からは、その妥当性については疑問視する立場も少なくありません。専門的な見地から開発されたテスト自体も存在していません。少なくとも、カウンセリングの現場などで、この九分類を安易に採用することについて、わたしは賛成できません」

店内に流れるゆるやかなピアノトリオが夏希の耳に蘇《よみがえ》ってきた。

はっと我に返り、後悔が夏希の心のなかに嵐の前の黒雲の如くわき上がってきた。

織田は、なかば呆然《ぼうぜん》とした顔で夏希をぼんやりと見た。

「……臨床心理士さんなんですか」

「資格は持っていますが、いまは臨床心理士はしていません」

三月までは、臨床心理士として都内の小・中学校を廻《まわ》っていた。

「じゃ、大学院出てるんですよね」

この質問は苦手だ。いまだに結婚市場で高学歴女が不利な地位にあることは間違いがない。

「……そういうことになりますね」

夏希の声はかすれた。臨床心理士の資格は国家資格ではなく認定制度で、指定大学院の修士課程を修了することが第一要件となっている。

「では、どういうお仕事なんですか……？」

「あの……公務員です」

「お役所づとめなんですか」

「はい、そうです」

ウソではない。

「市役所とかですか」

「いえ……その……神奈川県につとめています」

これもウソではない。

「県ですかぁ。僕も県民局の方々にはお世話になっています。真田さんは、どちらの部署におつとめなんですか」

「えと、それは……」

夏希はついに追い詰められた。

そのときである。

腹の底に響く低い炸裂音《さくれつおん》が響いた。

ぶ厚いガラスが震えたような錯覚さえ感じた。

「なんだ、今の音は」

織田は眉間《みけん》にしわを寄せて窓へ視線を移した。

「あっ、あそこ、何か燃えてます」

眼下にきらめく夜景の中で四角いブラックホールのようにぽっかりと光の見えない空間があった。その真ん中で炎が立ち上っている。高さは五メートルほどだろうか。

窓の下のみなとみらい地区で何かが爆発したのである。

「爆発ですね」

マスターもカウンターから出てきて、窓辺に立って眼下を眺めながら炎を指さした。

「あそこは五十三街区といって、開発に失敗してから、ほとんど更地になっていますよね。あんな場所だから、ガスの爆発ってことも考えにくいですね」

それからしばらく、三人で過去の爆発事件の話に花が咲いた。

もちろん、花が咲くという性質の話題ではないが、爆発のおかげで、とりあえずは織田の追及から逃れられて、夏希は胸を撫《な》で下ろした。

十五分ほど経った頃、ドアをノックする音がした。

「休日なのに、いまごろ誰だろう」

マスターが首を傾げながらドアを開けると、なだれ込むように男が二人入って来た。一人が四十年輩、もう一人は夏希よりいくつか若い年頃の男だった。

「警察だけど、ちょっといいかな」

くたびれた薄茶色のスーツ姿の年かさの男が、警察手帳をひろげて凄《すご》みのある低い声を出した。

「な、何のご用でしょうか」

マスターはたじろいで身をそらした。

「ちょっと聞きたいことがあってね」

年かさの男は、傲慢《ごうまん》な口調で答えた。

(まずい。あの刑事、知ってる……)

嗄《しゃが》れ気味の声と、目の細い四角い顔には見覚えがあった。

高島《たかしま》署の強行犯係の刑事だった。たしか、加藤《かとう》という名で階級は巡査部長だった。

「さっきひどい音がしたでしょう。下の五十三街区で……あれね。爆発なんだよ」

「やっぱり爆発でしたか……ガスとかですか」

「爆弾の疑いもあるんだよ。あの現場がよく見えるのは、このビルと隣のFKビルなんだね。で、いまの時間に人気《ひとけ》があるのは、おたくの店入れて十軒でね」

なるほど、刑事たちは、爆発事件の被疑者が高所から爆発現場を見下ろしていた可能性を考えて、二つのビルを捜査しているというわけだろう。

「店長さん、不審な人間を見かけなかったかな？」

「はぁ……別に、気づいたことはございません」

「あれ……客だね」

加藤巡査部長は、夏希たちのテーブルへ顔を向けた。

「もちろん、お客さまです」

加藤は、カーペットをずかずかと踏んで近寄ってきた。

「ちょっと話聞かせてくれないかな」

夏希は反射的に顔をそらした。

「あ、顔、隠さないで」

きつい声で言って、図々《ずうずう》しくも加藤は夏希のあごに手を掛けた。

「あれっ、真田さんだよね？」

加藤は一歩後ろへのけぞった。

「ど、どうも……」

夏希は仕方なく頭を下げた。

「そちらは、彼氏？」

「そういう関係じゃないですけど……信用できる友人なんです」

「どっちにしても不審者じゃないってわけか」

「当たり前です。ちゃんとした方ですよ」

夏希は本気で腹を立て始めていた。

「ま、あなたが保証するんなら間違いないでしょ」

加藤はつぶやくように言うと、きびすを返してテーブルから離れた。

「何か気づいたことがあったら、高島署の強行犯係まで電話入れてね」

名刺を渡しながら加藤はマスターに告げた。

（あー、やっと帰るよ）

夏希はほっと息をついた。

背中を見せた加藤はそのまま出ていこうとした。

ところが、若い刑事が戸口のところで立ち止まって、夏希に顔を向けた。

鼻筋が通って顔立ちは悪くないが、唇の端に小生意気さがにじみ出ている。

「真田先輩、失礼しますっ」

刑事はわざとらしく挙手の礼をした。口元を嚙《か》みしめ、笑いをこらえている。

（あーあ、言っちゃった。ばか）

なんというデリカシーのない男だろ。

いや、意地悪なだけだ。室内では頭を下げるのが警察官の正式な敬礼である。若い刑事は夏希をからかっている。

「なにしてんだ、石田《いしだ》、行くぞっ」

加藤はいらだったようすで若い刑事の背中をどやしつけた。

二人はドアの向こうに消えた。

「あ、あの……真田さん……おまわりさんなんですか」

しばしの沈黙の後、織田が呆然《ぼうぜん》としたような気抜けした声で訊《き》いた。

「まぁ……その……そういうわけです」

いまの夏希は、はっきりとベソかき顔になっているかもしれない。

「イヤだなぁ。神奈川県庁かと思い込まされていましたよ」

織田の笑いは引きつっていた。

ここで使役の動詞を使うのは、明確な非難の意味合いを含んでいることは分析を俟《ま》つまでもない。

「何となく言いにくくて」

「刑事さんなんですか」

一転して織田の両眼が興味津々《しんしん》と輝き始めた。

「いえ、あの技術職みたいなもので……」

「へぇ、どこの警察署にいらっしゃるんです？」

「県警の科学捜査研究所に勤めています」

「でも、警察官なら階級とかあるんですよね」

追及の手をゆるめない。古典的な分類に従えば、織田は明らかに外向的思考型に分類される男だ。いっそ、織田こそ刑事になったらよいのではないか。

ここで嘘をついたら、仮に交際が始まったときに窮地に立つ。

「いちおう警部補です」

夏希は消え入りそうな声で答えざるを得なかった。

「そう……ですか……」

織田の顔が凍った。

「たしか、警部補って警察署じゃ係長なんですよね。佐々木蔵之介《ささきくらのすけ》主演の『ハンチョウ』って刑事ドラマで視たんだけど。つまり真田さんはハンチョウなんですか？」

「いえ……わたしはヒラです」

「そうなんですかぁ……さっきの二人は刑事ですよね」

「はい……」

「真田さんのほうが偉いんですか」

「まぁ……階級では……でも、部署がまったく違いますので……」

「なるほど、ね」

織田はあいまいな表情を浮かべて笑った。

完全にシラけた雰囲気になって、夏希たちはエレベーターに乗った。

ＪＲに乗る織田とは横浜駅の改札で別れることにした。

「素敵な時間をありがとうございました……また、お会いしたいです」

夏希は期待を込めて、せいいっぱいの笑顔を作った。

「ええ、こちらからご連絡させて頂きます」

にこやかに笑う織田だったが、もう会う気がないという雰囲気を濃厚に感じさせた。本当に会いたかったら、おおまかにせよ相手の次の予定を確認するはずである。

「また、失敗か」

改札の向こうに去って行く織田の背中を眺めながら、夏希は独り言を口にした。

「どうして、自分が抑えられないんだろう……」

夏希の職業について、織田が突っ込みを入れ続けたのも、もとはと言えば夏希が性格分析を始めてしまったためだ。興味深い人格に出会うと、自分を抑えられなくなるのは、夏希の悪い癖だ。が、この年になっても直すことができずにいる。

「それよりも、仕事がバレたのが、マズかったよなぁ」

恋人候補としては不利益な条件が、よくも次々と提示されてしまったものだ。

まぁ、織田とは縁がなかったとあきらめるしかないのだろう。

「あの男のせいだ」

それにしてもいまいましいのは、あの石田という若い刑事である。

「いつか仕返ししてやる」

思ったことは口にしてしまう夏希を、通行人が不気味なものを見るように、よそ目に見て通り過ぎてゆく。

（さてと……呼び出しがあるかな……）

爆弾事案となると、夏希の職場でも何らかの対応を要求されるかもしれない。ただ、それはあくまで事件性がある場合に限られる。単なる事故であれば、夏希の出番もない。

（信州《しんしゅう》小麦のもちもちバタールでも買ってから、帰って映画でも視るか……）

バタールは、朝ご飯にサーモンのパテや豚肉のリエットを塗って食べるのが好きだった。映画は……いまの気分だと、「ウォンテッド」か「96時間」あたりのハードボイルドものか。

（いやいや、ここは逃避より真っ向勝負だ）

夏希はまだ残る不快感を押し殺しながら、駅ナカのショッピングモールへとつま先を向けた。

【3】＠七月十七日（月）夜

家に帰った夏希は、質問紙に向かっていた。

今日くらいの失敗にへこんでいるのは自分らしくない。

あらたな可能性を模索しよう。

《あなたのお名前》真田夏希（さなだなつき）
《ご住所》神奈川県横浜市戸塚《とつか》区舞岡町……
《生年月日》昭和六十年（一九八五年）八月十五日
《ご年齢》三十一歳

心の底でモヤモヤする違和感が続いていた。

もちろん、質問内容にいらだっているのだ。だが、それだけではない。

《ご職業》

ローラーボールを持つ夏希の手が止まった。

（やっぱり、書かなきゃいけないのか）

夏希はかるくため息をついた。

（地方公務員と……）

ウソはついていない。

イライラして思考がまとまらなくなってきた。

「なんかイライラするっ！」

叫び声を上げる。

理由がわからないイラだちに対する専門的知識に基づく対処方法である。

ちょっとすっきりしたら、いきなり原因がひらめいた。

（あっ！　Tシャツ……）

イライラしていた原因がわかった。Tシャツのタグだ。

夏希はTシャツを脱ぐと裏返しにした。

首の後ろに縫い付けられているすべてのシャツのタグは、購入と同時にハサミで切り落としている。でも、わずかに残った切れ端が皮膚を刺激するのだ。

家の中ではソックスも裏返しで穿《は》く。トレッキング雑誌で、ソックスを裏返して穿くと靴ずれを起こしにくいとの記事を読んでから、採り入れている習慣だった。

机の前に座っているだけで靴ずれを起こすはずはない。爪先《つまさき》あたりの縫い糸がたまらなくイヤなのである。

化学繊維が生み出す静電気の帯電が苦手なので、なるべくコットン素材のものを身につけるようにしている。

だから、自分の部屋でコットン以外のブラジャーをつけていることはない。

感覚過敏の一例だとは思っている。逆に多くの場面で感覚が鈍麻している部分も自覚している。発達障害を持つ人に多く見られる特徴である。

だが、ウェクスラー式成人知能検査、いわゆるＷＡＩＳⅢ検査を受けても、夏希自身の能力に大きな偏りは見出《みいだ》せないのである。自己診断では発達障害ではないと考えている。

イライラはきちんと収まってきた。夏希は気を取り直してローラーボールを持ち、ふたたび質問用紙に向かった。

《最終学歴》

（なんでそんなこと訊くんだろう。えーと、大学から書けばいいのか）

東京医科歯科大学医学部医学科卒業、同大学院修士課程医歯理工学専攻修了。

筑波大学大学院人間総合科学研究科博士課程後期課程（感性認知脳科学専攻）修了。

取得学位は医科学修士、神経科学博士。

（ダメだよなぁ）

やはり学歴だけでも、まともな相手は見つかりそうもない。

高学歴女が厭《いと》われる傾向は、「女性の職業生活における活躍の推進に関する法律」が成立した、昨今の日本社会でもわずかな変化も見せていない。

その後にも、趣味だの、特技だの、資格だのといった項目がずらずら並んでいるが、答えれば答えるほど自分の首を絞めているような気がしてくる。

最後の自由記入欄も気に入らなかった。

《自分の魅力ポイントについて自由に記入して下さい》

愚問である。

そんな質問に簡単に答えられるくらいなら、婚活サイトの申込用紙などに悩んでいない。

夏希は申込書をくしゃくしゃと丸めてくずかごに捨てた。

（どうせ質問紙法でアセスメントをしてくるぐらいなら、リッカート法にすればいいのに。たとえば……）

《あなた自身のことについてお尋ねします》
①容姿が魅力的だと思いますか……少し当てはまる。
②家庭的だと思いますか……あまり当てはまらない。

③セクシーだと思いますか……あまり当てはまらない。
④結婚生活をいちばん大切に考えたいですか……まったく当てはまらない。
(わわっ、やっぱりダメだ)

内心から出てくる苦笑を夏希は抑えられなかった。はたから見ていたらさぞかし不気味だろう。夜遅く机の前で一人笑う三十女……。

ま、そんなおかしな質問項目を設けている婚活サイトは存在しないだろう。

(婚活サイトなどというものが、あたしの役に立つわけはないな)

ようやく夏希は、自分が辿《たど》り着くべき結論に達した。

今どき婚活サイトに頼る自分もどうかとは思うが、夏希はもう何年もふつうの結婚に憧《あこが》れていた。

幸せホルモンとも言われるオキシトシン。

間脳視床下部で生合成され、脳下垂体から分泌されるこの神経伝達物質が減少すると、人間は些細《ささい》なことで不安感を感じる。情緒が不安定となったり、イライラを感じやすくなる。

ストレスの増加や、人との会話をする時間や感情を表現する機会が減ることなど、現代社会の生活にはオキシトシン不足を招く要因がいくらでも存在する。

オキシトシンの不足は、健康に対してさまざまなマイナスを及ぼす。

二十代の終わり頃から、夏希は自分の脳内でオキシトシンが明らかに分泌不足となってきていることを自覚し続けていた。

親子や家族のふれあいや親しい友人同士のおしゃべりなどでもオキシトシンは増加する。だが、恋人同士のスキンシップや心地のよい性行為では、顕著に分泌されることが明らかにされている。人間は一人で生きて行くのはむずかしい動物なのである。

結婚こそ、オキシトシンを恒常的に分泌させるためのもっとも効果的な手段である。そう夏希は考えていた。

マンションの前の林から大好きな音がリズミカルに響いた。

たった二回だが間違いない。

「おっ、カッコウの声だよ」

声を上げながら、夏希は机の前の窓をそっと開けた。

散りかけのスイカズラの甘い匂いが、湿った夜気に乗って忍び込んできた。

高校卒業まで函館市の郊外で育った夏希にとって、カッコウはふるさとに初夏の訪れを告げる大好きな自然の音であった。

横浜市営地下鉄の舞岡駅からほど近いこのマンションに引っ越してきて、最初にカッコウの鳴き声を聞いたときには、我が耳を疑った。

遊びに来た大学の友人たちには、「横浜の軽井沢《かるいざわ》」と反語的にからかわれる舞岡だが、自然環境豊かなこの町を夏希は気に入っていた。

ただ、ふるさととは違って、この町のカッコウが昼に鳴くことはないし、五月から七月にわずかな回数鳴くだけである。梅雨が明けると、あまり鳴くことはなかった。

今夜も鳴き声はそれきり途絶えてしまった。

「そろそろ梅雨も終わりかな」

もしかすると、カッコウの鳴き納めなのかもしれない。七月に入って半月あまり、今年の梅雨は早めに明けそうな気がする。

カッコウの声が聞こえたことで、夏希の気分は一転して明るいものへと変わった。

(もう、今夜は緊急招集はないでしょう……)

冷蔵庫を開けた夏希は、マンサニージャをグラスに注いだ。

グラスの薄い縁が唇に心地よく当たる。

ブランデーやウィスキーなどの蒸留酒は夏希には強すぎるし、水などで割るのは好きではなかった。ワインは栓を抜いてしまうと、その晩のうちに飲みきれないので劣化してしまう。お一人さまの夏希にとってシェリーは都合のよい飲み物だった。

「フェイスパックくらいしておきますか」

今日の精神的な疲れは肌にダメージを与えているはずである。

夏希は、部屋の北側にあるサニタリースペースへと足を向けた。

第二章　アリシア

【1】@七月十八日（火）朝

結局、昨夜の呼び出しはなく、夏希は、定刻前の八時に自分の職場である海岸通《かいがんどおり》の神奈川県警察本部庁舎に出勤した。

コンサバ系……というよりリクルート系スーツしか選択肢はない職場だが、それでも少しはフェミニンさは採り入れたい。

微妙に明るめのブルーグレーのスーツを夏希は選んだ。友だちのレザー職人が作っているキャメルのミニレザーショルダーがお気に入りである。

海に面した白壁の高層建築である県警本部庁舎は、各階の窓からの眺めがよい好立地で知られる。

正面は人工の島である新港《しんこう》地区で赤レンガ倉庫が見える。右手には大型客船が寄港する大桟橋が延びている。右隣は横浜三塔の一つでクイーンの別称で知られる昭和九年建造の横浜税関が建ち、左の並びにはその二年後に建てられたコリント様式の日本郵船歴史博物館が存在感を示していた。

夏希の職場は、独特の港湾風景の中にある本部庁舎内の科学捜査研究所であった。

科捜研の部屋に入るとすぐに、所長の山内豊《やまうちゆたか》警視に呼ばれた。

所長に呼ばれるというのはただ事ではない。

(あたし、何かミスやったかな……)

ここしばらくの仕事はキーラー・ポリグラフ(嘘発見器)の出力データを解析する作業がほとんどだった。夏希にとっては何の苦もない作業である。

爆発事案の関連だとすれば、心理科長に呼ばれるくらいがせいぜいだろう。

定年まであと二年という山内所長は、制服姿で海を背にして机上の書類に目を通していた。

かたわらには心理科長の中村一政《なかむらかずまさ》警部が、いささか硬い面持ちのスーツ姿で立っていた。

「ああ、真田、来たか」

書類からブルドッグを思わせる顔を上げて、髪の真っ白な山内は夏希の顔をじっと見た。明るい表情を見て、叱責《しっせき》や訓戒のために呼ばれたのではないと直感し、夏希は胸を撫《な》で下ろした。

「昨夜二十一時に、みなとみらい地区の五十三街区で爆発が起きた」

知っていますと言いかけて、夏希は言葉を呑《の》んだ。デートをしていた事実を上司に報告する間抜けもいない。

事件性があることは確定したと見ていいが、所長が呼ぶほどの事案なのだろうか……。

「どの程度の被害が出たのでしょうか」

「五十三街区というのは、かつてはシネマコンプレックスやアミューズメント施設、結婚式場などが建ち並び、賑《にぎ》わいを見せていた地区だった。が、現在は、施設のほとんどが立ち退き、再開発を待っている地域だ」

昨夜、ガラス窓から見下ろしていた光景を夏希は思い浮かべた。

「空き地の真ん中での爆発だけに、人的にも物的にも被害は出なかった」

「それは何よりでした」

続いて所長の口から出た言葉は意外なものだった。

「ついに君の出番がやって来た」

山内所長は晴れやかに笑った。

「どういうことでしょうか」

鑑識畑一筋で警視まで出世しただけに、山内は如才ない人物であった。

それだけに表裏の定かでない面もあって、夏希としては、大いに警戒感を持たざるを得ない。

「高島署に設置される捜査本部へ詰めてほしい」

「え、高島署ですか」

（あの二人の所轄だ）

一瞬、夏希の胸に昨夜の不快な思いが蘇《よみがえ》った。

「今回の爆発事案はきわめて特殊な性質を持っており、先進的かつ迅速、柔軟な捜査の遂行が望まれている。捜査本部への心理分析官の常駐は前例のないことだが、真田が新方針に必要な人材として選ばれた。今朝になって刑事部長から参加要請が下達されたのだ」

官僚的な所長の言葉は抽象的でわかりにくいが、変わった事案なので、夏希が必要になったと言うことらしい。もしかすると、昨夜は捜査本部に夏希を加えるかどうかでもめていたのかもしれない。

「新方針を十全に機能させるため、捜査本部も通常のスタイルとは大きく変わることになるはずだ」

そう言われても、夏希は通常のスタイルを知らない。

「捜査本部でどんな仕事をすればよろしいのでしょう」

夏希にはまったく見当がつかなかった。

山内所長は中村科長にあごをしゃくった。

「もちろん犯人像のプロファイリングだ」

中村科長は、当然のことだという顔つきで答えた。四十代後半の中村は顔立ちも整っていてスーツの着こなしも悪くないが、刑事畑出身で目つきがよくない。

「ここじゃなくて捜査本部でプロファイリングをするのですか」

夏希の声は裏返った。

プロファイリングは、心理分析官に期待される重要な職務ではある。

だが、夏希にとっては初めての経験である。しかも、わざわざ捜査本部で行う必要があるのだろうか。通常の解析結果は科捜研から捜査本部に対してメールや電話でいくらでも伝えることができるはずである。

「詳しいことは捜査本部で訊《き》くように。心理分析官の意地を見せてやれ」

それだけ言うと、山内所長は手ぶりで退室するように命じた。

これだけを言うためにわざわざ呼びつけたわけだが、警察というのはそういう組織である。要するに階級至上主義であり、上意下達の極端な縦社会構造を持つ。

夏希は神奈川県警で初めて心理分析官の職種で採用された特別捜査官である。

特別捜査官は、捜査力の向上に向けた多角的な取組みの一環として、警視庁では古くから採用されている制度である。財務、コンピュータなど、特定の分野の犯罪捜査に必要な専門的な知識や能力を持つ者を警察官として採用する。

神奈川県警でも数年前から、財務捜査官を中心に採用を始めたが、夏希は心理職の特別捜査官として、この四月一日に、ただ一名採用された栄えある第一期生だった。

任用規定に基づき自然科学の修士以上の学位を持ち、五年以上の職歴を持つ者は、採用されると警部補として任官する。

夏希は精神科医として四年、臨床心理士として一年の経験があって博士号を持つので警部補としての準キャリア採用だった。

通常、警察官は採用されると、半年から十ヶ月、根岸《ねぎし》線本郷台《ほんごうだい》駅近くの警察学校に入校して、初任科の教育・訓練を受けるが、特別捜査官採用者には初任科訓練はない。

ただし、四月の一ヶ月は警察学校に通わされた。特別捜査官の研修内容に柔剣道などの術科はなく、諸法規や警察官倫理を中心とした座学がもっぱらだった。この一ヶ月の研修は夏希にとっては楽勝で、新しい知識を吸収できて本郷台に通う毎日は楽しかった。

さらに五月からの一ヶ月半は、横浜駅に近い高島警察署で実務研修を受けた。

実務研修では一週間ごとに地域課、交通課、警備課、刑事課、生活安全課をたらい回しにされた。

三十一歳の若さで博士号を持ち、ルックスにも恵まれた夏希を、各課では興味本位に扱うばかりで、研修という実《じつ》はなかった。要するに各部署のお仕事を見学したに過ぎなかった。

研修内容には無線通話などと並んで、逮捕術や拳銃《けんじゅう》操作さえ含まれていた。だが、スポーツすべてが大嫌いで身体を動かすことの苦手な夏希には大きな苦痛だった。

逮捕術の教官は本気で教える気はゼロだった。夏希の身体に触ることを目的としたセクハラに近い研修だった。

(この人、痴漢です!)

叫びたいことが何度もあったが、教官である痴漢を逮捕する者がいるはずもなかった。まわりはたくさんの現職警察官に囲まれているのに……。

拳銃発射訓練では、震え上がってどうしても引き金を引けない夏希に、教官が無理やり一発だけ銃弾を発射させた。

天井方向に向かった弾丸の危険さに、教官は残りの研修を断念した。教官は研修内容をごまかしてでも自分の生命を優先させたようだった。

夏希は警察官であるから逮捕権も持つし、拳銃を手にする権限もある。だが、そんな権限を行使する機会は絶対にありそうにない。

所轄署に配置される可能性もほとんどない夏希は、どこまでもお客さま扱いだった。

なかには警部補スタートの夏希に対して反発をみせる捜査員もいた。加藤などは声を掛けてもろくに返事すら返さないことが多かった。

六月中旬に科捜研に正式に配置されてからは、ポリグラフの分析が主な仕事だった。従前からの心理科員の職務であり、そのためにあえて夏希を採用する必要もなかった。いわば肩慣らしのような仕事で、能力が活《い》かされぬまま、無為に日々が過ぎていった。

（たしかに待っていた出番というわけだけど……）

県警本部のエレベーターを降りる夏希のこころは不安でいっぱいだった。

地下駐車場に下りると、指定された五両目の黒塗りの公用車に歩み寄った。

「科捜研の真田さんですね。後ろの右の席へどうぞ」

二十代の見知らぬ私服捜査員が声を掛けてくれた。

捜査本部が設置される高島署まで向かう十分ほどの道のりで、同乗したスーツ姿の捜査員たちは揃って無表情で、ひと言も無駄口をきかなかった。顔見知りの人間がいないこともあって、夏希も黙って後部座席に座って車窓を過ぎゆく街路を眺めていた。

高島署は、みなとみらい線の新高島《しんたかしま》駅大通り臨港口から、海側の東方向へ少し進んだとちのき通りの右側に建つ白い五階建ての新しい庁舎である。東側には高島中央公園が隣接している。爆発事件のあった五十三街区と並んで、高島署のある六十一街区は再開発がもっとも遅れている地区であった。

入口に「西区商業地域爆破事件捜査本部」と掲げられた五階の大会議室に入ると、白い天板の細長い会議テーブルを三、四脚寄せて作った島が十数ヵ所作られていた。

さらに正面には幹部席が用意されている。一部の島にはたくさんの臨時固定電話が引かれ、窓際にはいくつもの無線機が設置されていた。

初めて捜査本部に臨んだ夏希としては、見るものすべてが珍しかった。

(へぇ、対面式じゃないんだ)

テレビドラマの捜査本部は、幹部席がひな壇のように作られ、ほかの捜査員が対面するかたちで描かれていることが多いが、実際のようすはずいぶん違うものだった。

ほとんどの島にはすでに捜査員たちが着席していた。スーツやジャンパー姿の私服捜査員で埋められている。正面から見て右手の後方の島には紺色の現場鑑識作業服を身につけた鑑識課員も十人近くいる。全部で四十人ほどだろうか。会議室全体で女性の姿は夏希のほかに二人しか見られなかった。

薄灰色のスーツを着た加藤清文《きよふみ》巡査部長が最後列左手の島でスマホを覗《のぞ》き込んでいた。

(えと……どこに座れば……)

会議室横の入口のあたりでウロウロしていると、自分に向けられているたくさんの視線を痛いほどに感じた。

若く、少しも警察官らしくない容貌《ようぼう》の夏希が目立たないわけはなかった。顔が熱くなって部屋から逃げ出したくなったが、うつむいて緊張に堪えた。

「真田さんはこの島です。なるべく右のほうに座ってください」

クルマに乗るときに声を掛けてくれた若い捜査員が指示した。

幹部席と向かい合ういちばん前の四人がけの島で、すべての席にノートパソコンが起ち上がっているが、誰も座っていない。

「は……一番前ですか」

「真田さんはどの作業グループにも所属しないので……あ、隣の島は管理官席です」

隣にも同じような島があった。

五分くらい経つと、入口付近に人の気配がした。捜査幹部が到着したのである。

左手から響く「起立っ」の掛け声に合わせて全捜査員が立ち上がった。

幹部席に続々と壮年の男たちが座ってゆく。管理官席にも二人の男が着き、夏希の島には二人の男が座った。

幹部たちが席に着くと、捜査員たちは再び着席した。

夏希の隣のテーブルの男が立ち上がった。

「捜査会議を始めます。今回の事案解決についてはＳＮＳ等のインターネットから得られる情報がきわめて重要となることが予想されます。このため、機材等の配置も人員の構成についても、通常の捜査本部とは大きく異なる態勢を取っております。それでは、捜査幹部の皆さまをご紹介します。捜査本部長の黒田友孝《くろだともたか》刑事部長」

捜査幹部で顔を見知っているただ一人は、幹部席中央に座る黒田刑事部長であった。と言っても任命式であいさつする姿を見たことがあるだけだったが。

黒田刑事部長はバリバリのキャリアの警視長で、四十代半ばになっているはずだったが、五、六歳は若く見えた。

怜悧《れいり》そうな一方でいくぶん神経質な感じの顔立ちだった。少しルーズな髪型にオーバル型の銀縁メガネは、大学の若手教授といったイメージだった。

刑事部長が臨席するのは、初日とあとは二、三日に過ぎないだろう。副本部長はただ一人、制服姿で幹部席に座った定年近い高島警察署長だった。

「捜査主任の福島正治《ふくしままさはる》刑事部捜査第一課長」

がっしりとした身体つきで鋭い目つき、刑事畑一筋の叩《たた》き上げの警視正だと聞いている。高島署長と同年輩だろう。実質的に指揮をとるのは福島捜査一課長となるはずである。

「佐竹義男《さたけよしお》刑事部管理官」

髪をきちっと撫《な》でつけた佐竹は、警察官というより商社マンを思わせるイメージの四十代の男だった。

本庁管理官は課長、理事官に次ぐポストで各係を統括する。ベテランの出世頭の捜査員が就く役職であり、事件によっては捜査の指揮をとる。

「小早川秀明《こばやかわひであき》警備部管理官」

痩《や》せて色白のいかにも才気走った受験秀才タイプ。夏希と同年輩と思われるが、本庁の管理官となると階級は警視なので、間違いなくキャリアである。管理官のほとんどはノンキャリアだが、警備部の公安担当など一部の部署では例外的に若手キャリア官僚がこのポストに就くことがあると聞いている。

（人数の割にはずいぶん大げさな陣容だし、警備部からも管理官が来ているのか）

本庁が重要事件ととらえていると考えられる捜査幹部の顔ぶれだった。

「本案は言うまでもなく県内住民の安全を脅かすきわめて重大な事案だ。昨夜の爆発の報道を通じて社会的関心もきわめて大きい。神奈川県警にとって爆破テロは初めて扱う事案であり、残念ながら、蓄積しているノウハウはゼロだ。我々の力不足を自覚すべきだ。本庁と高島署の連携を密にし、各部署間の情報共有には特段の注意を払うように。すべての捜査員の全能力を傾けて被疑者を確保し、一日も早く県民の不安を取り除かなければならない。以上だ」

かなり形式的なあいさつだったが、各部署の連携を強調し、また、気弱な本音を口にする捜査本部長は珍しいだろう。

「それでは佐竹刑事部管理官から本事案のご説明をお願いします」

佐竹管理官は立ち上がると、プロジェクターのスクリーンを見ながら口火を切った。

「これを見て貰《もら》いたい。画像一は昨日の七月十七日二十時四十五分に巨大SNSにアップされた脅迫文だ」

スクリーンにSNSの投稿欄をキャプチャーした画像が映った。

——七月十七日二十一時、みなとみらい地区で爆発を起こす。マシュマロボーイ

「高島署員が緊急出動してみなとみらい地区を捜索した。だが爆発物を発見できないうちに十五分が経過し、予告時刻通りに五十三街区で爆発が起こった。現場は横浜駅東口に近いが、再開発地域となっている。画像二の地図を見て貰いたい」

画面にみなとみらい21地区の街区図が映し出された。現場には赤でマーキングがしてある。

「付近は更地で人もいなかったために実質的な被害は避けられた。マル対はマシュマロボーイなる仮名を名乗っている」

佐竹管理官は吐き捨てるような口調で犯人の名を口にした。マル対は捜査対象者を意味する警察の隠語である。

（マシュマロボーイか……ずいぶんと陰影のあるハンドルネームですね、これは）

どのような気持ちから名乗ったものか、ハンドルの裏側にある犯人の心理に夏希は大きく興味を引かれた。

「爆発物については、鑑識課が採取した残存物から科捜研で分析を進めている。現在のところ硝安油剤爆薬、いわゆるアンホ火薬を用いた時限式のものと推察されている。解明が進み次第、会議上で報告する。一方で、ダイナマイトを入手しやすい建築業従事者や花火関係事業者を、

言葉を続けた。

　後方から誰かのつぶやきが聞こえた。佐竹管理官は声の聞こえた方向をちょっと睨《にら》みつけて
「爆弾なんてもんは固形燃料や肥料からでも作れるからな……」

アルバイトも含めて洗っている」

「さらに横浜市内、および周辺部の研究機関等にも捜査員を派遣して、爆発物の原料となり得る化学物質の盗難等がなかったかについても捜査中だ。また、十五カ所ある周辺の防犯カメラには残念ながら、被疑者と特定できる人影の記録は存在していない。続いて、マシュマロボーイを名乗る被疑者像については、小早川管理官から」

　佐竹が席に着くと、小早川管理官は気取った調子で机上のマイクに向かい、甲高い声で口火を切った。

「警備部の国際テロ対策室で、アカウントを追いかけた。発信者はVPNサービスやプロクシを駆使しており、IPアドレスの追跡は困難を極めた。だが、我が警備部の高度な解析技術により、長年テロ行動を繰り返し、スペイン公安部に監視されている《バスク解放同盟》の関連IPからの発信とみられることがわかった」

　会議室内に大きなどよめきが湧き起こった。

「バスク解放同盟、別名BLL関係者のアカウントによる発信だというこの特定に、警備部は自信を持っている。しかしながら、BLLと被疑者の関係は現時点では不明である。が、今後、日本バスク友好会やスペイン王国公安当局とも連携を取りながら、被疑者像を絞り込んでゆく

つもりである」

　小早川は意気揚々と発言を終えた。

　佐竹管理官が言葉を引き継いだ。

「現時点では犯行目的もいまひとつはっきりしない。メッセージにも政治性や脅迫的な内容はなく、ただ爆発の予告をしているだけだ。テロリストがいったい何のために爆発を繰り返そうとしているのか……」

　黒田刑事部長が眉間《みけん》にしわを寄せて発言した。

「政治テロリストの仕業とはっきり断定できたら、刑事部主導で対応できる問題ではない。もし、重大政治テロと思料される事案となれば、内閣情報調査室を通じて内閣総理大臣と官房長官、副長官、内閣危機管理監への報告が必要となってくる。だが、現時点ではテロと推断する材料が充分だとは言えない。この点については警察庁長官官房も同じ見解を示している」

「部長のお言葉ではございますが、警備部では政治的な動機による爆弾テロの可能性がきわめて高いと考えております。仮にこれが、イスラム国、ＩＳＩＳ、ダーイシュなどと言ったイスラーム過激派組織関連のアカウントからの発信であれば、直ちに内閣情報調査室への報告が必要な段階です」

　小早川は慎重に言葉を選びながらも、大胆に自分の見解を述べた。と言うよりも、警備部を代表して刑事部に挑戦していると言ってもいいかもしれない。警察組織内では市民の安全を守る刑事部より国家の安全を守る警備部のほうが格上と言ってよい。

「だが、発信はスペインからだ」

黒田部長は表情を変えずに反駁《はんばく》した。

「そうです。さらに、何らの犯行声明もありません。それゆえ、重大政治テロ事案と判断できる段階ではないと考えます」

佐竹管理官が黒田部長に賛意を示した。

夏希には自分のいる捜査本部が、その存在も知らなかった内閣情報調査室、ましてや総理大臣とつながっているなどという事実に、少しも実感が湧かなかった。だが、冷静に考えれば、それが警察機構というものだ。

総理大臣にまで情報が達した後に、本事案が重大政治テロとは無関係だとしたら、警察庁や神奈川県警からも首が飛ぶ者が出るかもしれない。内閣情報調査室への報告には誰もが慎重になるのは当然だった。

「いまのところ犯行予告は一回だけだが、犯行目的がわからない以上、マル対はさらなる爆破を計画している恐れを視野に入れなければならない」

福島一課長は厳しい表情で会議場全体を見渡して言葉を継いだ。

「捜査員を三つに分ける。本庁捜査一課と高島署刑事課の者は、爆発現場周辺の聞き込み捜査に当たる。言うまでもなく爆発物を現場に置いた人間の目撃者を探すことが捜査目的だ。本庁警備部と高島署警備課の者は市内のスペイン関係の人間を当たってくれ。ＢＬＬとつながりのある人間の洗い出しにあたる。さらに、本庁と高島署の鑑識課は爆発現場の再捜査だ。初動に見落としがないかどうか徹底的に現地を調べ直して欲《ほ》しい」

（あれれ……あたしは……何をするんだろ）

「質問がある者は？」

「はい」

夏希が手を上げようとしていたら、不機嫌そうな声が最後列から響いた。

振り返ると、加藤だった。さっきの独り言も加藤のものだったようだ。

「発言者は部署と姓名を名乗ってください」

司会役の捜査員が尖《とが》った声を出した。

「高島署、刑事課強行犯係、加藤清文巡査部長」

「なんだ。早く言え」

佐竹管理官が不快げに先を促した。

「爆発現場周辺の聞き込み捜査について疑問があるんですよ。五十三街区のあたりは、三百六十度、夜には人っ子一人いない場所です。目撃者がいるとは思えません」

「なんだと」

「それに、五十三街区の西側はわずか数百メートルでスカイビルや横浜そごうがあります。至近の横浜駅の乗降客数は、一日二百万を超えて世界でも第五位です。そんな雑踏《ざっとう》の中で爆発物をむき出しで持ってるならばともかく、デイパックやショルダーバッグにでも入れていたら、気づく者はいないでしょう」

加藤は淡々と喋《しゃべ》ったが、その内容は皮肉なものだった。

「だから？」

「せめて、聞き込みは、爆発物を設置した者じゃなくて、どこかから、犯行現場を見ていた者を探すべきじゃないかと思いますね」

「どういう意味だ」

「犯人は、爆発物を遠隔操作していた可能性があると言うことです」

「お前は佐竹管理官の話を聞いていなかったのか。時限式の可能性が高いんだぞ」

高島署長がいらだって口をはさんだ。

「時限式だとしても、近くのビルや高い場所から現場を見てた可能性はあります。昨日の爆発がテストで、爆弾の爆発効果を確認したいんなら、なおさらのことでしょう」

（だから、あのビルにも聞き込みに来てたのか）

感じの悪い男だが、頭は悪くないのだろう。

上意下達を旨とする警察機構の中で、巡査部長が三階級も上の警視、しかも捜査幹部に異論を唱えることは通常はあり得ない話だ。だが、そもそも出世街道から外れている刑事の中には、得てしてこういう男がいる。夏希は所轄研修の時に古参の刑事からそんな話を聞いた覚えがあった。

「捜査方針に横槍《よこやり》を入れるつもりか」

佐竹の声ははっきりと怒声となっていたが、加藤は平気の平左《へいざ》で自説を展開し続けた。

「爆発はうちの署の目と鼻の先で起きたんですよ。現場付近の聞き込みは、昨夜から今朝に掛けた初動捜査の段階で、我々がすでに終えています。これから、新たな目撃者が出てくるとも思えません」

「君たち所轄の聞き込みが信用しきれるかね」

「そこはひとつ信用して貰《もら》いたいですね。いずれにしても、被疑者像をどうにか絞り込む方向で捜査を続けたらどうかと思いますがね」

「どうやって絞り込むんだ。爆発物の解析が済むまで、二つの情報以外に、マル対に迫る材料はないんだぞ」

「残念ながら、現時点では手がないわけです」

「だったら、余計なことを言うなっ」

佐竹が怒鳴る声が会議室に響き渡った。

「まぁ、タケさん、落ち着いて」

低い声が響いた。福島一課長だった。

「加藤巡査部長の意見にも一理ある。だが、被疑者像に迫るには、現時点では徹底的に資料が不足している」

「そのあたりは我々にまかせて欲しいんですよ」

小早川管理官が口を出した。

「国内のＢＬＬに関わりのある者をしらみつぶしに当たってゆけば、必ず被疑者像に迫ってゆけます」

　小早川は得意げに肩をそびやかした。

「それで本当に見つかればいいんですけどね」

「おい、失礼じゃないか」

　小早川は怒りで顔を染めて加藤に食って掛かった。

「加藤、お前、いい加減にもう黙れっ」

　高島署長が怒声を発した。

　加藤は頭を掻《か》いて席に座った。

「議論は大いに結構。被疑者像に迫るためにも、みんなで知恵を出し合って欲しい。だが、捜査は全捜査員が一丸となって鋭意進めてもらいたい。では、わたしはこれで中座する」

　黒田部長の鶴の一声で混乱は収束した。

　ふたたび「起立」の号令が掛かって、黒田刑事部長が退席した。

　第一回の捜査会議が終わったが、夏希は取り残されたままだった。

「あの……よろしいでしょうか」

「君は？」

　佐竹管理官は穏やかな目で夏希を見た。

「科学捜査研究所の真田夏希です」

「ああ、君が四月採用のドクターね。で、何か」

加藤に対する態度に比べ、ずいぶんと口調が丁寧である。素直に認めたくはないが、男社会で若さと美貌《びぼう》は身を守る。

「わたしはどの班に入ればよいのでしょうか」

「うーん、そうだな……」

佐竹管理官はちょっと考えていたが、判断がつかないらしく、福島一課長に振った。

「課長のお考えは？」

「警備部と一緒にテロリストの洗い出しにつけるか……」

「うちでは素人は必要ありませんから」

小早川管理官が、にべもない調子で突っぱねた。

「だいいち、心理分析官なんぞを捜査本部に入れる必要があったんですか」

「真田警部補を現場に出せというのは、黒田刑事部長のご指示なんだ」

福島一課長はあいまいな笑顔を浮かべた。

（これはテストなんだ……）

黒田刑事部長は、心理職の特別捜査官として初めてただ一人採用された夏希を試そうとしているのだろう。自分がきちんとした成果を出さなければ、今後、心理職の採用にはブレーキがかかるに違いない。

（やるしかないでしょ。ともかく）

心理分析官を目指して後に続く者のためにも、ヘマはできない。大きなプレッシャーを感じつつも、夏希の全身をアドレナリンが駆け巡った。

「そうだな、鑑識に同行させて、現場を見に行かせるのがいいだろう」

福島一課長は予想外の言葉を口にした。

「あの……わたしはプロファイリングをするのでは……」

「それじゃ、現時点でプロファイリングに使える材料があるというのかね」

「ありません」

そう答えるしかなかった。少なくとも「マシュマロボーイ」というハンドルネーム以外には……。

「初心者同士でアリシアと組ませたらどうですか」

佐竹管理官が口元を歪《ゆが》めて提案した。

（アリシア……誰よそれ？　それに何なの、その顔）

佐竹の表情は何かを示していた。皮肉か嘲笑《ちょうしょう》か……いままで彼の浮かべた表情を観察する限り、佐竹管理官は容易には真意を表に出さないタイプのようにも感じられる。

県警に外国人の捜査官がいるとは聞いていない。

「名案だ。駐車場へ下りて本庁鑑識課の小川祐介《おがわゆうすけ》巡査部長のクルマに乗れ」

福島一課長は穏やかに笑った。この笑顔もうさんくさくて信用できない。だが、命令には従う以外にない。

「はい。わかりました」

夏希はテーブルからミニショルダーを手にして立ち上がった。

いよいよ実戦投入されるわけだが、いきなり大事件の捜査本部へ出されて、鑑識と一緒に現場へ出ることになるとは予想だにしていなかった。

戸惑いと不安が夏希の心によぎった。

【2】＠七月十八日（火）朝

県警の地下駐車場は広い上に、さまざまな種類の警察車両が駐車している。だが、すでに人《ひと》気《け》がなかった。

（誰もいない……）

あたりを見回すと、エレベーター出口反対側の隅に、黄色で神奈川県警察と染め抜かれている紺色の現場鑑識作業服を着た男が背を向けて立っていた。

（あの人か）

夏希は小走りに駆け寄っていった。

「まだ元気ないのか……お前、本当に気が弱いな。さっきクルマがたくさん出てったからうるさかったよな」

電話でも掛けているのか、男の背中から声が聞こえる。

「小川さん？」

声を掛けると、男の影から黒いかたまりが飛び出した。

「うわわわっ」

夏希は瞬間に飛び退き、反射的に両腕を胸の前で交差させて身を守る姿勢をとった。

黒いかたまりは夏希の足元にからみついた。

大きな犬だった。

「ぎゃあああっ」

逃げ出すこともできずに、夏希はコンクリートの床に尻餅《しりもち》をついてへたりこんでしまった。

黒犬は驚いて五メートルくらい左へ飛ぶように逃げた。

壁際でこちら向きにうずくまって前足を突き出し、全身を震わせて夏希を見つめている。

「なに叫んでるんだよ？」

男が不機嫌な声で訊《き》いてきた。

「だって、い、いぬが」

夏希は尻餅をついたまま、黒い大型犬を指さしてかすれ声を出した。

「おいでアリシア」

男が甘い声で呼ぶと、黒犬は立ち上がって男の足元にすり寄った。

ふうんと鼻を鳴らして、黒犬はその場で身を丸くして床に寝そべった。

「アリシアって、それなのぉ」

「モノ扱いしないでくれ。それに大きな声出すなよ。彼女はデリケートなんだ……あんたは？」

「科捜研の真田です。小川祐介巡査部長ってあなたですか」

「ああ……」

夏希と同じくらいの年頃か。すっきりとした顔立ちの男だが、眉間《みけん》にしわを寄せて愛想のかけらもない雰囲気を漂わせている。それにしても「ああ」というあいさつもなかろう。

「……助手席に乗って」

男はかたわらに停まっていたグレーメタリックのライトバンへあごをしゃくった。

「わ、わたし、犬、ダメなんです」

夏希の声ははっきりと震えていた。六歳の夏、郷里の函館で、近所の女性が飼っていたミニチュアダックスに左手を噛《か》まれて八針も縫う大怪我をした。かわいいから頭を撫《な》でようとしただけだったのだが、ダックスは気が立っていたらしい。

左手の怪我はすぐに癒《い》えたし傷も目立たなくなったが、四半世紀経ってもトラウマは消えていない。それ以来、どんなかわいい見た目であっても犬という犬に近づくことができない。だが、子どもの頃、自分に痛い思いをさせたダックスはネコと同じくらいの大きさだった。

目の前にいるのは、とても大きな、しかもものすごく精悍《せいかん》な感じの犬である。

夏希はこわごわと、アリシアという名が少しも似合わない精悍な犬へ視線を向けた。

スマートな全身がつやつやと真っ黒に輝き、顔の下半分と胸、前足は薄茶色の毛で覆われている。

アリシアは、夏希の視線を感じたのか、すっくと立ち上がった。

同じ薄茶の眉毛《まゆげ》の下で、黒い瞳《ひとみ》がまっすぐに夏希を見据えた。

反射的に夏希は後ずさりした。

たしか……。

「それドーベルマンっていう犬でしょ……軍用犬なんかに使う」

「大丈夫、彼女は犬じゃないから」

「う？」

「俺の友だちだよ」

「いや、そういう意味じゃなくって」

それきり小川は返事もせずに、ライトバンのリアゲートを開けて、荷台のケージの蓋《ふた》を開いた。

アリシアがしゅるっとケージの中に入ると、小川はリアゲートを閉じて運転席に座った。

「乗るの？　乗らないの？」

窓を開けた小川は尖《とが》った声で訊いた。

「あの……犬と一緒ですか」

「乗らないならクルマ出すよ」

小川の声は脅しの響きを持っていない平板なものだった。夏希がためらっていれば、言葉通りすぐにクルマを出してしまうに違いない。

夏希の心のなかで負けん気がムラムラと湧き起こってきた。こんなところで職務放棄などできるものではない。犬がどうしたというのだ。

「乗ります」

夏希はドアを開けて助手席にすべり込んだ。

「あんたを待ってたんで遅くなっちまった」

イグニッションキーを廻しながら、小川は不快げに舌打ちした。ムッときたが、とりあえずはこの無愛想な男とコミュニケーションをとることにつとめるべきだ。

「あの……アリシアは警察犬なんですか」

「候補生」

「だから福島課長が新米同士って言ってたんだ」

「あんたと違って、経験は積んでる」

小川はハンドブレーキを外し、アクセルを踏みながら不満そうに答えた。

「わたしのこと知ってるんですか」

「佐竹管理官から無線入ったの聞かなかった？」

「わたし、受令機もらってないんで」

現場へ出るのだから、これから受令機と呼ばれるトランシーバーは必要となろう。どこかで心理科長か誰かに頼まなければならない。

「新米の心理分析官のドクターを現場に連れてけって流れたんだ」

「初めまして。真田夏希と申します。この四月に採用となりまし……」

いきなり小川は面倒くさそうに言葉をさえぎった。

「刑事部であんたのこと知らない人間はいないよ」

夏希は腹を立てていた。警察に入ってから、そんな二人称を使われるのは初めてだった。

「あの、あんたっていうのやめてくれません？」

「真田警部補」

まじめな声音だったが、ふざけているのかもしれない。

「もっとふつうに呼んで下さい」

夏希は苛立《いらだ》つ声で小さく叫んだ。

「なんて呼べって」

さらに面倒くさそうな声が響いた。

「真田でいいです」

「じゃ、真田」

あきれてものも言えない。

「ふつう、さんとかつけませんか」

階級では自分が上だし、同い年くらいだ。呼び捨てにされたくはない。

「真田さん」

ここまで指導しなければ、満足に人の名前も呼べないのか。

「よろしく。小川さん」

小川の横顔に向かって、夏希はつとめて愛想よくあいさつした。が、小川は前方へ視線を置いたまま、不服そうな声を出した。

「何で俺たちが、新人のおともをしなきゃなんないんだろな」

むろん夏希はムカついたが、口をきくのも面倒になったので、苦情を呑《の》み込んだ。

四角いガラスの箱のような、みなとみらい線新高島駅の大通り高島口の建物の横から、夏希たちのバンは現場のある五十三街区へと入っていった。

黄色いテープの規制線で囲まれたエリアに近づくと、小川はクルマの速度をぐんと落とした。規制線のこちら側には数十人の人垣ができている。野次馬も多いが、放送用ビデオカメラを手にしたテレビクルーや、新聞・雑誌社の腕章をつけた取材記者ら、マスメディア取材陣の姿もちらほらしている。

高島署の地域課員らしき制服警官たちが無表情に立って、規制線の中を守っていた。

野次馬たちから少し離れたところで車を停め、小川は無言で外へ出た。夏希も後に続いた。

ケージが開くと、アリシアは荷台後部からするりとアスファルトの路面に降りて、寄り添うように小川の足元に立った。

小川がリードをハーネスに取り付けると、アリシアは肩を張るようにして黒い身体全体に仕事へ向けての緊張感をみなぎらせた。

夏希は何をすべきかを知らなかった。臨場するなどとは夢にも思っていなかったのだ。だが、この現場で自分にできることはひとつしかない。

観察だ。

夏希はまず、現場を取り巻く環境を三百六十度見回してみた。

実に奇妙な場所と言ってよかった。横浜駅の方向には、ひっきりなしに車が行き交って首都高横羽線《よこはね》が横に延び、その向こうには延々と商業地域が広がっている。

振り返ると、だだっ広い埋め立て地を隠すように高層ビルや商業ビルが建ち並んでいる。

現場だけが取り残されたような広々とした空き地となっていた。

昨夜《帆HAN》から見下ろしたときには、ただ黒々とした四角い空間に過ぎなかった。

陽光の降り注ぐ現場は、丈の低い雑草がぱらぱらと生えているほかは、ほとんどが砂色の裸地だった。

一言で言って殺伐とした雰囲気で、空爆か大火災の後を片付けた場所のように見えた。

実際にこの五十三街区は多くの施設を取り払った「つわものどもが夢の跡」という性質の土地なのだ。

現場鑑識作業服姿の鑑識課員が数名、大型掃除機のホースを手にしてせわしなく動き回っている。

「あれ。鑑識の人たち、掃除してるんですか」

「何いってんの」

揶揄《やゆ》ではなく驚きの声だった。

「だって、みんなで掃除機かけてるじゃないですか」

「あれは集塵機《しゅうじんき》っていうの。地表の残存物を根こそぎ集めてるんじゃないか」

小川はあきれ声で肩をすくめた。

集塵機の騒音はかなりのもので、夏希は目の奥に痛みを覚えた。実際には痛いはずはないのだが、すぐに自分の脳内にブロードマンの脳地図などを思い浮かべてしまう夏希の錯覚である。

痛みを感じたのは、大脳皮質の中での眼窩《がんか》前頭皮質と呼ばれる部位である。論理的思考より直感的な、言葉を換えればさらに高次元の思考を司《つかさど》っている。ひらめきはこの部分の血流が増えるときに生まれる。

人間の脳の中でももっとも研究の進んでいない部位であるが、この部分の損傷は深刻な問題を引き起こす。簡単に言うと性格が歪《ゆが》むのである。

眼窩前頭皮質が傷ついた場合に、一般には、共感能力や社会的対話の欠如という症状が散見される。他人に対して拒絶的になったり、酷薄になったりする場合もある。

賭博《とばく》への衝動や性欲過多さえ、その症例として列挙されている。

(では、小川氏はどうか)

専門的な検査をしてみないと診断できないが、小川の素っ気なさは眼窩前頭皮質の損傷を疑うほどのレベルではないように思える。それに……。

「おまえは本当にいい子だなぁ」

目尻《めじり》を下げて首のあたりを撫《な》でているアリシアに対しては、共感性の欠如どころか、大変に濃密な愛情を感ずる。

（要するに変人なのだ）

夏希は学問的追求を放棄した。

（蚊が出るといけないから）

両脚を守ろうと、手元のバッグから防虫スプレーを取り出した。次の瞬間。

「あ、ダメだよ、それダメ」

小川が尖《とが》った声を出した。

「え？　スプレーのことですか」

「ちょっと見せて」

夏希の承諾を待たず小川はスプレーの容器をひったくった。

「これ香料が入ってるじゃないか。アリシアの鼻が効かなくなる。現場では匂いの強いものは使用禁止！」

「すみません、気をつけます」

「君のその甘ったるい香水だって邪魔なくらいだ」

両手首にほんの少しつけているだけのアリュールが捜査の邪魔になるとは知らなかった。

「ぜんぜん知りませんでした。もうつけてきません」

夏希はムッときて強い調子で返事した。

「今度からは気をつけてよ」

小川はどこ吹く風である。

ＳＴＳ……県警特殊捜査班に所属する女性の講義を聴いたとき、香水は個人を特定されるので使わないと言っていた。だが、科捜研にいる自分には関係のない話だと思っていた。

（警察という職場ではオシャレは考えちゃいけないってことね）

瞬時、感じた怒りはあきらめに変わった。

集塵機組の一人が規制線のテープの向こうから、小川に近づいて来た。

小川や夏希と同じ年輩のがっしりした体格の鑑識課員だった。

「もう現場にアリシアを入れてもいいよ。集塵機のモーターが焼けちまうから、俺たちはちょっと休憩とる」

「宮部《みやべ》さん、お疲れさま。後が大変ですね」

「こんな広い範囲だ。後処理考えるとうんざりだよ」

鑑識の連中は、集めた砂や埃《ほこり》をふるい分けて、必要とあれば科捜研の分析官にまわさなければならない。どんなに膨大な作業量となるかは、夏希にも容易に想像がついた。

「さぁ、アリシア、出番だよ」

頭を撫でると、小川はリードを持ち直した。

アリシアは息を弾ませながら、元気よく規制線の中へ入って行った。小川は半ば引きずられるようにして後をついて行く。

「わたしも入っていいですか」

「ああ、どうぞ。ドクター。研究成果を楽しみにしていますよ」

宮部と呼ばれた鑑識課員は口元に皮肉な笑みを浮かべながら、それでも黄色いテープを持ち上げてはくれた。

いちおうの静寂を取り戻した現場の中央付近に立ってみた。

目をつむると、潮の香りを含んだ海風が頰を通り抜けていく。

横羽線を通過する遠いクルマの音以外に、目立つような騒音は少なかった。

深呼吸を繰り返し、心を静めて、大脳をデフォルト・モード・ネットワーク（DMN）というモードに持ってゆく。

脳のアイドリング状態と言えばわかりやすいだろうか。何もしないで何も考えないでいる状態、つまりぼんやりしている状態を言う。

DMNは睡眠時とは異なり、脳が休息しているわけではない。覚醒《かくせい》した状態の脳に外部からの情報処理が要求されていない状態なのである。

しかし、人の心、とくに潜在意識から脳への働きかけは行われており、この状態でも脳は常に一定量のブドウ糖を消費している。

昨今の脳生理学は、この状態に着目している。DMNは外からの刺激から独立した思考や自分への内省の機能を持つと言われている。

つまりぼんやりしているときに、人はいちばん高度な思考をしている可能性があるのだ。

クリエイターや学者など、高度な思考を必要とする人間ほど、DMNの状態を大切にすべきだという指摘が為《な》されている。夏希自身もそう考え、DMNを活用しようと努めていた。高度な思考をするためには、DMN状態は欠かせないと思っている。

夏希は目を開けた。

空き地が視界に入ってくると、視覚情報により、DMNは通常の活動モードに戻る。

(ここは……うち捨てられた淋《さび》しい公園)

現場の視覚情報から夏希がまず感じ取ったのは、住宅地の中の児童公園に類似しているということだった。ろくに設備もない、スポーツ広場というような施設だろうか。まわりを住宅が取り囲んでいて、夕方などほとんど誰も遊んでいないようなそんな公園である。

この現場の昨夜の状況を思い起こしてみる。

まわりは光の林で、ここだけはぽっかりと穴が空いたような暗さに沈んでいた。

(コールサック……夜空の石炭袋)

日本では見えないが、南の空のみなみじゅうじ座の近く、夜空でもいちばん目立つ暗黒星雲を思わせる。

夏希は、この場所に立つ者の心理へ何とか入り込んでみようと試みた。

出てくる文字はただひとつだった。

孤独……。

この石炭袋のような五十三街区の雰囲気は孤独に過ぎる。

(犯人は政治テロリストなんかじゃない気がする)

政治テロリストは現体制、たとえば為政者と、その体制を無意識にせよ支持している人間を標的に選ぶはずである。我が国でも、かつて政治テロリストは権力の走狗《そうく》と目した大企業を狙って無差別テロを繰り返した。

一九七〇年代に東アジア反日武装戦線が引き起こした「連続企業爆破事件」のターゲットは大企業ばかりだった。八人の死亡者を出した三菱《みつびし》重工をはじめ、三井《みつい》物産、帝人《ていじん》中央研究所、大成《たいせい》建設、鹿島《かじま》建設、間組《はざまぐみ》などが無差別爆弾テロの被害に遭った。

このテロリストたちを衝《つ》き動かしていたエネルギーは、権力者に対する誤った「怒り」であったことは間違いがない。

その心理は孤独とは無縁だという気がする。

一方、この横浜の石炭袋では、怒りをぶつける相手は存在し得ない。

むろん、犯人は単に人的物的被害の出ない場所を選んだだけかもしれない。テロリストはこれから本格的な活動をするつもりで、実験かテストのつもりでこの場所に爆弾を仕掛けたのかもしれない。

だが、それならば、もっと安全な場所、つまり警察官が駆けつける恐れのない倉庫街などを選んでもよかったはずである。

温《ぬく》もりのある場所、光り輝く場所から取り残されたこの街区に、夏希は犯人の特別な「思い」を感じざるを得なかった。

それは自分自身を破壊するに似た行為であり、嫌悪する自己への嘲笑《ちょうしょう》であるようにも思えた。

「よくやったぞ。アリシア」

夏希の思いは、小川の声で破られた。

小川を引っ張るようにしてアリシアが戻ってきた。口に何かを咥《くわ》えている。

立ったまま談笑していた鑑識課員たちもいっせいに集まってきた。

「見ろよ。アリシアの手柄だぞ」

小川はアリシアが見つけてきた大人の人差し指くらいの黒っぽい物体を白手袋を嵌《は》めた手でつまみ上げ、自慢げにほかの者に見せた。

鑑識課員たちにどよめきがひろがった。

何かの破片のようだった。

「こりゃあ爆発物の本体かもしれない」

宮部はしげしげと破片に見入った。

「よく見つけたなぁ。あれだけ丹念に探したのに」

悔しげな宮部に、小川は得意満面に答えた。

「アリシアは地表の下に埋まっているものを見つけるプロですからね」

「さすがは地雷探知犬上がりだな。爆発のショックで土の中にめり込んだというわけか」

「そういうことでしょう。すぐに見つけましたよ」

「火薬の臭いに反応して、その場で止まって知らせるんだったな」

「ええ、そうです。さて、念のためもう一度、アリシアに現場を探させますよ」

ようやく夏希は納得がいった。警察犬に何を探させるのかと思っていたが、アリシアは爆発物を探すための訓練を受けた犬なのだ。

　その後もアリシアは鼻を地面に擦《こす》りつけるようにして現場をぐるぐると動き回った。が、これといった残存物は発見できなかった。

　夏希は科捜研から貸与されているコンパクトデジカメを取り出した。だが、記録すべきような景色は少なかった。とりあえず現場からの四方向を記録に収めた。

「アリシアにご褒美をやらなきゃな」

　小川は地面に置いてあったボストンバッグに手を突っ込んでゴソゴソやっている。

　食べ物でもやるのかと思ったら、小川が取り出したものは、オレンジ色の卵形のゴムだった。目鼻が描いてあるマスコット人形のような犬用おもちゃである。

　リードを外されたアリシアは、なんだかのびのびしているように見える。

「ほい、アリシア」

　小川はゴムのおもちゃを宙に放った。

　アリシアが勢いよく走り出す。すぐにおもちゃを咥《くわ》えて駆け戻ってきた。

　小川が受け取ると、アリシアは得意そうに鼻を鳴らして小川を見つめた。

「ソート、ドウ・アイ・ソート」

　何語かわからないが、小川は外国語で声を掛けてアリシアの頭や喉《のど》のあたりを撫《な》で回した。きっと愛を囁《ささや》いているのだろう。アリシアは目を細めて耳を垂らし、小川にされるがままになっている。

「ほらっ、もう一度だ」

　小川がおもちゃを放ろうと身構えたところで、無線通信の音が聞こえた。

「至急、全捜査員に戻れって命令が入ってる。何か進展があったらしい」

宮部が声を張り上げて鑑識課員たちに伝えた。

小川の舌打ちの音が響いた。

「また遊んでやるからな。今日はガマンしろ」

アリシアをラゲッジスペースのケージに戻すと、小川はさっさと運転席に座ってエンジンを掛けた。

夏希が仕方なく助手席に座ると、すぐに小川はクルマをスタートさせた。

(よかった。蚊に食われてない)

潮風の吹き渡る埋め立て地には虫も少ないのか、幸いにも蚊には食われていなかった。

アリシアが手柄を上げたためか、小川は行きよりは機嫌がよさそうだった。

鼻歌らしきものを歌いながらハンドルを切っている。

「さっき外国語でアリシアになんか言ってましたね」

「かわいいよ。おまえはかわいい、って言ってたのさ」

予想通りの返事だった。

「どこの国の言葉ですか」

「スウェーデン語さ。アリシアは地雷探知犬だったんだ」

「えっ、スウェーデンに地雷なんてあるんですか」

夏希は驚きを隠せなかった。

「いや、活躍しているのはカンボジアのほかだと、エチオピアやコンゴ、ヨルダンなんかだよ。だけど、地雷探知犬はおもにスウェーデンで基礎教育と訓練を受ける。だから、アリシアへの命令はスウェーデン語だ。でも、彼女は優秀だから、半年足らずで日本語もずいぶんわかるようになった」

「へぇ……日本語もねぇ」

犬という動物はそんなに簡単に言葉を覚えるものだろうか。

「カンボジアで活躍してじゅうぶんに経験を積んでる。それなのに、うちの県警《かいしゃ》の警察犬としては候補生扱いなんだ。真田さんのようにまったく現場を知らないわけじゃない。一緒にして欲しくないよ」

機嫌がよくて口にする言葉がこれである。

要するに、アリシアを新米扱いする警察幹部に対して不満を抱いているのだ。

（あたしこそ、犬と一緒にされたくないよ）

夏希のほうが佐竹管理官に苦情を言いたいところだった。

当のアリシアは、ラゲッジスペースで、まるで存在しないかのように静かにしている。

「まぁ、そのうち、連中もアリシアの実力がわかるはずだよ」

小川はつぶやくと、それきり黙り込んだ。

（なに、この変人。まぁ、どうせ一緒に過ごすのは今回限りだ）

小川に対して、心理分析をする興味も、脳生理学的なアプローチを試みる意欲も少しも湧いてこない。むしろ一刻も早くこの変人から離れたかった。

【3】＠七月十八日（火）昼

捜査本部に戻ると、出たときとは違った緊張感が会議室全体にみなぎっていた。

外に出ていた多くの捜査員たちは、急な帰還命令にまだ高島署に戻れずにいた。捜査幹部以外の捜査員は朝の半分くらいの人数しか顔を揃えていなかった。

今朝、司会役をつとめていた捜査員がマイクの前に立った。

「緊急会議を始めます。まだ戻っていない捜査員に対しては、各部署の責任者から会議内容を伝達するようにお願いします。では、佐竹管理官お願いします」

佐竹管理官の目つきが険しい。

「本案は急展開を見せることとなった。マル対は、つい先ほど次のメッセージを県警本部に送りつけてきた」

プロジェクタースクリーンに出席者全員が視線を集中する衣擦《きぬず》れの音が響いた。

――今日の二十一時に横浜市内でふたたび爆発を起こす。マシュマロボーイ夏希は「えっ」と声を上げそうになった。

「なんだって」「ほんとかよ」

会場内にも驚きの声が次々に上がった。

戻ってきた捜査員たちが、次々に朝と同じ席に腰を下ろしてゆく。

「第二のメッセージは県警ウェブサイトの総合相談受付のフォームに投稿された。本日十一時ちょうどだ」

前回が十五分の余裕しかなかったのにかかわらず、今回、犯人は半日近い時間を警察に与えた。

（なぜ……わざわざ時間をあけてあたしたちに捜査をさせようとするの？）

夏希は違和感を覚えた。

「この第二のメッセージは、第一のメッセージとは違って表には出ていない。言うまでもないが、マスメディアを含め外部への漏出などが絶対にないように」

佐竹管理官は厳しい声音を響かせた。

福島一課長が話を引き継いだ。

「我々の急務は、二つだ。まず第一に、爆破予告は横浜市内のどこを目的としているのかを突き止めること。続いて、むろんのこと被疑者の確保だ。犯行予告場所の特定については、すでに横浜市内の全所轄署に不審物の探索を下命してある。だが、横浜市内から爆破予告場所を探し出すことは、大海に針を探すに似た性質を持つ。やはり一刻も早く、被疑者を確保して爆発を未然に防ぐしか手はない」

（たしかに横浜市って言ってもあたしの家のあたりだってそうなんだよな）

夏希の脳裏には、延々と続く近くの雑木林が浮かんだ。第一回のようにまったく人のいない場所を狙うのか。それとも、横浜駅近くのような雑踏をターゲットとしているのか。犯行目的がわからないだけに、現時点では予測できる人間はいないはずだ。

「警備部では、第一のメッセージの発信地を絞り込んだ」

小早川管理官の発言に、夏希もまわりの人間もいっせいに耳をそばだてた。

「我々はスペイン北部のバスク州ビスカヤ県のビルバオ市付近から発信されているところまで突き止めることができた。スペイン王国公安当局との連携により、ＢＬＬの被疑者一味に迫るのも時間の問題だ」

小早川管理官は得意げに肩をそびやかした。

「第二のメッセージにより、被疑者の狙いが横浜市内に限られていることが明らかになった。捜査本部総力を挙げて横浜市内のスペイン関係者を洗ってほしい。いいか、時間的猶予はおよそ九時間しかないんだ。この限られた時間でなんとしてもマル対を確保する。以上だ」

福島一課長の声は重々しく響いた。

「質問のある方は」

司会役が、ほぼ朝の人数が揃った会議室を眺め回しながら訊《き》いた。

夏希の心のなかに生じた違和感は、入道雲のようにむくむくと大きくなってきた。

あの「夜空の石炭袋」のような現場は、どうしても国際政治テロリスト組織とはなじまない。

(自分を抑えろ。抑えるんだ)

いま発言すれば、自分の首を絞めるだけである。

しかし、夏希は気持ちをどうしても抑えられなくなっていた。

「あの……いいですか……」

小早川管理官が挑戦的な目つきで睨《にら》みつけた。

「真田警部補、何か？」

福島一課長が穏やかに訊き返した。

「本当にBLLの関係者が犯人なんでしょうか」

「どういうことかね？」

「バスク独立について日本人の関心は皆無と言っていいでしょう。そもそもバスク民族の存在すら知っている日本人は少ないと思います」

「実は、本案に接するまで、俺もよく知らなかった。カタルーニャ州はいま大騒ぎになっているが、スペインというのは複雑な国なんだな……」

福島一課長は苦笑を浮かべた。

「もし、犯人が日本人の意識喚起を狙っているのなら、爆発事件なんて起こしても逆効果です。それに横浜市内ばかりを狙う理由がわかりません」

「たしかになんで横浜なんだろうな」

うなずく福島一課長に、小早川が色をなして反論した。

「しかし、投稿者のアカウントは間違いなくBLL関係者のものなんです。このIPアドレスは、SNSに何度かバスク独立を主張するメッセージを書き込んでいる。マシュマロボーイなる日本側の被疑者が、単に横浜近辺の者なのだと思料します」

「でも、BLL活動範囲はほとんどスペインのバスク地方、マドリード、バルセロナ、地中海沿岸に限られているとウィキペディアにも書いてありますねぇ」

会議室の後方から不規則発言が聞こえた。

振り返ると、加藤が片手にしたスマホに目をやっていた。

意外にも、加藤は夏希に援護射撃を送ってきた。

「加藤っ、お前は会議中にスマホを見てたのかっ」

佐竹管理官が怒声を張り上げた。

「でも、ドクターの言うことのほうに、はるかに説得力がありますよ」

「加藤巡査部長、失礼じゃないですか」

小早川が不快この上ないという声を出した。

「スマホですか。すんません」

「そっちの話じゃない。BLLの話だ」

「でも、BLLはどうもしっくりこないんですよ」

「本庁警備部の判断なんだ。しっくりこないなどと言うヤマ勘で、所轄が口を出す話じゃない」

「わかりました」

加藤はぶすっとした顔で口をつぐんだ。

「真田警部補の話を聞こう。君の考える犯人像を話してくれ」

福島一課長が仕切り直した。

「自己顕示欲が異常に強い、一般人の犯行ではないかと……」

「劇場型犯罪だとでも言うつもりかね」

福島は驚きの声を上げた。

「可能性のひとつに過ぎませんが……」

「いや、それはあり得ません」

夏希の言葉をさえぎって、小早川管理官がつばを飛ばした。

「バスクと日本との関係が希薄だからこそ、一般人が、BLLと接触を持っているというのはあり得ない話でしょう。もし、目立ちたいだけなら、イスラーム関係の過激組織など、もっと知名度の高いテロ組織の名を騙《かた》るはずです」

小早川は得意げにうそぶいて傲然《ごうぜん》と背をそらした。

たしかに、この理屈は通ってはいるが……どうもすっきりしない。

そのとき、会議室の後ろからスーツ姿の若い捜査員が小走りに入って来た。

男は小早川管理官のもとに近づくと、手にしたメモを見ながらなにごとかを耳打ちした。

「なに、なんだって……そうか」

小早川は苦しげにうめいた後、会場を見渡して意を決したように口を開いた。

「今回の発信元IPアドレスが特定できた……やはり海外だ……これも警備部でマークしているアドレスと判明したが……」

口元を大きく歪《ゆが》めて、小早川は喉《のど》の奥から声を出した。

「発信元はアイルランドだった」

暗い声だった。

会場内に湧き起こったざわめきを制するように小早川は声を張り上げた。

「今回の発信元はアイルランドのベルファスト付近で、北アイルランド独立闘争をしてきた組織の名残である『アイルランド自由軍』……通称IFA関係者と思われるアカウントから発信されたと断定された」

「おいおい、敵はスペインだったんじゃないのかよ」

福島一課長はぞんざいな口調で突っ込みを入れた。

「一回目は間違いなくスペインからの発信です」

小早川は力なく答えた。

「では、アイルランドのは模倣犯と言うのか」

福島一課長はあきれ声を出した。

「スペイン人テロ組織の真似を、今度はアイルランド人の組織がやったってことか」

佐竹管理官が疑わしげな声を出した。

夏希には筋道が見えてきた。答えはあっけないほど簡単なものだろう。

「犯人は、スペインとアイルランドにいる友人に対して脅迫メッセージを送ってるんです。友人が自分のアドレスから投稿する。すると、IPアドレスはスペインやアイルランドから投稿されたものとなりますよね。つまりは代理投稿です」

小早川管理官は目を剝《む》いて反論してきた。

「いいか、スペインとアイルランドの発信元アカウントは、どちらもそれぞれの国の公安当局がマークしているテロ関係者なんだぞ。我々の情報解析に間違いはない。今回の発信元アカウントも、SNSで間違いなく北アイルランド独立の主張をしているんだ。我々を見くびってもらっちゃ困る」

「ま、真田の話の続きを聞こうじゃないか」

福島一課長が先を促した。

「スペインとアイルランドで投稿をした人間も、本当にテロ組織の一員とは限らないと思います。つまり、テロ組織の賛同者か、下手をすると賛同者ですらないかもしれない……場合によっては、スペインとアイルランドの二人もテロ組織とは関係がなく、イタズラで独立主張のメッセージを発信しているかもしれないということです」

「なんのためにそんな馬鹿なことをするって言うんだ」

小早川管理官は吐き捨てるような声を出した。

「先ほども申しましたが、自己顕示欲です」

「スペインやアイルランドの治安当局に目を付けられるだろう。逮捕される恐れもあるんだ。自己顕示欲だけでそんな馬鹿なことに協力する者がいるものかな」

福島一課長は当然とも言える疑問を口にした。

「現在、二つの国の武力闘争はなりを潜めています。また、スペインではカタルーニャ問題が最重要課題です。それぞれの国の公安当局の追及もそれほど厳しくはないように思います」

夏希の言葉を小早川管理官が途中でさえぎった。

「わたしには信じられない。ただのイタズラで、そんな危険なことをする人間がいるとは。まったく合理性を欠いた行動としか思えない。だって、そうじゃないか。その海外の二人の協力者にはなんのメリットもないんだぞ」

「ネットでの政治的なイタズラ発言に関する諸外国の現状ははっきりはわかりません。ですが、フェイクニュースを発信する人間は世界的に後を絶ちません。多少の危険を冒すことにスリルを感じ、悪質な遊びを繰り返す青少年の行動は、我が国ではじゅうぶんにあり得る話です」

「たしかに日本の青少年の中には、目立つためなら、犯罪的行為をSNS等で自慢げにさらす者が少なくないな。ヨーロッパにそういう若者がいても不思議はない」

佐竹管理官は初めて夏希の主張に賛意を示した。

「しかし、マル対つまり爆発物を仕掛けた犯人の行為は、単なるイタズラの線を越えている」

福島一課長は穏やかな調子で反駁《はんばく》した。

「たしかにおっしゃる通りです。スペインやアイルランドで、自国とは関係のない脅迫メッセージを代理投稿することと、日本で爆発物を仕掛けることの意味はまるで違います。わたしは、日本の犯人と二つの国の協力者は完全に分けて考えるべきだと思います」

「あなたは警備部の捜査が無駄だと言うのか」

小早川管理官は顔を真っ赤にして怒鳴った。

「いいえ、そうは申しておりません。二つの発信元を特定して頂いたおかげで、政治テロリストによる犯行でない可能性が浮上したんじゃないんでしょうか」

「両国のテロ組織に関わりを持つ日本国内のテロリストを疑うのが当然だ。愉快犯だの劇場型犯罪だのと言う、真田分析官の意見にはまったく賛同できないっ」

甲高い小早川管理官のわめき声が響いた。

「小早川管理官の意見も真田分析官の意見も、まだ、推測の域を出ていないと言うべきだろう。古くから耳が痛くなるほど言われているが、捜査に予断は禁物だ。我々は少しでも多くの材料を集めて事実を積み重ねてゆくしかない」

福島一課長は、その場を収束させようとしてか、ゆっくりと落ち着いた声音で諭した。

「たしかにわたしの考えにも確信があるというわけではありません」

政治テロリストではないと、ほぼ確信していたが、これ以上反駁すれば、小早川管理官との間に感情的なしこりが残るだけである。夏希はいったん旗を巻くことにした。

【4】@七月十八日（火）夜

半日が空しく空しく過ぎていった。

午後八時五十分。

捜査本部には張り詰めた緊張が漂っていた。

犯人からのその後のメッセージもなく、新たな手がかりはなかった。

「あと十分だ……」

佐竹管理官が乾いた声を出した。

「犯人は犯行現場に向かっているのかもしれない……」

小早川管理官がつぶやいた。

「なぜそう考えるのかね？」

福島一課長が訊《き》いた。

「携帯電話を使うと位置を特定されます。発信元のさまざまな偽装も困難となる。だから、犯人は固定通信手段を使っていると思います。だとすれば移動中の犯人は我々にメッセージを送信できないはずです」

この仮説が正しいとすれば、犯人の沈黙は事態が緊迫していることを物語っていることになる。

夜に入っても、横浜市内の各所で捜査員たちが血眼になって爆発物の捜索を続けている。

だが、言うまでもなく横浜市は、神奈川県で最大の都市である。港北《こうほく》区、緑《みどり》区、青葉《あおば》区、都筑《つづき》区などは丘陵や広大な森がひろがっており、切り拓かれたところには無数の住宅が建ち並んでいる。夏希の住む戸塚区も同じことだ。

京浜《けいひん》工業地帯の一翼を担う鶴見《つるみ》区や神奈川区などは、数千の事業所に数十万人の人々が働いている。中《なか》区、西《にし》区、南《みなみ》区などの繁華街は繁華街で爆発物を隠す場所などいくらでもある。

福島一課長の言葉通り大海に針を探すようなものである。捜査本部に有力な情報は何ひとつもたらされていなかった。

真正面の白い壁に掛かっている時計の針は嫌になるくらい速く進んでゆく。

「そろそろだな……」

沈黙を破って佐竹管理官がつぶやいた。

次の瞬間、窓際の無線から固い声が響いた。

――中区山手町《やまてちょう》で爆発発生との緊急通報あり。

通信指令センターからの無線だ。一一〇番通報があったのだ。

「やられたかっ」

「どこだっ」

会議室は瞬時ざわめきたって、すぐに静まりかえった。

──現場は中区山手町一一四番地、港の見える丘公園。爆発規模は不明だが、負傷者がいる模様。

「港の見える丘公園だったか」

「負傷者が出たのか」

ざわめきを制するように、福島一課長がさっと立ち上がった。

「中区と西区付近で巡邏《じゅんら》中の機動捜査隊員は、全車、現場に急行だ。山手署からも人数を出せ」

係員たちが命令を伝達に次々に出て行く。

「真田にも現場に出て貰《もら》おうじゃないですか」

佐竹管理官の提案に福島一課長が短く下命した。

「真田分析官はアリシアと一緒に現場に出るように」

「了解です」

夏希は上体を折る正式な敬礼をして、会議室を後にした。

地下駐車場に降りて行くと、例の鑑識のバンは停まっておらず、エンジンが掛かったパトカーの傍らに小川が立っていた。

「もう出るぞ」

小川はぶっきらぼうに声を掛けてきた。

「このパトカーに乗るんですか」

「何か問題ある？」

「だって、アリシアが……」

後部座席にはすでにアリシアが乗り込んでいた。

運転席と助手席は制服警官が占めている。どうしたって、アリシアと同じシートに座る羽目になる。

「クルマが空いてないいんだ」

「朝のバンはどうしたんですか」

「別の事案でほかの警察犬が乗っていった。アリシアはまだ見習いだから、専用車があるわけじゃない」

「でも……無理……」

昨日の五十三街区の現場とは違って、港の見える丘公園は高島署から直線距離でも六キロ近くある。夏希にはどんな交通機関を使って移動すればよいのかもわからなかった。

「じゃ、歩いて行けば」

突き放したような小川の口調に、夏希は胃の奥でなにかがぐっと動くのを感じた。

「わかりました。乗ります」

後部左のノブに手を掛けるが、なかなか引けない。

アリシアが飛び出してきて、抱きつかれでもしたら卒倒してしまうだろう。たとえ、それが親愛の情から来るものだとしても……。

「早くしてよ。急いでるんだから」

背中から浴びせられる冷たい声に、夏希は目をつむり力を込めてドアノブを引いた。なんの音もしない。夏希が恐る恐る目を開けると、アリシアは後部座席の中央あたりにちんまりと座っていた。こちらへ顔を向けて舌を出し、夏希の顔を輝く黒い瞳《ひとみ》で見つめている。

こわばる身体を無理に動かして、夏希はぎこちなく車内へ頭と肩を入れた。

ふうんと小さくアリシアは鳴いたが、微動だにしない。

夏希は黒いビニールレザーのシートに落ち着かなくお尻《しり》を置いてそっとドアを閉めた。

反対の右側から小川が乗り込むと、アリシアは背筋をいくらか伸ばして前方を見つめ直した。まるで、任務に就いたという態度に見えた。

「真田警部補、ベルトを締めてください」

運転係の制服警官に注意されて、夏希はあわててシートベルトを締めた。

すぐにクルマは動きだし、地下駐車場から勾配《こうばい》を上って外の世界へ出た。

車窓が明るくなっても、アリシアのようすには変化が見られなかった。

夏希の身体のこわばりは少しずつほぐれてきた。犬の匂いはするものの、車内のアリシアはまるで置物のようにおとなしかった。

パトカーはみなとみらいトンネルから新港地区を抜けて赤レンガ倉庫から対岸に戻る。県警本部のビルが見えてきた。

今朝、出てきたに過ぎない科捜研が妙になつかしく感じられた。

アリシアはしゃきっとした姿勢のままで、前方へ視線を置き続けている。

緊急出動ではないので、サイレンも鳴らしていないが、午後九時過ぎとあって、道路は比較的空《す》いていた。山下《やました》公園を左に見て進むと、ものの十分余りで港の見える丘公園の丘が前方に黒々と見えてきた。

近代文学館入口の交差点まで来ると、赤色灯がいくつも光っていて、報道陣や野次馬たちでごった返している。

パトカーは交差点を左に曲がった細い坂道へ鼻先を突っ込んで停まった。警察車両が何台も停まっていて、坂道をほとんど通せんぼしている。

「現場はここから下って、大佛次郎《おさらぎじろう》記念館のところから公園に入った霧笛橋《むてきばし》西詰の広場です」

助手席の制服警官がドアを開けてくれて、夏希は道路に出た。

だが、アリシアはそのままの姿勢を崩さなかった。

小川が右側のドアを開けると、アリシアはとことことパトカーから降りてきた。

ハーネスをつけられて臨戦態勢となったアリシアとともに、夏希たちは霧笛橋西詰の現場に到着した。

規制線の黄色いテープのまわりには、ここにも報道陣や野次馬が詰めかけていた。数人の地域課員たちが野次馬や報道陣を威圧するように立ち並んでいた。

「おい、あれ見ろよ」「ほんとだ」「へぇ、かわいい」

野次馬の歓迎の声に迎えられたのは、夏希ではなくアリシアだった。

大佛次郎記念館を背にしたコンクリート打ちっぱなしの殺風景な四角い広場には、三基のベンチとプランターくらいしか設備らしい設備はなかった。

小川と同じ作業服を着た鑑識課員たちが、フラッシュライトを手に手に地面に這《は》いつくばるようにして作業を続けている。

名前に違《たが》わずこの広場からは港の夜景が目の前にひろがっている。

埋め立て地の向こうにベイブリッジが光の弧を描いている。人気のデートコースならではのロマンチックな眺めだった。

「わぁ、きれい」

夏希は思わず叫んでから、しまったと思った。この現場では負傷者が出ているのだ。

「遊びに来てんじゃないよ」

アリシアの背中をやさしく撫《な》でながら、小川はつっけんどんな声を出した。

左右の街路灯で意外なほど明るく、不埒《ふらち》なことをできるカップルは、まずいないだろう。

「おい、小川、役得だな」

一人の鑑識課員が声を掛けてきた。五十三街区の現場で見た、がっしりした体格の宮部だった。

「お疲れさま。役得って？」

「今夜も美人のお供でさ」

小川は顔をしかめて別の答えを返した。

「……アリシアに仕事させていいですか？」

「ああ、もう何も出ないだろう。爆発はあの植え込みの前に置かれていたプランターの中で起きたんだ」

宮部は左手、つまり西側の高さ三十センチほどの細長いカステラのような形に刈り込まれた生け垣を指さした。プランターの破片は回収されているようであった。

「この広場で、被害者《ガイシャ》はいちばん運の悪い男だったんだよ。爆風で飛ばされたコンクリートプランターの一部が左側頭部に命中したんだ。座っていた場所が十センチ違えば、怪我をせずにすんだかもしれない」

宮部は三つ並んでいるいちばん左側のベンチを指さした。すぐ横には綿ロープで人型が作ってあった。被害者が倒れていた場所だ。

「被害者の怪我はひどいんですか」

「救急車で運ばれたが、どうなんだろう。あんまりよくないんじゃないか」

夏希の問いに宮部は暗い顔で答えた。

少なくとも現時点で死んではいないようである。

（脳に大きな損傷を受けてないといいな）

人間の脳は豆腐のようにやわらかい。大脳と頭蓋骨《ずがいこつ》の間には隙間がある上に、内側には小さな突起が多い。このため、人間の頭を揺すると、やわらかい脳はダメージを受けることがある。

乳幼児は大人以上に隙間が多いので、ゆさぶられ症候群による死亡事案がニュースになることも少なくない。

大人であっても、コンクリート片が頭に当たったのでは、ダメージは小さいはずはない。仮に生命機能に問題がなくとも、大きな障害を残す恐れがある。

「それでお宝は？」

小川の問いに、宮部はふたたび冴《さ》えない顔で首を横に振った。

「前の現場よりは爆発力のある爆発物のようだが、それでも威力の小さなものだ。残存物は少なかったよ」

「よしっ、アリシア行くぞ」

小川がリードを手にすると、アリシアは鼻を低くして広場を四角く回り始めた。

しばらくすると、アリシアは目の前に伸びている茶色に塗装された金属柵《さく》を跳び越えて花壇に飛び込もうとした。

「おおっ、アリシアの奴、何か見つけたか」

小川が声を弾ませてアリシアとともに金属柵を越えた。

花期を終えたツツジの株にアリシアは鼻をくっつけて臭いを嗅《か》いでいる。

（蚊が多そうだなぁ）

だが、バッグの中の防虫スプレーは使えない。

耳もとで小さな羽音がうなる不快感に夏希は堪えた。

（さてと……）

現場に立ったとはいうものの、夏希は占い師ではない。

この広場を観察するだけで、犯人の絞り込みをしろというのは学術的な分析としては不可能な話である。だが、それが任務とあれば、何らかの資料を持ち帰らなければならない。

事故当時、この広場はカップルであふれかえっていたという。

絵に描いたようなデート場所である。多くのカップルは、ここから光り輝くベイブリッジを眺めて愛を囁《ささや》いていたのだろう。

（ふつうに考えれば、異性からの愛に恵まれた人間に対する妬《ねた》みか嫉《そね》みだけれど……）

どうもしっくりこない。

――夜空の石炭袋
夏希が第一の現場で感じた犯人の孤独とは結びつかない。

人っ子一人いない五十三街区の暗い広場で爆発を起こした人物の抱える孤独は、もっとずっと徹底的なものだと夏希は感じていた。

もう一度、夏希は広場を観察し直した。

あまりにもデートにおあつらえむきの、ある意味様式化されたこの空間……。

言ってみれば、愛と幸福の象徴かもしれない。そんな空間を破壊したいという欲求。

――炸裂《さくれつ》する稲妻

夏希のこころに浮かんだ言葉だった。絶望からくる怒りを感じた。

第一現場には感じなかった怒り、しかし、それは社会的なものではなく、個人的なものである気がする。

絵に描いたようなこのデートエリアを破壊したいという欲求は、絶望から生じているように思えてならなかった。夏希はこの第二現場に、恋愛をはじめとする人のこころのふれあいや結びつきに絶望している者の姿を感じた。

（どうしたらそこまで孤独になれるのだろう）

もし、犯人が自分のメンタルヘルス・カウンセリングの対象者だったら、投げ出したくなるに違いない。

（それだけではない）

絶望から来る怒りを発散する破壊の先に、もう一つ別の感情が渦巻いている気がした。それが何かはまだ浮かび上がっては来ない。

夏希はコンパクトデジカメで十数枚の写真を撮った。写真は得意ではないが、かなりの高感度カメラなので、後で記憶を喚起できるくらいには雰囲気を記録できた。

しばらくして、アリシアが金属柵の向こうから広場に飛び込んできた。後から小川も姿をあらわした。

アリシアは黒っぽい手のひら大の物体を咥《くわ》えている。

「よぉし、よくやったぞ。いい子だ」

口元から採取物を取ると、小川はアリシアの背中を撫でた。

アリシアは激しく長い尻尾《しっぽ》を振って小さくわんっと鳴くと、小川の足元に甘えるようにうずくまった。

「アリシアが証拠品を見つけたぞ」

嬉《うれ》しげな小川の叫び声につられて、鑑識課員たちが集まってきた。

「なんだこりゃ」

小川が手にしていた採取物を受け取った一人の鑑識課員が、宙にかざしてほかの者に見せた。

「樹脂だな。なんだろうな。こいつは……」

それはひしゃげた樹脂の塊であった。爆発物の一部なのだろうか。薄暗い広場の照明灯の灯《あか》りでは、正体はよくわからなかった。

「採取物はある程度収集できたし、アリシアの仕事も終わったようだ。とりあえず引き揚げるぞ」

鑑識課員たちに下命しているところを見ると宮部は本庁鑑識課の主任なのだろう。その場にいた人々は帰り支度を始めた。

「真田さん、用事は済んだか？」

膝《ひざ》をついて屈《かが》み込み、アリシアにリードをつけていた小川が実に珍しい気遣いを見せた。

小川の性格からすれば、ただ「帰るぞ」としか言わないところだろう。またまたアリシアが手柄を立てて上機嫌なのだ。

現場の観察は終わっている。もはや、この広場に用はなかった。

「ありがとうございます。帰ります」

「収穫はあったの？」

「ええ、まぁ」

「そう……」

小川はいつも通りに素っ気なく答えると、踵《きびす》を返して霧笛橋の方向に歩き始めた。

生け垣に咲くジャスミンの香りを乗せた夜風が漂っている。夏希は小川とアリシアの後を追ってパトカーに向かった。

両脚で五カ所もヤブ蚊の被害を受けていた。

長袖《ながそで》を着ていたので両腕は無事だが、ストッキングの上から何カ所も蚊に刺されていた。

肌のきめ細やかさには自信がある夏希だったが、虫刺されには弱い。かきむしるとシミになる恐れがあるので、ステロイド系虫刺されクリームを塗って、必死にかゆみに堪えた。

夏希は午後十時過ぎには高島署を退出できた。幹部をはじめ多くの捜査員たちは本部に詰めるのかもしれないが、夏希は課長から帰宅の許可を言い渡された。

明日はどのような展開になるかはまったくわからない。明日の晩は夏希も徹夜という恐れさえあった。

あるいは、夏希と小早川管理官との感情的な衝突が激化することを避けようとした、福島一課長の配慮なのかもしれなかった。

横浜駅の駅ビルに入っている食品スーパーで、スモークサーモンのパニーニ、トンブリのサラダを買った。ついでに辛口のイタリア白ワインのハーフボトルも買い物籠《かご》に入れた。

小さなドラッグストアで無香料の防虫スプレーを買うことも忘れなかった。

自分の部屋に戻ると、すぐにリビングに置いてあるテレビのスイッチを入れた。

さっきアリシアたちといた現場が映し出されていて、女性レポーターのハイテンション気味の声がかぶさっている。

——悲劇は突然、幸せなカップルを襲いました。卑劣な犯人を許すことはできません。

夏希はテレビのスイッチを切った。今夜は事件に関する情報を、これ以上インプットすべきでないと判断したからである。

被害者は気の毒だ。しかし、そこに感情移入をしすぎると、夏希自身がこわれてゆく。

精神科医としての臨床経験から学んだことだった。都内の病院につとめていたときには、患者のたくさんの苦しみを抱えざるを得なかった。それはまた、夏希自身のこころに大きな負担を強いた。

あるとき、夏希はまったくものが食べられなくなった。起きている間ずっとガソリンのような不快な臭いがつきまとい、ことに食事の時にひどく強く感じられる日が続いたのだ。

幻臭《げんきゅう》であることはわかっていた。幻臭は脳腫瘍《のうしゅよう》や負傷などによる大脳の一部損傷のほか、有害物質が原因である場合も少なくない。

だが、夏希を襲った症状は心因性のものとしか思えなかった。夏希自身がうつ症状に囚《とら》われ始めていたのだ。

抗うつ剤の処方が有効かとも思ったが、夏希には原因がわかっていた。患者の心にシンクロしてしまうことを避けなければならなかった。

夏希は帰宅とともに患者の存在を忘れることにつとめた。きわめて難しいことだったが、訓練により徐々に可能となった。

だが、それから一年もしないうちにさらなる悲劇が訪れた。

その病院につとめて二年目の秋、夏希と同年輩の女性が自分の住む高層マンションの非常階段から飛び降りて死んだ。

どんな精神科医でも、自分が診ている患者が自ら生命を絶ってしまうほど、つらく苦しいことはない。

日本橋《にほんばし》近くの金融関連企業に勤める真面目な女性だった。仕事への一途《いちず》さが彼女を追い詰めているとわかっていた。だが、夏希がいくら勧めても、彼女は会社に休職を願い出ることはできなかった。

——先生、またね。

前日の夜、診察室を出て行った彼女の笑顔を夏希は生涯、忘れることはできないだろう。

力ない笑顔には違いなかった。だが、そこに死の影を感受することはできなかった。

自殺の予兆を見逃した。

どんなに悔やんでも悔やみきれない思いが夏希を責め立て続けた。

夏希は脱毛症状に見舞われ、全身に原因不明の発疹《はっしん》が出た。彼女の死から一週間で五キロ痩《や》せた。自分の能力に限界を感じた夏希は、次の月のシフトから外して貰《もら》って病院を退職し、それきり精神科医を辞めた。

科捜研での仕事は、臨床医の時のようなつらさを味わう恐れは少ないだろう。

いまの場合も被害者の赤座《あかざ》という男性に感情移入をしてはならないことが、夏希には痛いほどわかっていた。

さらに今日いちにちの緊張で蓄積された疲労を、できるだけ早く全身から追放しなければならない。そうしなければ明日の仕事で充分に能力を発揮することが難しいだろう。

四十度前後のぬるめの湯に天然ハーブのエッセンシャルオイルと岩塩で作られたバスソルトを溶かし込む。今夜はラベンダーを選んでみた。ストレスでこわばった心身をリラックスさせ、不安や緊張を和らげる効果に期待してのことである。

（う、う、脚がかゆい）

公園で蚊に食われた両脚には、いまも赤い斑点《はんてん》がいくつか残り、かゆみも消えてはいなかった。

（今日みたいな失敗は繰り返さないぞ）

いつ爆発現場に出されるかわからない。明日こそは完全防備で臨むと夏希は心に誓った。

バスルームには防水スピーカーを置いてある。いつものように、静かでゆったりしたＢＧＭ

を流す。たいていはヒーリング系のコンピレーションアルバムを選ぶ。今夜はちょっとジャズっぽいカフェミュージックのインストゥルメンタル・アルバムを流してみた。

かつての訓練の成果もあって、二十分も湯に使っていると、すっかり仕事のことを忘れてきた。

肌が大切な商売道具であるファッションモデルは、ルームウェアを選ぶときには何より着心地にこだわるという。湯上がりには彼女たちも愛用しているというサンフランシスコ発の最高に肌触りのよいコットン・バスローブをまとった。

リビングのソファに深々と座り、夏希一人のささやかな酒宴が始まった。

YouTubeで自動再生をオンにして、適当なヨーロピアン・ポップを掛けていたら、聞き覚えのある旋律が流れてきた。

「これ……『さよならを教えて』だ……」

初めて聴くアーティストの歌声だった。ブラウザを見ると、ベルギーのケイト・ライアンという女性シンガーが、去年、ドイツのテレビで歌ったライブ映像らしい。

「おっきいママちゃん、朋花《ともか》ちゃん……」

夏希の胸に二人の女性の面影が切々と迫った。

おっきいママちゃんとは、夏希の母方の祖母だった。

オシャレできれいで、明るくやさしかった祖母……。

おばあちゃんと呼ばれることをひどく嫌って、夏希ともう一人の孫である朋花にそう呼ばせていた。

朋花は、母の年子の妹である叔母《おば》の子で、夏希の従姉妹《いとこ》であった。ともに一人っ子で、しかも同い年である二人は物心ついた頃から実の姉妹以上に仲がよかった。

「目が大きくてあごが丸くて、二人はほんとに双子みたいだねぇ」

祖母は夏希たちを見ると、よくそう言って笑った。

その頃、夏希は函館市電の終点、谷地頭《やちがしら》駅近くの住宅地に住み、祖母と朋花たち一家はJR函館本線の大沼公園《おおぬまこうえん》駅近くに住んでいた。

祖母は祖父と二人で、大沼にやって来る観光客相手の小さなレストランを営んでいた。七飯《ななえ》町《ちょう》の役場と農協に勤める両親を持つ朋花たち一家も隣に住んでいた。

記憶の中の祖母は、赤いバンダナを頭に巻いて、チェックのシャツの上にデニム地のエプロンを掛けた姿でほほえんでいる。

夏休みに朋花の家に泊まりに行くと、いつも大沼や小沼《こぬま》のほとりで、駒ヶ岳《こまがたけ》の裾野《すその》に太陽が隠れるまで遊んだ。帰るときには、真っ赤に染まった水面《みなも》を二人で眺めては歓声を上げた。

夕飯の後には、一緒にお風呂《ふろ》に入って、湯上がりには花火をしてスイカやトウモロコシを食べるのが楽しかった。習い始めの朋花のピアノに合わせて夏希が歌って、お互いの下手くそさに笑い転げたことなどもよくあった。

大沼の眺めのよい祖母の店に遊びに行くと、近くの牧場で採れる牛乳で作った自慢のソフトクリームを山盛りで出してくれた。

「おっきいママちゃんのソフト大好きっ」

お代わりをせがむと、祖母はいつもすぐに二つ目を巻いてくれた。

「子どもたちに、甘いものそんなにいっぱいあげちゃダメじゃないの」

二人の母親たちから叱られて、祖母は恥ずかしそうに頬を染めて舌を出すのだった。

「夏希も朋花もスマートで可愛い子たちだから大丈夫よ」

そんな祖母が、夏希は誰より好きだった。

「あたしがいちばん好きな曲なんだよ」

『さよならを教えて』は、祖母が大好きで、よく聴いていたフレンチ・ポップだった。

祖母の店でよく流れていたのは、フランスの大人気アイドル、フランソワーズ・アルディが一九六八年にリリースしたバージョンだった。アルディのキュートな歌声は、世界中で大ヒットし、後の世の多くのミュージシャンに影響を与えた。

この曲が大ヒットした一九七〇年代、祖母は教会地区に近い日和山《ひよりやま》の海が見下ろせるレストランで働いていた。いつかは渡仏して本格的にファッションの勉強をしたいとの夢を抱いていたそうである。『さよならを数えて』は、そんなフランスへの憧《あこが》れをかき立てる曲だったと言っていた。

だが、すでに夏希の母と朋花の母を産んでいた祖母の夢がかなうことはなかった。

「おっきいママちゃんね。若い頃、フランソワーズ・アルディに似てるって言われてたんだって。髪もブラウンに染めて、肩まで掛かるくらいのストレートヘアにしてたそうよ」

母がそう言って笑った。五十代の祖母は、目鼻立ちはすぐれているが、白髪も多くアイドルに似ていたという面影を探せるはずもなかった。

四年生くらいになると、つらいことがあったときに、一人で函館本線に乗って祖母のところへ行くことが多くなった。

夏希の顔を見るなり、どんな用事で来たかを察しては、自分の部屋に連れて行ってくれる。

「今日は湖が特別にきれいだねぇ。こういう日は夏ちゃんが来るんじゃないかってね……そんな気がしてたんだ」

祖母が開けたカーテンの向こうには、いつも大沼の湖面が白く輝いていた。

夏希は、何のために来たかを口にすることはなかった。

祖母の側《そば》にいるだけでよかった。

口数の少ない祖母は、いつも温かく夏希をふんわり包んでくれていた。

客のために店に置いてある少女マンガを片っ端から読んでいるうちに、決まって悲しみは薄れてゆくのであった。

ところが、夏希が小学校五年生の夏、祖母は五十六歳の若さで突然亡くなった。

心筋梗塞《こうそく》だった。

七月の終わりで、大沼のまわりにはヒマワリの花がいっぱいに咲いている頃だった。

祖母は夏希の目の前から消えてしまった。

何の前触れもなくとつぜんに。

医師となったいまの夏希にはよくわかる。

女性ホルモンのエストロゲンには、血管を拡張させる働きがあるため、狭心症や心筋梗塞は女性には少ないと考えられがちだ。

だが、エストロゲンの減少が進む四十代以降ではその危険性は増す。また、女性は男性に比べて痛みに強いため、胸痛などの自覚症状が少なく、冠動脈の複数箇所で血管が狭くなるなど重症化しやすい傾向を持つ。

祖母はよく「背中が痛い」とか「息が苦しい」などと言っていた。心臓の異状によるものだったのだ。だが、本人もまわりの家族たちも「働き過ぎよ」というくらいで、誰一人、本気で心配をしなかった。

いまの夏希なら、すぐに総合病院の受診を奨める。七飯町にだって病院はあるのだ。

祖母のなきがらは、町の北外れの高台にある火葬場で荼毘《だび》に付された。

火葬が済むまでの間、夏希は火葬場の前庭でぼんやりと立っていた。

早咲きのコスモスが色とりどりの宝石みたいに風に揺れていた。

(きれい……)

青空へ昇る煙突の薄灰色の煙を眺めながら、夏希は不思議だった。

まったく、悲しみが湧いてこないのである。

むしろ、コスモスの美しさに心を奪われていた。

かたわらに立つ朋花は、泣きじゃくり続けていた。

「夏ちゃん、あたしね……あたし……」

朋花の言葉は続かなかった。

「コスモスきれいね」

夏希の口を突いて、自然に出た言葉だった。

「何言ってんの。おっきいママちゃんにもう会えないんだよ」

朋花は白い目を剝《む》いて叫んだ。

「しょうがないよ。死んじゃったんだもん」

そのときの朋花の顔を夏希は一生忘れることはできない。

朋花は目を見開き、白い歯をカチカチ鳴らしている。

お下げ髪の白いリボンが小刻みに震えていた。

まるで、お化けにでも遭ったかのような顔だった。

「夏ちゃんなんて大嫌いっ」

くるっと振り返って小さくなってゆく紺色ワンピースの背中を、夏希は呆然《ぼうぜん》と見送った。

「朋ちゃん……悲しいんだよね」

失言への後悔と大きな喪失感が、夕立の前に空に広がる黒雲みたいに夏希の心の中で、どんどん大きくなっていった。

祖母が天に帰って半月ほどした八月十五日は夏希の誕生日だった。朝食がすむと、母から夕ータンチェックの包装紙でくるまれた小さな箱を渡された。

「おっきいママちゃんが、夏希の誕生日に渡してってって言っててね」

開いてみると、夏希が欲しくて欲しくてたまらなかった白い《ひよこっち》が薄緑色の緩衝材に包まれて光っていた。

「ひよこっち……ほんとにひよこっちだよね？」

夏希には信じられなかった。

携帯育成ゲームとして大成功した《ひよこっち》は、その頃、人気過熱で、市場から姿を消していた。一個、数万円で取引されることもあるほどだった。

「おっきいママちゃん、どうやって手に入れたのかしら」

中学の美術の教員をしていた母はくびをひねった。

小さなグリーティングカードが添えられていた。


――お誕生日おめでとう。夏っちゃんはやさしいから、きっと可愛く育つよ。おっきいママちゃんより

両眼から涙があふれ出して目の前がかすみ、夏希は胸に強い痛みを感じた。

「おっきいママちゃん……」

それからしばらく、悲しくて悲しくてご飯が食べられなくなってしまった。

ベッドに入っても頭の中で、いろいろな祖母の思い出がぐるぐると順番に浮かんでくる。眠りについてもすぐに起きてしまうような晩が続いた。

ひと月後に、七飯の教会で開かれた祖母の記念集会後に開かれた親族一同の食事会のときのことだった。記念集会は、カトリックの追悼ミサに似たプロテスタントの行事である。

ひよこっちの話と、いまの悲しい気持ちを朋花に伝えた。

「朋ちゃん、あたし悲しくてご飯が食べられなくなっちゃった……」

「嘘つき」

そう言ったきり、朋花はひと言も口を利いてくれなかった。

そればかりか、席を立って別の座卓へ移ってしまった。

朋花は決して夏希を許さなかった。

何度か電話したが、電話口にさえ出てくれない。

「ごめん。あたしあのとき変だったの……」

叔母《おば》に促されてようやく受話器を手にしても、無言で返事をしなかった。

夏希はつらくてすぐに電話を切った。

どうしても口を利いてくれない朋花に会うのがつらくて、残された祖父が一人で続けているレストランにも、叔母の家にも近づかなくなっていった。

母が七飯に行くときも、なんだかんだと理由づけをして、函館の家に残った。

中学へ入った頃から、夏希は心理学について書かれた新書などを、学校の図書館でむさぼるように読み始めた。

祖母の死の悲しみを半月以上も感じなかった自分が異常なのではないかという不安を抱き続けていたからだった。

何らかの正当な理由づけを見つけて、朋花に納得してもらいたかったこともある。

本を読んでいるうちに、アレキシサイミア（失感情症）という項目を見つけた。

心がすり切れるほどの悲しみが続くとアレキシサイミアという症状に襲われ、喜怒哀楽を感じなくなる。この症状は慢性的な抑うつ状態へと進行する恐れがある。

（でも、これは違う）

半月で悲しみのどん底に陥った自分とは明らかに異なる話である。

高校に入った頃だろうか。夏希はイギリスの精神科医で心理学者であるジョン・ボウルビィの「死別の過程モデル」に出会った。


——ショックと麻痺《まひ》→熱望と希求→解体と絶望→再組織化

ボウルビィは人が愛する者を喪《うしな》ったときに訪れる感情を、このような四段階に分類している。

このモデルで夏希の問題は、第一段階の「ショックと麻痺」と関係がある。

——この初期段階では、生存者は喪失の情報を処理できない。茫然《ぼうぜん》として無感覚になる。

一般的にはボーッとしてしまうような状況に陥ると書いてある。また、人の悲しみの表れ方には多様性があり、一段階から三段階は順序が入れ替わる場合も少なくないとの叙述も見つかった。

だが、夏希の場合は、祖母の死に対する悲しみを処理できない以前に、悲しみを認識することさえできないという状況だったのだ。

高校二年が終わりに近づいた春のある日、別のカウンセリング関係の本を読んでいた夏希の目に「悲嘆の遅延」という五文字が飛び込んできた。

「これだ！」

夏希は小さく叫んだ。

その本には「悲嘆の遅延」または「遅延した悲嘆」（delayed grief）という概念が、悲嘆研究の第一人者であるオーストラリア国立大学のビバリー・ラファエル教授の一九八二年の分類として載せてあった。ほかにも何人かの研究者によって病的悲嘆の一類型として指摘されているとのことである。

——初期の死別反応が中断、回避されて、喪失の数ヶ月後、数年後に遅れて表れたり、死別した人と同じ年齢になったときに反応が表れる……

「すごく遅れて悲しくなる人だって、ちゃんといるんだ！」

ついに出会った。夏希の胸はドキドキした。

「あたしは異常じゃないんだ」

心がすーっと軽くなるのを感じていた。

さらに調べてゆくと、「悲嘆の遅延」は、死別のあまりの苦しさによって心がこわれることを防ぐための、自己防衛の機能であるという叙述も見つかった。

夏希の場合には、祖母への愛情が強すぎて、死の事実をダイレクトに受け止めていたら、心がこわれてしまったのだろう。意識下の心は、どうしても祖母の死を受け容《い》れることができず、「悲嘆の遅延」が起きたわけである。

祖母との別離の大きな傷に耐えられない心が、自分の心に嘘をついていたともいえる。

「朋ちゃんにわかってもらえるかもしれない」

夏希は近いうちに朋花に会いにゆこうと決心した。

だが、弁明の機会はついにやってこなかった。

それからすぐの金曜日、夕暮れの大沼国道で自転車に乗っていた朋花は、右折しようとしたトラックに撥《は》ねられた。吹奏楽部の発表会を翌日に控え、近くの美容室に向かう途中の事故だった。十六歳の短い生命は、彼女が生まれ育った町で散った。

草むらに撥ね飛ばされたためか、不思議なことに朋花の顔にはほとんどダメージがなく、眠るような死に顔だった。

棺《ひつぎ》の前で透き通るように白く変わった朋花の顔を見ながら、夏希は号泣した。祖母の時とは違って、すぐに悲しみが襲ってきたのだ。と同時に、仲なおりの機会を永遠に失った悔しさが夏希の心を引き裂いた。朋花の死をきっかけに、夏希は心理学や精神医学を学ぶ大学に進もうと考えた。人の心の成り立ちの不思議な仕組みをもっともっと知りたかった。それはトラウマを癒《い》やそうとする夏希の懸命のあがきだった。

夏希はどの診療科でもいいから医者になりたかったわけではない。ただひたすらに精神科医を目指したのだ。

ひよこっちや祖母のメッセージという具体的なきっかけがあった夏希の場合はわかりやすい。だが、悲しみへの気づきのきっかけは多種多様である。

たとえば、川のせせらぎや風の匂いといった聴覚や嗅覚《きゅうかく》などの五感に訴える要素が、悲しみを思い起こさせることも少なくはない。

高校生の頃からつきあっていた恋人とケンカ別れをしても、怒りしか湧いてこなかった友人がいた。その子は、彼氏とよく食べたパスタのバジルソースの味で、数ヶ月後いきなり悲しみに襲われて抑うつ状態に陥った。

大脳の仕組みはまことに複雑である。

このケースの場合には、バジルソースの味覚と楽しかった日々の記憶の間に、ニューロンが新しいネットワークを形成してしまったためだろう。

人の心を支配するものが、大脳の働きであるという、ある意味当たり前の事実を突きつけられて、夏希は脳生理学を学ぶ道へと進んだのだった。

だが、時は流れた。

いまの夏希は『さよならを教えて』を聴いても、一瞬チクッと痛みを覚えただけで、むしろひどくなつかしかった。

時の流れの中で、祖母や朋花の想い出が、夏希を大きく凹《へこ》ませることはなくなっていた。

（お腹空《す》いてたな。やっぱり）

パニーニをパクつきながら、ワインのすきっとした後味を楽しむ。

脳のカロリー消費量は身体全体の基礎代謝量の二割にも達する。もっとも、椅子に座っている姿勢を維持するだけでも人間の脳は常に複雑な計算を繰り返している。頭を必死に使って考えたからと言って、急に脳が消費するエネルギーが激増するわけではない。だから、一部で言われている脳トレダイエットというのは科学的には成り立たない。

だが、実際にモノを考えると、お腹が空く。ことに甘い物が欲しくなる。これは脳がブドウ糖を要求しているためである。人間が必要とするブドウ糖の半分は脳が消費している。が、夏希はそんなときに甘い物を口にしない。急激な糖分摂取は同時にインシュリンの著しい分泌を促し、糖尿病の誘因となり得るからである。

夏希は低いソファに身を埋《うず》めた。

チルアウト系のゆるいビートの中に身を委《ゆだ》ねながら、目の前の大型テレビに映し出されるマーシャル諸島の環境ビデオを見るともなく見ていると、夏希の大脳はすっかりリラックスモードに入れた。

こうしていると、婚活などは必要ないと思えてくる。誰かと暮らせば、この安逸な時間がそのまま維持できるとは考えられない。なんのために、このゆるやかでくつろげる時間を手放さなければならないのか。

(いやいや、こんな時間は永遠に続くわけじゃない)

そう、やがて、一人の時間に空虚さを感ずる日が訪れるに違いない。この時間を満ち足りたものと感じ続けていられる日は長くは続くまい。十年後あるいは五年後かもしれない。そうなる前に手を打っておかなければならないのだ。

夏希は思い直して、歯磨きのためにサニタリーへと向かった。

どこかで夜鳥がほうと鳴いていた。

第三章　かもめ★百合

【1】＠七月十九日（水）朝

翌日は、夏希はアクティブな活動に向いた服に身を包んで舞岡の家を出た。リネンとコットン混紡の薄手フィールドジャケットにボトムはチノパン。足元もスニーカーで固めた。背中にはコットンのシティユースのデイパックを背負っていた。

トレッキングに行くような格好で会議室に入っていっても、あまり大きな反応は見られなかった。

被害者を出した昨夜の爆発で、捜査員たちには緊張感がみなぎっていた。

朝の捜査会議が始まってすぐに、福島一課長が重々しく口を開いた。

「昨夜、予告時刻通りの二十一時、中区山手町の港の見える丘公園内で爆発が起きた。残念ながら今回は被害者が出てしまった。市内金沢区《かなざわ》の三十二歳の会社員、赤座直人《なおと》さんが受傷し意識不明の重体となっている」

佐竹管理官が言葉を引き継いだ。

「事件発生当時、赤座さんは霧笛橋を渡った広場でデート中だった。公園備え付けのベンチで椅子に座って恋人と会話していたところへ爆発によって飛散したコンクリート片を左側頭部に受けた。被災時の頭部外傷により、搬送先の横浜市立大学附属市民総合医療センターの集中治療室に入院中だ」

第一の爆発のときにデート中だっただけに、一緒にいたという恋人の気持ちを考えると胸が痛んだ。少しでも早く意識が戻ってくれることを、夏希は心のなかで祈った。

「識鑑についてだが、赤座さんはたまたま運悪く爆発物に近いベンチに座っていただけで、被害者から鑑を取るのは困難だと思われる」

（識鑑って、被害者の人間関係を洗い出して、動機を持つ者を探し出す捜査だったよな）

夏希は所轄研修で刑事たちから教わった言葉を久しぶりに聞いた。

今回のような無差別爆破事件では、犯人と被害者は無関係である。多くの殺人・傷害事件では、金銭、怨恨《えんこん》、痴情などが動機であるため、識鑑は重要な捜査資料をもっと収集できるのだが……。

「次に地取り関連だが、同公園には複数の防犯カメラが備えられている。だが、現場には設置されておらず、爆発物を仕掛けた者の記録はない。現場への導入路である霧笛橋西詰に設置されている防犯カメラをはじめ公園内のどのカメラにも、カップルや個人のたくさんの入出場者が撮影されている。だが、犯人と推測できるような人間は特定されていない。刑事課の捜査員を中心に現場付近の地取りは続行する」

（地取りってのは、たしか現場周辺の住宅やオフィスなんかを回る捜査だったな）

現場付近で不審者の目撃情報や、被害者の争う声など、事件の手がかりとなる情報を聞きまわる捜査だったはずだ。科捜研ではあまり使わない刑事用語である。

「爆発物については科捜研で分析を進めているが、残存物が少なく結果が出るのには、まだ時間が掛かりそうだ」

ここまで説明して、佐竹管理官は眉《まゆ》を大きくしかめて言葉を継いだ。

「すでにテレビの報道等によって知っている者もいるだろうが、約一時間前、巨大SNSに次のような投稿がなされた」

プロジェクターにSNSをキャプチャーした画像が映し出された。

——神奈川県警の無能まじパネェ、くそワロタ　　マシュマロボーイ

——横浜でBLLとかIFAとかのテロ、あり得なくね？　　マシュマロボーイ

——二回とも見てた。まわりに警官一人もいなかった。ほら、警察はみんなを守ってくれないよ　　マシュマロボーイ

「なんだこれ」「ふざけやがって」「なりすましだろ」「悪質なイタズラじゃねぇのか」

静粛であるべき捜査会議の場は、不規則発言の渦に包まれ、まるで脱線した国会のように騒然とした。

夏希は通勤時間に当たっていたためもあって、これらの投稿は知らなかった。

今回の犯人が初めて自己の感情を発露したメッセージは、今後のプロファイリングのために貴重であった。

佐竹管理官の咳払《せきばら》いとともに会議室はふたたび静まりかえった。

「残念ながら、なりすましやイタズラとは思えない。犯人はいまの三つの投稿に続けて、県警ウェブサイトの総合相談受付のフォームに次のメッセージを送りつけてきた」

——二回とも現場の見える場所から遠隔操作した。携帯電話を使った起爆装置という事実は科捜研ならもう分析できているだろう。この事実を知っている自分は、なりすましではない。

マシュマロボーイ９４１３

会議室のあちこちに舌打ちや吐息が響いた。

「二つの現場で鑑識の警察犬が回収した現場残存物の解析が昨夜のうちに終わった。二回とも携帯電話を利用した電波式の遠隔操作装置と考えられる部材と断定された」

後方の小川へ視線を移すと、無表情に座っている。ぼんやりとしているようにも見える。

「犯人が電波式の遠隔操作装置を使用したことは、マスメディアには報道規制をかけて世間には伏せていた。また、第一現場周辺に捜査員はおらず、第二現場については、事件発生当時は大佛次郎記念館の北側にいた捜査員が第二現場に最も近い位置におり、爆発を視認できていなかった。これらの事実は犯人しか知り得ない情報であり、この投稿が犯人である可能性は、ほぼ百パーセントだ。発信者の特定については小早川管理官から」

佐竹管理官は小早川管理官にあごをしゃくった。

昨日までと打って変わって小早川の顔色がよくない。

どんな事実がわかったのだろう。

「わずらわしい技術的な説明は避けるが、国際テロ対策室では、現在のところ投稿者と推測できる発信元を特定できていない。今回もマル対はＶＰＮサービスやプロクシを駆使しており、ＩＰアドレスの追跡は極めて困難だ。マル対は、国際ハッカー集団《ブラック・フォックス》が開発したと言われる《ＸＪ７》と俗称される匿名ブラウザを使用して投稿している可能性が強い。このブラウザは数分ごとにＩＰをコロコロ変えるという機能を持っている。さらに言えば……」

小早川管理官は苦しげに言葉を切ったが、意を決したように会場内を見渡して続けた。

「前二回のメッセージは、スペインやアイルランド在住の協力者のＩＰに辿《たど》り着くようにあえて抜け道を作ってあったとの報告も受けている」

佐竹管理官は腹立たしげに舌打ちした。

「つまりマル対は、我々がＢＬＬやＩＦＡのＩＰアドレスに辿り着き、国際テロ組織関係者の犯行だと誤認するように誘導していたというわけだ」

（やっぱりミスリーディング狙いだった）

夏希にとっては水の流れるように自然な結論だった。

「いまの小早川管理官の話から推察すると、犯人はテロリストを装っていた公算が強くなってきた。そこで、真田分析官の劇場型犯罪という主張に注目したい。真田、犯人像について意見を述べるように」

福島一課長の言葉に会場の捜査員たちの視線が夏希にいっせいに注がれるのを感じた。小早川管理官は口をへの字に引き結んだ。

「現時点では、まだ、資料が少なくてプロファイリングできる段階ではありません」

「専門家としての真田の印象を聞かせてくれ」

福島一課長の重ねての請いに、小早川管理官は敵意に満ちた目で夏希を睨《にら》んだ。

ためらっている場合ではなかった。自分が受けた印象を捜査員全員に伝えるチャンスともいえる。

「わかりました。まず、インターネットのサーバーやブラウザ、あるいは爆発物に関する高度な知識を持つことでわかるように、知識や情報の習得に貪欲《どんよく》であることが窺《うかが》えます。ある程度、高度な教育を受けていることは間違いがなく、俗に言えば頭のよい人物です。そうであるのにもかかわらず、あえてネットスラングを使ったり、稚拙なネット用語を好んで用います。この事実から、自己の本質を覆い隠そうとする特徴を強く感じます。さらにこれらの言葉を用いている時点で犯人が非常に狡猾《こうかつ》であることも感じ取れます」

「ほう、こんな安っぽい言葉を使う人間が狡猾だというのか」

「はい、犯人はおそらくSNSのヘビーユーザーの好んで用いる言語をあえて多用することで、それらの者たちの心に共感を呼び起こそうとしているものと考えられます。つまり大衆を誘導しようとする意図を感じます。SNSはすぐに共感のリプライで埋まってくるはずです。もう一点、テロリストを装った点にも共通しますが、他者の前で演技をして自分を大きく見せようとする傾向も見られます。この点から精神的には成熟しきっていない人間だと推察できます」

「若者ということかね」

「実年齢はわかりません。少なくとも極端な高齢者でないことはたしかですね。精神的な成熟度の低さから、社会的に多くの人を率いるような立場にはないものと推察できます。自尊心がきわめて強く、それがために、自分の置かれている現状に対して大きな不満を抱いている人間のように感じられます」

第一の現場で受けた「孤独」という印象、第二の現場で受けた「絶望」というイメージについて夏希は口に出すことを避けた。いまの時点では、その印象を裏づける確固たる資料は見出《みいだ》せないからである。

「犯人が名乗り続けているマシュマロボーイという仮名についてはどう考える？」

「しっかし、ふざけたハンドルだ」

「アメリカ映画なんかでは、臆病《おくびょう》野郎っていうような文脈で使われている気がしますね」

「俺は真田に訊《き》いているんだ」

佐竹と小早川は口をつぐんだ。

「このハンドルネームには、犯人の強い意図を感じます。が、それが何かはまだわかりません。さらに今回、最後に付してきた９４１３という数字ですが、これにはどのような意味があるのか」

「そう言えば思い出した。９４１３……聞いたことがあるぞ」

小早川管理官がつぶやいた。

「わかるのか」

福島一課長の問いに小早川は勢いづいて答えた。

「中国語圏、ことに香港《ホンコン》あたりで忌み数とされる数字です。広東語《カントン》では九四一三と九死一生はほとんど同じ発音なのです」

「九死に一生を得るなら、縁起がいいんじゃないのか」

「それがこの場合の九死一生は、危機一髪という意味ではありません。十分の九は死ぬ、つまり絶体絶命という意味なのです」

「なんのためにそんな数字を持ち出してきたんだ」

「さぁ……なぜ広東語などを持ち出したのかはわかりませんね」

小早川管理官は首を捻《ひね》ったが、夏希にもわからなかった。

「今度は香港マフィアだとでもいうつもりじゃないんだろうな」

佐竹管理官の薄笑いに、小早川はきっとにらみ返した。

福島一課長は、わざとのんびりした声で夏希に訊いた。

「いまのところ、犯人から金品などを要求するような脅迫的な言辞は届いていないが、その点についてはどうだ」

「申すまでもないのですが、これといった要求がない事実こそが劇場型犯罪と考えるいちばん大きな理由です。犯人の目的・動機は、営利の追求にはありません。自己の注目欲求を満たすことが犯行のいちばんの動機かと思料します」

「そんなこと、わざわざ分析しなくてもわかるよ」

小早川管理官の腹いせ混じりの突っ込みを無視して、夏希は続けた。

「さらにいえば、第二回の犯行予告がSNSではなく、警察のメールフォームに直接送信された点と、BLLやIFAのIPアドレスにわたしたちを誤誘導しようとしたことに着目すべきと考えます。これらは警察への挑戦です」

「なぜ、どんな理由があって我々に挑戦してくるんだ」

福島一課長は腕組みしながら、かすかに首を振った。

「たしかな理由はわかりません。単に我々と知恵比べをしたいだけなのかもしれません」

「つまりゲーム感覚ということか」

「警察への反発・怨恨《えんこん》が根底にあるのか、ただ単にゲーム感覚なのか。それを判断するにはあまりにも材料が足りません。いまの時点でわたしが受けた印象は以上です」

「大変に参考になった。さすがはドクターだな」

福島一課長は意外に素直な賞賛の言葉を口にした。皮肉ではなさそうだった。

小早川管理官が反論してくるかと思ったが、ただ、不満げに鼻を鳴らして顔をそむけただけだった。

「いまの真田の言葉にも、大衆を誘導したいという犯人の動機についての指摘があった。実はわずか一時間未満で、犯人の三つの投稿は数千件もシェアされ、朝からテレビをはじめとするマスメディアが興味本位の報道を繰り返している。ことにSNS上ではこの通りだ」

佐竹管理官の言葉が終わらないうちに表示された画面を見て、夏希は「あっ」と声を上げそうになった。会場にも一瞬にして動揺が広がった。

初めてキャプチャー画像ではなく、SNSそのものが映し出された。

——この犯人、面白すぎやろ
——横浜でスペインやアイルランドのテロリスト……頭おかしすぎだろw
——脅すだけで市民の安全を少しも守れない神奈川県警
——無能な県警に税金を使われるのは不愉快極まりない
——ネズミ取りなんてやっている暇があったら、爆弾犯人捕まえろよ
——おい、みんな県警本部に電凸かけようぜ↓　〇四五—×××—××××

飛ぶようなスピードで次々に書き込みが投稿されてゆく。

「見ての通り神奈川県警を県民を守れない無能な存在として、批判し、揶揄《やゆ》する書き込みが加速度的に増えている……いわゆる炎上状態といってよい」

佐竹管理官は憂うつそうな声を出した。

「しかしながら、ネット炎上は、ごく少数の人間が繰り返し書き込んでいるというのが科学的な見方だ。そう気にすることはないだろう」

（たしか人口四万人に対してこの手の書き込みをするのは、三百人弱という調査結果があったな……でも……）

福島一課長が述べた楽観論に、夏希は賛同できなかった。

「よろしいですか」

「真田分析官なにか？」

「このままでは、代理報復感情が過熱してゆきます」

「それはどういった感情なんだね」

福島一課長はやわらかな声で訊き返した。

「代理報復というのは集団間関係において、最初の危害とは無関係な者どうしの間で報復が起こる現象です。この場合、炎上させている投稿者たちは、SNS上でひとつのバーチャルな集団Aを形成し、我々神奈川県警Bに対して報復をしています。この報復関係は本来の加害者である犯人Cと港の見える丘公園で被害を受けた被害者Dとは無関係なわけです」

「なぜ、そういった報復が生ずるのか」

「投稿者たちは正義を実行しているのです」

「冗談言っちゃいけない。ネットで県警に八つ当たりすることが正義だなんて」

福島一課長は腹立たしげに吐き捨てた。

「ですが、多くの市民は警察で嫌な思いを経験しています。鬱屈《うっくつ》した感情は警察がやり込められると嬉《うれ》しいと感ずるのです。たとえばスピード違反で取り締まりを受けた経験があるとか」

「さっき投稿があったが、ネズミ取りか。必要な交通政策だろう」

「市民は必ずしもそう思っていません。不公平な取り締まりだと考えている者が少なくありません」

「おい、言葉が過ぎるぞ」

佐竹管理官が尖《とが》った声を出した。

「誤解しないで下さい。わたしの意見ではありません。市民の一般的な感覚を代弁しているだけです。そうでなくとも、ここ数年来、高い職業倫理が求められる職種に対して市民が監視をする態度はどんどん厳しくなっていると言っても過言ではありません」

「警察官がその代表か……」

福島一課長が喉《のど》の奥でうなった。

「そうです。ほかにも教師、医師、市役所などの職員、鉄道乗務員など公益を実現しなければならない立場の者に対して、市民は非常に厳しい態度を取ると言ってよいと思います。なかにはモンスターペアレントや、モンスターペイシェントつまり怪物患者ですね。そういった社会的に逸脱した攻撃行動を取る者も少なくありません」

「なぜ、そんな変な社会になっちまったんだ」

「社会構造の変化によるものですが、話が長くなるので割愛します。ここからはわたしの推論ですが、彼らは自分が社会内で受けているうっぷんを、顧客という高みに立つことで晴らそうとしているのでしょう。我々警察官はモンスターシチズンを相手にしているという自覚を持つ必要があると考えます」

「たしかに各所轄の地域課員などが一般市民に無理無体を言われる事例が年々増えているな……」

「このままモンスターシチズンを過熱させるわけにはいきません。彼らの代理報復感情を沈静化させるために何か手を打つ必要があると思います」

「うーん、炎上なんてさせてるのは、朝から晩まで家に引きこもってネットばっかりやってるヤツばっかりなんだろう。我ら警察組織が戦う手段がないなんて、どういうことだ」

佐竹管理官は怒りを剝《む》き出しにして吐き捨てた。

「五年くらい前はそんな指摘もありました。ですが、最近の研究によると、炎上させている者はSNSの利用時間は平均よりも長いものの、インターネットの使用時間については特に長くない。つまり、ネットヘビーユーザーではないとのことです。また、学歴についても収入についても、特に目立った偏在傾向は見いだせないという指摘が為《な》されています」

小早川管理官のしたり顔の説明に、佐竹管理官はさらに不機嫌になって答えた。

「じゃ、いったいどんな人間が、炎上なんてさせてるんだ」

そのとき、一人の捜査員が叫んだ。

「犯人のSNSアカウントに新しいメッセージが投稿されました」

会議室の視線がスクリーンに集中する気配がした。


――この国の無能な支配者に制裁を加えるために、横浜市内の二カ所で爆発を起こした。我々は為政者たちのために、日々虐げられている。まずは為政者の犬である警察に鉄槌《てっつい》を加える。　マシュマロボーイ

このメッセージにも、すぐにたくさんのレスがついた。

――おお！　神降臨！
――いいね！　マシュマロボーイ最高！
――まさに外道（喜）
――権力の犬に制裁を
「ふん、やはり、正義の味方気取りか」

佐竹管理官が額にしわを寄せて吐き捨てた。

「まずいですね。この傾向は……」

小早川管理官も腕を組んだ。

夏希が気になったのは県警に対する非難と正義の味方宣言ばかりではなかった。

——オンナとヤれずに怪我したヤツ乙
——人が働いてるときにデートしてるリア充氏ね
——こいつの不幸で飯がうまい。今日もメシウマ！
——リア充怪我してメシウマ

何の罪もない赤座直人さんの不幸を喜ぶ類《たぐ》いの投稿が次々に増えてゆく。

(そうだったのか……犯人の望んでいたのはこれだ……)

ようやく夏希は気づいた。

メシウマは、「他人の不幸で今日も飯がうまい」といった意味の俗語だが、古くから「他人の不幸は蜜《みつ》の味」「他家の不幸は鴨の味」などのたとえで言い表されている。すでに紀元前四百八十年頃の古代中国に成立した『春秋左氏伝《しゅんじゅうさしでん》』の中に「幸災楽禍」の語が見えるそうだ。

簡単に言うと「ざまぁみろ」という感情であり、心理学的には「シャーデンフロイデ」と呼ばれる。

メシウマは、脳生理学から見れば、比喩《ひゆ》表現ではないのである。

モントリオール臨床医学研究所の高橋研究室の最新実験は、他人の不幸な場面を見せられたときに、大脳基底核という脳の奥底にある「線条体」が活性化することを明らかにした。

ところが、この線条体は美味《おい》しいものを食べたり、お金を貰《もら》ったりして嬉しいときなどに反応する部位である。学問的には「報酬系」と呼ばれる脳内組織である。こころやからだへのごほうびに反応する場所なのである。

つまり、人間の脳は人の不幸を見て、実際に「美味しい」と感じてしまう哀しい素質を持っているのである。

心理学でシャーデンフロイデと呼ばれていた一連の心の動きが、脳生理学においても科学的に確認されたと言える。

反対に同研究所は、心が痛みを感ずるときには、身体に苦痛を感ずるときに反応する「前帯状皮質」という部位が活性化することも明らかにした。大脳はこころの痛みをからだの痛みと同じように感じているのである。

道徳的意識や倫理観がどうあれ、人間の大脳がメシウマと感じてしまう力は大きい。

この感情は、「自分は結構不幸だと思っていたけど、この人よりは不幸じゃないんだ」という合理的な意識が下支えとなって、人々に精神的な快楽を与える。

エンターテイメントである限り、小説であれマンガであれ映画であれ、制作者は必ず、受け手のシャーデンフロイデを計算に入れている。

卑近な例としては、ワイドショーなどでも盛んに事故や事件の悲惨さを伝え、このメシウマ感情をあおっている。

しかし、五十三街区で感じた孤独と連続して浮かび上がってくる犯人の動機は、犯人自身がカップルを攻撃してメシウマを感じたいというような単純な性質ではなかろう。

犯人の狙いは、SNSや報道でこの爆発事件を知った者たちのメシウマ感情をあおることにあるのだ。犯人は、世間の人々のシャーデンフロイデを喚起しようと計算して、カップルを狙ったものに違いない。

犯人はメシウマと思っている人々を見下している。他人の不幸にしか喜びを感じられない人間を蔑《さげす》んでいるのだ。

メシウマと踊らされる世の人の状態を陰で見てメシウマと感じている。つまりメシウマがメシウマ状態なのだ。

(犯人は自分を賞賛する者たちを冷笑しているのだ)

そこには、第二現場の港の見える丘公園で夏希が感じた疑問に対する具体的な答えがあった。

「さらに気になるのは、被害者の青年に対する同情的な書き込みよりも、これを喜ぶ書き込みが多いことです。このような感情が激化してゆくと、真犯人への賞賛の声がネット世界からひろがりかねません。沈静化するために直ちに対策を講ずる必要があります」

「それで真田には何か対策が考えられるというのかね」

「この投稿に対して神奈川県警としてはっきりと対決姿勢を見せる投稿をすべきだと思います。

たとえば、『罪なき人を傷つけたあなたを神奈川県警は決して許さない』といった類《たぐ》いの投稿を県警本部長の名義ですることです」

「馬鹿を言うな。そんなことをして、犯人の怒りを買って、次の犯行を誘発したらどうするつもりだ」

佐竹管理官は、半ば怒り声で反論を口にした。

「神奈川県警が挑戦的姿勢を打ち出すことが、犯人の怒りを買うとは思えません。むしろ、犯人は『してやったり』と喜ぶはずです」

「おいおい、犯人が次の爆発を起こしたときに、責任など取り切れんぞ」

「わたしは、犯人はさらに犯行を重ねる恐れが強いと予測しています。二回の犯行で世間の注目を浴びた上に、さらに多くの人を煽動《せんどう》できたという満足感を抱いているからです」

「また、爆弾を仕掛けるというのか」

「おそらくは……。注目欲求をさらに満たそうとするでしょう」

「県警の威信が掛かっている。なんとか未然に防がねばならん」

福島一課長はうめくように言った。

「では、犯人への対決姿勢を明確にしてください」

「そんなことができるわけがないだろう」

佐竹管理官はみけんにしわを寄せてけんもほろろに否定した。

「必要な措置だと思います」

夏希は確信していたが、佐竹管理官はつばを飛ばしながら反駁《はんばく》した。

「ダメだ、ダメだ。冗談じゃない」

「そうだな。そんな危険な賭《か》けには出られない」

捜査主任の福島一課長の判断は絶対であり、黒田刑事部長しか覆せない。

さすがに夏希もあきらめるほかはなかった。

「ったく、あんまり血圧を上げさせないでくれよ」

佐竹管理官が鼻から息を吐いたときだった。一人の捜査員が幹部席に近づいてきた。

「モニターを見て下さい」

「これは……」

佐竹管理官が絶句した映像を見て、夏希も心臓が激しく収縮した。

スクリーンには一人の男の顔が映し出されていた。


——クソコラ用にネタ材投下します。こいつが無能な神奈川県警トップの松平《まつだいら》さん。


松平家由《いえよし》神奈川県警本部長のスーツ姿の上半身ポートレートだった。彫りが深く鼻筋が通った松平本部長が静かにほほえんでいる。たしか五十代半ばだったが、年より若く見える。

写真加工ソフトを用いて背景は白く抜いてあった。なるほどコラージュ素材として加工した画像だ。

「クソコラってなんだ？」

福島一課長がぼんやりとした声で訊《き》いた。

「雑で低レベルな技術で、ギャグを目的としてコラージュされた画像です」

小早川管理官は低い声でつぶやくように続けた。

「このままではクソコラグランプリが始まってしまう……」

珍しく夏希も小早川に同意見だった。

「クソコラグランプリって？」

「課長、一時間も経てばわかります。神奈川県警にとって望ましくない展開が……」

「聞くのが怖くなった。要するにあれか。この画像を加工したロクでもない写真がネットにあふれるということか」

「そうです。県警の威信は地に落ちるでしょう」

「たとえば運営者にひそかに圧力を掛けて、その手の画像を片っ端から削除させるなどの手は取れないのか」

福島一課長の提案はきわめて危険なものだった。

だが、夏希が反対意見を口に出す前に、小早川管理官が首を横に振った。

「どこからどんな圧力を掛けたとしても、そんな対応を運営者が承諾するとは思えません。仮に削除し続けさせたとしても、かえって悪い結果を呼ぶでしょう。利用者たちは警察の圧力を敏感に感じ取って騒ぎ立てるはずです。火に油を注ぐようなものです」

小早川の発言は、夏希が感じていたこととまったく同じだった。

「本当に対応策はないんだな」

念を押す福島一課長に、小早川はきっぱりと答えた。

「ありません。少なくともこの画像をアップした犯人を検挙するまでは。いまのネットは『炎上させた者勝ち』なのです」

「おいっ、すぐにこのふざけた画像を作った奴を追いかけろ」

「わかりました。国際テロ対策室に、画像投稿者のIPを追跡させます」

小早川管理官は携帯を手にして指示を始めた。

「しかし、この写真、いったいどこから引っ張ってきたんだ」

佐竹管理官は不快げな口調で吐き捨てた。

「先月、大手新聞に『県民の安心安全を守る』というインタビュー記事が掲載されました。同時にデジタル化されてウェブにもアップされています。その写真を勝手に使っているようです」

中ほどの島でパソコンを覗《のぞ》き込んでいた捜査員が、幹部席を振り返って答えた。

状況に変化がないまま数時間が経過していった。

夏希はすべての捜査資料を最初から読み直し、考えを整理していた。

「県警メールフォームに犯人と思《おぼ》しき者からの投稿がありました」

緊張しきった声が会議室に響いた。

「スクリーンに映せ」

福島一課長が下命した。

――今日の二十時四十五分に、もう一度横浜市内で爆破を起こす。今までは遊びだ。今度は本気でやる。マシュマロボーイ９４１３

「三度目の爆発予告か……」

佐竹管理官が乾いた声を出した。

「あと十一時間と二十七分しかない」

小早川管理官の声も強張《こわば》っていた。

「とにかく爆発物の発見だ！　全所轄署に捜索指示を出せ」

福島一課長が叫ぶと、何人かの係員が無線や仮設電話に走った。

（なんとか……犯人と意思疎通はできないものか）

分析という自分の仕事を進めるためには、犯人に関する情報が不足しすぎていた。何とか犯人と接触し、働きかけをして次の犯行を未然に防ぎたい。夏希はやきもきする気持ちを抑えられなかった。机の下でかかとを上げたり下げたりしている動作を繰り返している自分に気づき、夏希は苦笑せざるを得なかった。

「９４１３の意味が解けましたね」

夏希の言葉に小早川管理官がすかさず相づちを打った。

「マシュマロボーイというハンドルネームをＳＮＳで表に出している以上、これを使って犯人になりすます者はいくらでも出てくるでしょう。ＩＰが辿《たど》れない以上、なりすましかどうか、我々は同一性の確認がとれない」

「だから、真犯人は我々が認識するためのコードをつけた。それが９４１３というわけか」

佐竹管理官は鼻から息を吐いた。

「そうです。９４１３自体に意味はないのです。たまたま忌み数の中から選んだだけでしょう」

「やはり頭の悪い人間とは思えないな。いったいどんなヤツなのか」

「犯人と接触する方法を検討しましょう」

夏希は佐竹管理官に向かって切り込むことにした。三度目の爆発予告を受けて、黙ってはいられない。

「接触と言ったって、犯人のメッセージはふたつに限定されている。巨大ＳＮＳと神奈川県警察総合相談受付のフォームへの投稿だ。ＳＮＳは返信用の機能を殺しているし、県警投稿フォームに書かれているアドレスはデタラメだ。こちらから犯人に接触する方法はない」

小早川管理官はにべもない調子で答えた。

「では、県警としてＳＮＳ上で対話を呼びかけてはどうでしょうか。県警本部は公式アカウントを持っていませんか」

「刑事部では一課と二課が持っている。一課は窃盗やスリなどの防犯情報を呼びかけ、二課ではおもに振込詐欺について県民の注意を喚起している」

佐竹管理官は気のない調子で説明したが、夏希は気負い込んで提案した。

「では、一課のアカウントを使って犯人に呼びかけるのです」

「馬鹿な。このアカウントは広報用に過ぎないんだ。通報や相談の受付は行っていないから、返信機能も閉じている。それにさっきも言っただろう。犯人をいたずらに刺激して、次の犯行を誘発したら、誰が責任を取るって言うんだ」

佐竹管理官の語気は荒かったが、夏希としてはめげるわけにゆかない。

「リスクは承知しています。でも、すでに三回目の爆破予告が為された以上、手をこまねいているわけにはいきません」

「手をこまねいているわけではない。現在も横浜市内の全二十一所轄署捜査員が懸命に爆発物の捜索活動を続けているんだぞ」

「もし見つからなかった場合には、新たな被害を防ぐことはできません。しかも、今回は『今までは遊びだ。今度は本気でやる』と威迫の態度に出ています」

「そんなことは真田に言われなくてもわかってる」

「今回の犯行動機は間違いなく注目欲求が一番だと考えて間違いないです。さらなる注目欲求を満たすために、犯人は予告通りの行動に出るでしょう。わたしたちが何のアプローチもしないことは、犯人のフラストレーションを増やすことはあっても減らすことはないでしょう。加えて犯人の意識を県警に向けさせるべきなのです」

「じゃあ何か、真田は我々が接触を避けていることが犯行を推し進めていると、そう言うのか」

佐竹管理官は苛立《いらだ》ちの声を上げた。

「少なくともわたしたちは、犯行を抑制するために、何の手も打っていません」

夏希は確信していた。

「要するに真田警部補は、かまってちゃんをかまってやらない我々が悪いというのか」

「ま、早く言えば……そういうことでしょうか」

「真田、少しは口を慎しめよ」

佐竹管理官の声は怒りを帯びてきた。

だが、夏希は幾度も慎重に考えた上で、犯人に呼びかけるべきだという主張をしている。

心理学の中でも応用行動分析学（ABA）の研究者たちは、注目欲求に反応すれば、さらに次の行動を繰り返すと考えている。

たとえば、教室で目立ちたくて騒ぐ子どもを教師が叱る。すると、子どもは目立ちたいという注目欲求が満たされるので、後の機会にまた同じことを繰り返す。そこで、まずは可能な限り騒ぐ子どもを無視すべきとするのである。

しかし、今回のケースでは、ネットを中心に多くの人々がすでに犯人の行動に注目してしまっている。警察だけが注目欲求を無視しても、犯人の不満は蓄積するばかりである。警察への憎悪が高まってさらに危険な行動に出る恐れが強かった。

「だがね、真田、我々は危険な賭《か》けに出るわけにはいかないんだ」

福島一課長が間に割って入った。これは捜査主任としての結論だった。

夏希はあきらめるしかなかった。

捜査本部には犯行予告時間へのカウントダウンが招く緊迫感と、大海に針を探すにも似た無力感の相矛盾する空気が漂っていた。

配られた幕の内弁当の昼食を摂《と》っていると、パソコンのそばでモニターを覗き込んでいた捜査員が裏返った声を出した。

「ひどい状況になってきましたよ。ネット……」

スクリーンに映し出されたSNSの画面を見て、夏希は口に入れた焼き鮭を吐き出しそうになった。

「♯松平家由さんクソコラグランプリ」のハッシュタグがつけられた投稿がソートされていた。

そこには報道写真やアニメのキャプチャー画像などに松平本部長の顔を貼り合わせてコラージュした稚拙な画像が無数に表示されていた。

たとえばある画像では、リバイバルのパラパラをステージで踊る十数人のアイドルグループのすべての顔が松平本部長に差し替えられ、「踊るアホウに見るおまいら」とキャプションがつけられている。

あるいは暴言で問題になった女性国会議員の顔が松平本部長に替えられ「このバカーっ」と文字が添えられている画像があったり、コラ素材として有名なヤンキー少年たちの集合写真の中に松平本部長の顔を混ぜて「パトカーで来た」と記されていたりした。

なかには男女の裸身の画像にコラージュされた、目を覆いたくなるわいせつな画像もあった。

「県警は真正面からバカにされている。なんとかできんのか」

福島一課長は怒りを声ににじませた。

「著作権法第一一三条の著作権侵害と、あとはまぁ刑法第二三〇条の名誉毀損《きそん》罪や第二三一条の侮辱罪でしか、引っ張れませんね。名誉毀損も侮辱も親告罪ですから、松平本部長の告訴が必要となります」

佐竹管理官が無表情に説明した。

「告訴はまずいな。こんな下らんことに警察がムキになるわけにはいかない。かえって威信にヒビが入るだろう。うーん、しかし何とかできんのか」

福島一課長は悔しげにうなった。

「それに、警察比例の原則があります」

小早川管理官が額にしわを寄せて言い添えた。

警察行政で指導的なこの原則は、簡単に言うと、警察はすべての犯罪に対処できるわけではないので、手間が掛かる割に大した罪でない違法行為は放っておくべきだという考え方である。

「そうだな、こんなのを大がかりな捜査で引っ張ったら、マスコミがうるさい。市民の微罪被害には耳を傾けないくせに、身内が攻撃されると必死になるって批判されるな」

理屈は異なるが、今回の件に関しては、夏希も捜査幹部たちの意見に賛成であった。

「炎上叩《たた》きをやったら、さらに炎上します。現時点では放置がいちばんです」

夏希の言葉に福島一課長は憮然《ぶぜん》とした表情でうなずいた。

「とにかくこの元の写真をアップした者は追いかけるんだ。犯人自身かもしれん」

犯人だとしたら、何重にも発信元の秘匿の手段を講じているに違いない。果たして辿《たど》り着けるのだろうか。

【2】＠七月十九日（水）昼

午後に入って窓の外では雨が降り始めた。新しい庁舎だけに雨音は聞こえず、窓に当たる雨のしずくで夏希は気づいた。

「黒田刑事部長がお見えになりました」

捜査員の声で、会議室の全員が起立した。

刑事部長が姿を見せるとは、やはり、県警首脳は事態の推移を憂慮しているのだ。だが、黒田部長が捜査本部にいられる時間は長くはない。刑事部長はきわめて多忙だ。

会議室の入口に黒田刑事部長の長身が現れた。後にスーツ姿の三十代の男が続いている。

「お、織田さんっ？」

男の顔を一目見た夏希は、小さく叫んでしまった。

細面で鼻筋の通った顔立ち、すらっとした立ち姿……。

一昨日、横浜でデートした織田信和だ。見間違えるはずもない。

夏希は混乱していた。たとえは悪いが、夏希の家の近くにある安売りスーパーの食品棚で、フォアグラやトリュフを見掛けたような違和感を覚えた。

黒田部長はもちろんだが、織田も何のためらいもなく幹部席に座った。

「第三の犯行予告がなされ、ネット上では神奈川県警の威信に関わるような由々しき事態になっていることを憂慮している。紹介しよう。今回の問題に対応するために警察庁警備局から捜査本部に参加してくれた織田理事官だ」

黒田本部長の声が朗々と響いた。

「皆さん、初めまして。織田です。今回の問題を解決するためにお力になりたいと思っています」

如才なくにこやかに笑った表情も、一昨日と少しも変わらなかった。何ということだ。織田の勤務先は警察庁だったのか。

「あらためて全員に伝える。織田理事官は危機管理に関して広範な専門的知識を有している。今後、捜査方針は織田理事官と相談して進めていって欲しい」

黒田部長の言葉は婉曲《えんきょく》表現にも聞こえた。

理事官は警視正で階級としては福島一課長と同等である。しかし、警察庁警備局はまさに日本警察の中枢であり、全国の都道県警本部に対して強い指導力を持つ。織田理事官の方針に反対できるのは黒田部長ただ一人だろう。福島一課長が反対の立場に立つことは難しい。

簡単に言ってしまえば、黒田部長が不在の際、つまりほとんどの場面でこの捜査本部は織田の指揮に従って動くことになるだろう。

とつぜん織田が夏希へ会釈を送ってきた。

「真田分析官、あなたのことは黒田部長から伺っています。神奈川県警期待の星だそうですね。心理分析については僕もそれほど詳しくありません。今後ともどうぞよろしくお願いします」

「あ、よろしくお願いします」

全国どこの捜査本部でも聞くことのできないようなあいさつと、初対面のように振る舞う織田にとまどい、夏希はひと言だけしか答えを返せなかった。

（どういうわけ？　これって偶然なの？）

一昨日のデートは、高校時代の同級生である由香の紹介だった。由香の夫の学生時代の友人という触れ込みだったが、詳しい確認はとっていなかった。織田信和という男は、本当に由香の夫の友だちなのだろうか。

あるいは、最初から夏希の職責を知っていてデートを仕込んだのだろうか。

少なくとも、夏希が警察官である事実に驚いていた姿は真実ではなかったのだ。

夏希の思考は黒田刑事部長の声で破られた。

「捜査資料は一通り目を通しているが、追加の情報も含めて、現状を報告してくれ」

佐竹管理官と小早川管理官が、捜査状況を報告した。

「詳しいご説明に感謝します。現状はしっかり把握できたと思います。ここで、真田分析官の提案する犯人との接触を試みてはいかがでしょう？　黒田部長」

夏希は心のなかで快哉《かいさい》を叫んだ。初めて、夏希の提案に賛同する幹部が現れたのだ。

「多大なリスクがある。失敗は許されんぞ」

黒田部長は額にしわを寄せて腕組みをした。

「ですが、劇場型犯罪の典型例とも言える今回の連続爆破事案で、犯人の注目欲求は主要な動機と言って間違いないです。まずはこの注目欲求を満たし、我々に注意を向けることで次の犯行に対する強い意欲を薄めることができます」

またも夏希は拍手を送りたくなった。センスのよい男というのは、やはり優秀なのだ。夏希は一昨日の横浜での立ち振る舞いを思い出した。

「それはわかっているが……」

黒田部長は気難しげな声を出した。

「だいいち、接触しなければ、我々は犯人に対して働き掛けをできません。いま、我々が戦うべきは犯人そのものよりもむしろ世論なのです」

「え……」

夏希は自分の耳を疑った。

「今回の件で、警察、さらには行政の威信は大きく傷つけられています。予告日までに爆発物が発見できなかった場合、世間はさらに警察の無能をそしることでしょう」

「爆発物の捜索は横浜市内の全所轄が懸命に進めているはずだ」

「たしかに、今後とも注力すべき第一の課題には間違いありません。しかし、地道な捜索活動は市民からは見えにくいのです。世論は卑劣な爆破犯に対して何もしない警察への不満を募らせています。警察と行政の威信は激しく傷つけられています。これは由々しき事態です」

織田はソフトな口調で、理路整然と持論を述べ立てた。

（市民の安全より警察の威信を守ることが目的なの？）

夏希は織田の主張に強い違和感を抱いた。この男はいったい何を言っているのだろう。

「だからこそ、我々は断固として犯人と対峙《たいじ》する態度を世間に公表すべきなのです。真田分析官の提案に従って、さっそく県警刑事部のアカウントから犯人への対決メッセージを投稿すべきです」

「うぅむ、織田理事官はどうしても県警としての主張をすべきだというのだね」

黒田刑事部長は迷いの表情を隠さずに訊いたが、織田は毅然《きぜん》とした態度で答えた。

「はい。まず第一に着手すべき課題と考えます」

「仕方がないな。真田、文面を考えてくれ。織田理事官、チェックをお願いしたい」

「承知いたしました。さらに、何とかして犯人と接触して、相手の犯意を減殺させることに力を注ぐべきです」

「ダブルでリスクを抱えることになるな……織田理事官が担当するかね」

「いえ、この件については、真田分析官に主導してほしいです。もちろん、わたしがチェックします」

「よしっ、毒を喰《く》らわば皿までだ。徹底して犯人にアプローチを掛けてゆこう」

黒田部長の決定に、佐竹と小早川はそろって不満げな表情を見せたが、反論できるはずもなかった。

夏希は不思議な感覚にとらわれていた。織田の発言によって、次々に夏希の提案が現実のものとなってゆく。だが、織田の主張を支えている理屈は、夏希には受け容《い》れ難いものなのだ。

だが、自分の主張が通ったのに、わざわざ反論する必要はない。

「ところで、小早川、何とか犯人と接触する手段はないのか」

「はぁ……相手はメールアドレスをはじめ、すべての発信元を巧妙に秘匿し続けております。こちらからアプローチする手段はいまのところありません」

「ありませんじゃ、困るだろう。国際テロ対策室の技術はそんなものなのか」

「まことに面目ありません。犯人はハッカー級のネット知識の持ち主だと思われます」

「SNS上の投稿からアプローチ先を教えてくれと犯人に要請してみるのはいかがでしょうか？」

夏希の提案に黒田刑事部長は、いぶかしげな声を出した。

「そんな話に簡単に乗ってくる人間とも思えないが」

「いえ、部長。真田分析官の言うとおり、犯人はこちらがコンタクトしてくるのを望んでいると思います。ただ、県警の公式アカウントではなく、別のアカウントを立ち上げて、そこからアプローチを掛けてみるのはどうでしょうか？」

「どんなアカウントを作ると言うんだ」

「たとえば、真田分析官のアカウントはどうでしょう？」

「う……？」

予想もしなかった展開に、夏希は絶句した。

「ちょ、ちょっと待って下さい、名前を出されたら困ります」

あわてて手を振った夏希に、織田は土曜日のデートで夏希を《帆ＨＡＮ》に誘ったときのような気軽な口調で続けた。

「いや、もちろん本名である必要はありません。心理分析官だと名乗れば、この犯人は、そのアカウントの設置を自分への挑戦と考えるでしょう。あるいは神奈川県警が自分に向けて放った刺客と考えるかもしれません」

「そんな。刺客だなんて、わたしには無理です」

織田はにこやかな笑みを満面に浮かべた。

「犯人はプライドが高い。匿名的な県警アカウントより個人を意識させるアカウントから挑発すれば、乗ってくる可能性は大きいです。真田さん、あなたならわかるはずだ」

「でも、個人として接触することには抵抗があります」

「ただの個人というわけではない。心理分析官という一人の警察官が県警の威信を背負って対峙することが大切なのです。そもそも真田さんはもともと犯人と対話したがっていたのではないですか？」

「それはそうですが……」

「大丈夫、県警全体にも厳重な箝口令《かんこうれい》を敷いて、あなたのアカウントということは外部には漏らしません」

抵抗感が強かったが、ここまで言われて断る正当な理由はなかった。

「わかりました」

肩を落として承諾する夏希に、黒田部長が下命した。

「では、織田理事官の提案通りに、真田の個人アカウントを匿名で設けて、そこから犯人に対して働きかけを行うという方向で進めることとする。織田、真田、小早川の三人で進めてくれ」

「お言葉通りに」「わかりました」「了解です」

三人は期せずして同時に答えた。

「申し訳ないが、わたしはこれから警察庁に行かなければならないので退席する。最終的な決断は福島一課長に任せるが、判断に迷ったら、必ず電話してくれ」

「お電話を掛けなければならない事態にならないように努力します。行ってらっしゃいませ」

福島一課長が起立したので、夏希たちも起立して黒田部長を送り出した。

これで会議室の主導権は織田理事官の手に委《ゆだ》ねられたと言ってよい。

黒田部長が退室すると、当の織田が夏希の席に近づいて声を掛けてきた。

「アカウント名を考えましょう。そうだな《かもめ百合》というのはどうですか?」

カモメとヤマユリの花はそれぞれ神奈川県のシンボル的に使われていた。

県警もカモメを使ったピーガルくんという男児キャラと、ヤマユリ(リリー)とポリスからネーミングしたリリポちゃんという女児キャラを使っている。また、ヤマユリの花は神奈川県の人事異動通知書、俗にいう辞令や封筒に刷り込まれるなど、多くの場面で使用されている。

だが、ダサい。織田にしてはあまりにもセンスがよくない。

「えーっ……それはどうでしょうか？」

「いいじゃないですか。それでいきましょう」

小早川は笑いをかみ殺している。

「ちょっと斜め上で安めのハンドルネームのほうが、相手の油断を誘えるんじゃないかと思いましてね」

「はぁ……」

織田は、夏希の思惑は無視して話を進め始めた。

「小早川管理官、アイコンになる画像を探して下さい。もちろん著作権の問題のないものを」

「部下に萌《も》え絵の得意な者がおりますので、真田警部補の顔写真を送って、萌え絵化してもらいましょう」

「やめてください。わたしと特定されるようなアイコンは困ります」

「ははは、冗談ですよ。適当な画像はいくらでも作れるでしょう」

小早川もこんなところでつまらない嫌がらせを言わなくてもよいのに。

十分もしないうちに小早川が管理官席のＰＣ前で手招きした。

「できましたよ。《かもめ百合》のアイコン」

「アイコン……これですか？」

ツインテールで緑色の瞳《ひとみ》を持つ、いわゆる萌え絵キャラだった。

「さっき言った部下に作らせました。『脳漿炸裂《のうしょうさくれつ》ガール』の稲沢《いなさわ》はなというキャラをもとにしたようです」

小早川は弾んだ声を出した。

「ああ、映画で聖花《せいか》が演《や》っていた……」

織田がうなずいた。

「はい、もともとは動画投稿サイトで大ヒットしたPVから小説、映画へと発展した作品ですね。このアイコンは名束《なづか》くだんのマンガで描かれたキャラが原型です」

嬉々《きき》としてしゃべる小早川は、別人のように見えた。

(小早川さんってサブカルチャーに詳しいんだな……)

「でも別に萌え系のキャラでなくとも……」

公的機関で次々に萌え絵系のキャラが採用されていることは知っているし、一部のものを除いて好感を持っている。だが、夏希とは似ていないにしても、このアイコンが自分を表すと思うとゾッとしない。

「萌え系以外には考えられません。ちなみに、この巨大SNSにおける警視庁初の公式イメキャラはこれです」

小早川はさらに嬉《うれ》しそうな顔になって、PCの画像を差し替えて見せた。

そこには大きな耳の目立つアップルグリーンの髪と瞳を持つ動物キャラっぽい女性警官像が

左目をつぶってウィンクする萌え絵が映っていた。

佐竹管理官は口をあんぐり開けて画面を見ている。

「……本当に警視庁のアカウントなのか……」

しばらくして呆然《ぼうぜん》とした口調で佐竹は訊《き》いた。

「はい、警視庁犯罪抑止対策本部のアカウントのケモノ娘キャラ『テワタサナイーヌ』です」

「うちの二課のアカウントと同じ目的の広報用だな」

佐竹の声は驚きに震えていた。

「そうです。振り込め詐欺や還付金詐欺などの犯罪に対する注意喚起のために運用しており、この『テワタサナイーヌ』は、かつてこのアカウントを管理していた警察官が葛飾《かつしか》署時代に個人として考案したキャラクターです。発表以来、じわじわと人気が上昇していき、二〇一五年の十一月にはついに公認キャラクターの地位を獲得しました。クリエイティブ・コモンズに対応していて二次創作利用が自由なので、ファンによりたくさんの動画などが作成されています。さらに、警視庁では等身大パネルを作製したり、着ぐるみを……」

小早川の饒舌《じょうぜつ》を佐竹は手で制した。

「そんな昔からあるのか。俺はまったく知らなかったぞ」

「まぁ、神奈川県警はこのあたりへの理解は薄いですからね。振り込め詐欺対策の刑事部捜査二課は、単にピーガルくんを使ってますし……」

「なにも俺たちが警視庁の二番煎《せん》じをやる必要はないだろ」

「まぁ、たしかにそうですがね」

小早川は口とは裏腹に不満そうな顔つきで続けた。

「萌え絵キャラはいまや行政機関キャラのスタンダードだと思料します」

(萌え絵に萌えぬあたしは少数派なのか……)

かもめ★百合 @KPP_kamome_yuri というハンドルの下には自己紹介文を書く必要がある。

——神奈川県警本部心理分析官のアカウント。心理学と精神医学の専門知識によって、神奈川県内で発生した犯罪を分析することが職務です。日々凶悪化し複雑化する犯罪と戦い、神奈川県民の皆さまの生活の安全と安心に貢献したいです。


「ダメですよ。そんなにカタいプロフィールを書いちゃ」

夏希が書いた紹介文をひと目見て、織田は大きく首を横に振った。

「こういうのでなくちゃ」


——神奈川県警本部心理分析官。県警でただ一人の犯罪心理分析のプロ。県民の安全を脅かそうとしているサイコパスやソシオパスのキミたち。あたしが相手になるわ。さぁ、かかってらっしゃい。彼氏募集中。

「どうです？」

「イヤですよ。こんなの」

冗談ではない。

「イヤでもこれを使ってもらいます」

織田はニべもない調子で突っぱねた。

「だいたい科学的に不正確です」

「どういうことですか？」

「サイコパスとソシオパスの区別は、犯罪者的体質が先天的か後天的なものかで区別されます」

「ええ、知ってます。他人を欺いたり権利を侵害したりすることに罪悪感を持つことができない人のことですよね」

「でも、サイコパスはハリウッド映画などで広まった大衆向けの心理学的用語に過ぎません」

「たしかに僕たちの一般的なイメージは『羊たちの沈黙』で、アンソニー・ホプキンスが演じたレクター博士ですね」

「でも、実際には愛嬌《あいきょう》たっぷりでおしゃべり上手で、表面上は感じのよい人間が少なくないんです。ただし他者を操るために嘘をつくことに、良心の呵責《かしゃく》を感じないのです」

「どっちにせよサイコパス、ソシオパスでいいじゃありませんか」

「いいえ、それは科学的には正しくありません」

夏希の勢いに織田はたじろいで訊き返した。

「なにが正しくないと言うのですか」

「サイコパスは、その概念が一人歩きしてきた過去があります。たとえば、家庭内で暴力をふるうような人を、サイコパスであると安易に判断して強制入院させるなどの人権侵害を犯してきた歴史さえあります。医学的には両者を区別することなく《反社会性パーソナリティ障害》と呼ばなければなりません」

「でも、みんな区別して呼んでますよ。そんな専門用語を書いてどうするんですか。世間の人にわかりませんよ」

「たしかにそうかもしれませんが……」

「わたしには真田さんがこだわる理由がわかりません」

「いいですか。先天性と後天性は、複合的な問題なんです。簡単に言うと、先天的な要素に後天的な成育環境等の要素が加わって生ずる障害と考えるべきです」

学問的に不正確なことをネット上で自分の発言とされてはかなわない。

「その反社会性パーソナリティ障害が発生する原因はわかっているのですか」

「大脳前頭前皮質の一部分の機能障害であるとする説が有力視されています。この障害を持つ患者の脳をスキャンしてみると、眼窩《がんか》前頭皮質と扁桃《へんとう》体周囲の活動が低下している傾向が見られるのです。このため、情動にかかわる認知の機能に乏しく、それでいて理性的な認知の機能には問題がないわけです。他者に対する共感性の欠如が、もっとも大きな要因であると考える説が主流です。その面から言えば、今回の紹介文にサイコパス、ソシオパスという言葉を出すことは二重の意味で問題があります」

織田はにやにやしながら、とんでもない言葉を口から出した。

「失礼ですが、真田さん、あなたこそ反社会性パーソナリティ障害をお持ちなんじゃないんですか」

「なんてことを言うんですかっ」

さすがに頭に血が上ったが、織田は小憎らしい笑顔で続ける。

「だってそうでしょう。そんな理屈は世間の人に理解させる必要もない。わたしも半分しかわからない。いまの真田さんの態度は他者への共感性に乏しいです」

「ぐっ……な、なんてことを」

夏希は頭を殴られたような気がした。

「少なくとも、SNSを見る人たちに対する共感性が欠落していますよ」

「他者への共感性が少ないだけで反社会性パーソナリティ障害であるわけじゃないんです。たとえば、典型的にはASD……自閉症スペクトラムにも他者への共感性の希薄さが見られます」

「ほう、そうなんですか」

織田の顔からは相変わらずにやにや笑いが消えない。

「で、でも……わたしが言っているのはそういうことじゃなくてですね」

「二人とも、その程度でやめておきなさい。ここは大学の研究室じゃないんだ。だいいち、そんな難しい議論を続けている暇があるはずもないだろう」

福島一課長が半ばあきれ顔で二人を制した。

「せめて最後の彼氏なんとかって言うのだけ削って下さい」

「このままでいきましょう」

織田は夏希の最低限の希望さえ無視した。

ものの十五分ですべての用意が整った。

巨大SNSに「かもめ★百合」という名義で新アカウントを作成し、県警各アカウントや報道機関等と相互フォローの関係を結んだ。

このアカウントに投稿した内容は、影響力を持ったくさんのアカウントにシェアされるはずである。さじ加減をひとつ間違えると、とんでもないことになる。

犯人との接触は自分から希望したこととは言え、個人アカウントとは考えてもいなかった。

夏希はプレッシャーに押しつぶされそうだった。

「それでは最初の呼びかけ投稿文を作成しましょう。真田さん、ひな形を作ってもらえませんか」

織田が夏希の机で起ち上がっているノートPCを指さした。

「あ、作った原案を織田理事官がチェックして下さるんですね」

ホッとした。それならば、必要以上に気負い込むことはない。

「いや、もし、相手から反応があった場合には、そんな暇はありませんよ。真田さんにその場の判断で応答して頂くことになる」

（やっぱりそうだよね）

自分から言い出したことだ。個人アカウントには抵抗があるが、やるべきことに変わりがあるわけではない。とにかく爆弾を発見できない限り、犯人と接触するしか事態を打開する手段は存在しないのだ。


――横浜市内で爆弾を使って多くの人を苦しめている人へ。苦しむ人をこれ以上増やすわけにはいきません。どんな理由があって、罪もない人を苦しめるのですか？　あなたの声を聞かせて下さい。本気のお返事を待っています。


一回の文字制限は百四十字だが、夏希はなるべく短いメッセージで自分の意思を伝えたかった。

「ま、こんなところだろうな」

「順当なメッセージでしょう」

モニターを覗《のぞ》き込んだ佐竹と小早川の両管理官は、揃って賛意を示したし、福島一課長も異論を唱えることはなかった。

「いや、これでは弱すぎます。真田さん、いい子になり過ぎですよ」

織田は一言の下に否定した。

「いい子になろうというわけではありませんが、どこがいけませんか」

返事の代わりに織田は自分の目の前のキーボードを叩《たた》き始めた。

――横浜市内で爆弾を使って多くの人を苦しめている人へ。人を苦しめて何が楽しいのですか？　わたしたちはあなたの行動を絶対に認めません。正当化できる理由なんて、ひとつもないはずです。主張したいことがあるなら、きちんと言ってきなさい。ただし、クソリプはお断りです。


「まぁ、こんなところでしょう」

沈黙があたりを支配した。そのテーブル近くにいた誰もが戸惑っていた。

「クソリプとは何かね？」

ややあって福島一課長が首を傾《かし》げて訊《き》いた。

「リプライとは返信という意味で、つまらない返信を意味するネットスラングです」

小早川管理官が答えた。

「いろいろと知らん言葉が出てきて追いかけるのに苦労するな……だが、織田理事官、ここまで強気に書いてしまって大丈夫かね？」

福島一課長の言葉はほかの皆の気持ちを代弁するものだったが、織田は軽い笑顔で答えた。

「はい、これくらいでなければ、挑発の効果はありません」

「しかし、犯行に拍車を掛けたら、まずい……」

「すでに申しましたように、我々が何もしなくても、犯人は必ず予告した今夜の爆破を実行するはずです。いまはとにかく犯人に接触して、何とか犯行をあきらめさせる働きかけをするしかありません」

織田は強い口調で言い切った。

「よし、ではこの内容で投稿だ。真田、いいな」

「は、はい……」

夏希は仕方なく、共有フォルダから織田の作成したメッセージをコピーしてSNSの投稿窓にペーストすると、送信ボタンを押した。

「必ず反応がありますよ。楽しみに待つとしましょう」

織田は余裕の笑顔を浮かべた。

一昨日に受けた印象とは違って、織田は物事を強気で推し進めて行く独断専行型の男であることがわかった。

「十分で返信が二百二十五件ですよ」

窓際でネットチェックを続けている捜査員たちの一人が、悲鳴を上げた。

——クソ女、生意気言うな
——おまえから先に爆破してやろうか

――ムカつく。おまえこそ氏ね。

――三日以内にコロス
どのリプライもマシュマロボーイが発信者となっている。

「世の中に、こんなにも多くのマシュマロボーイがいたとは驚きですね」

織田は相変わらず悠然と構えている。

「ダイレクトメッセージも十七件入っています。あ、十八件です」

別のPC担当が、後ろを振り返って小さく叫んだ。

「ちょっと見せて下さい」

夏希はモニターを覗き込んだ。

内容的にはリプライと同じような、かもめ★百合と神奈川県警を非難する、単純であまり意味のないものばかりだった。

リプライが世間に公開されている返信なのに対して、ダイレクトメッセージはメールのようにほかの者に見られずに受信者だけに送れるメッセージである。

「小早川管理官、これらの発信元IPを特定するために、ぜんぶ国際テロ対策室に送るんですか。数時間でパンクしますよ」

「うーん、予想以上にリプやダイレクトメッセージが多いなぁ」

小早川は頭を抱え込んだ。

「例の爆破予告をした元アカウントからのリプライや返信以外はとりあえず放置して下さい」

　夏希は確信を持って言い切った。

「ど、どういう意味かね」

　福島一課長は驚きの声を上げた。

「自信家の犯人は、ネット上で別アカウントを作ってメッセージを送るような姑息《こそく》な真似はしないはずです。十中八九は、爆破予告をした元アカウントを使うか、県警フォームから返信してくると思います」

　真田の提言に、織田も大きくうなずいて賛意を示した。

「わたしも真田分析官の考えに賛成です。別アカウントを使うことは、世間のネットユーザーに対してカッコ悪いですから、この犯人はそんなことはしないでしょう。世間向けには元アカウントから投稿し、我々に接触するときには、県警の投稿フォームからメッセージを送ってくるでしょう」

　ほぼ一時間で、リプライが三百件近く、ダイレクトメッセージは七十件を超えた。

　夏希はすべてのメッセージに目を通したが、どれも意味のあるものとは感じられなかった。

　県警メールフォームへの投稿は一件もない。

「本当にIP解析をしなくていいのか」

　佐竹管理官が眉《まゆ》にしわを寄せて懸念を示した。

「すべてのメッセージは単なる感情のはけ口として投稿されたものに過ぎません。真犯人のものとは思えません」

夏希の答えに織田も賛意を示した。

「やはり県警フォームですよ。犯人が接触してくるとしたら」

そのとき、会議室の入口から何人かの捜査員が入ってきた。

「事件の関係者と思料される男を、所轄刑事課員が現行犯逮捕しました。容疑者は本庁の者が取り調べています」

幹部席に一人の捜査員が報告に来た。後に数人が続いている。

「おいっ、犯人なのかっ」

福島一課長が急《せ》き込むように訊いた。

「たぶん違いますね」

入口付近で答えたのは、加藤巡査部長だった。

「関内《かんない》のネットカフェでかもめ百合を殺すとかいう、ふざけた書き込みをしてたのを見つけましてね。とりあえず脅迫、偽計業務妨害の容疑です。爆弾の件についちゃ否認してますよ」

加藤は素っ気ない調子で続けた。

現行犯逮捕であるからには、加藤はこの男が書き込みをしているところを背後から視認していたと言うことになる。昼間のネットカフェの状況を夏希は知らないが、よく発見できたものだ。夏希の疑問に答えるように加藤が口を開いた。

「いや、俺の日頃の巡回範囲の店で、パソコンに向かいながら独り言ブツクサ言ってるんですから、誰だって要注意人物だと思いますよね」

「ご苦労だった」

「どうも。爆発物の捜索に戻ります」

福島一課長のねぎらいに加藤はきびすを返すと、さっさと出ていった。

（真犯人じゃないね）

夏希も直感した。ネットカフェで書き込みをしたら、瞬時にIPアドレスを追跡される。マシュマロボーイがそんなに脇の甘い男であるはずがない。

「投稿から一時間半。雑音メッセージは増えるばかりですが、真犯人らしき者からのメッセージはありませんね。このまま待ちますか」

小早川の問いかけに、織田は当然のように答えた。

「SNSから、もう一度、犯人に向けて呼びかけてみましょう」

「今度は何と書きますか」

「そうですね。もう少し強い口調で」

どうせ、織田に修正されるのだから、好き勝手に書いてしまおうと、夏希はキーボードに向かった。

――横浜で爆破を繰り返している人へ。対話を求めます。あなたがわたしたちと同じふつうの市民であることはわかってます。あなたは臆病《おくびょう》だから、テロリストのふりをして自分の正体を隠しているのでしょう。あなたの言い分を聞きたいです。リプを待っています。

「いいですよ。これでいきましょう。ただ……」

織田は目の前のモニターを覗《のぞ》き込むと、キーボードに触れた。

「文末にこれを追加して下さい」

夏希のＰＣに追加メッセージが表示された。


——女と話すのが怖い臆病者クンへ愛を込めて。


「でも、真犯人が男性とは限らないと思いますが」

「もちろん、女性かもしれません。でも、仮に女性が真犯人である場合にも、このようなメッセージを送れば、当然ながら違和感を覚えるでしょう。何らかの反応を示すかもしれません。つまり、男か女かについて、犯人が尻尾《しっぽ》を出すかもしれないわけです」

「なるほど……わかりました」

織田の考えはわかった。いずれにしても相手に揺すぶりを掛けて、少しでも反応を引き出すほかはないのだ。夏希は追加メッセージをコピペして投稿した。

「真犯人が反応をみせるまで、何度でもメッセージを送り続けましょう」

織田は淡々とした口調で言って、ペットボトルのお茶を飲み干した。

　三十分もしないうちに被疑者を取り調べていた捜査員のうちの一人が、会議室に戻ってきた。

「あれは爆弾犯人じゃありませんね。堀尾《ほりお》友春《ともはる》二十七歳。みなとみらいに支店のある事務機器販売会社の営業職です。外回りの途中で関内のネットカフェで油を売ってるときに、殺すとのメッセージを投稿したとのことです」

「それだけなのか」

「ええ、いちおうアリバイもあります。昨日まで三日間、名古屋《なごや》で研修会があって缶詰だったそうです」

「で、動機は何なんだ」

「研修会でむしゃくしゃすることがあって、その腹いせと言っています」

「しかし、どういうつもりなんだ。こんなに簡単に脅迫罪を犯すとは。二年以下の懲役または三十万円以下の罰金なんだぞ」

　佐竹管理官があきれ顔で嘆いた。

「ネット投稿は、手軽さと現実感のなさが特徴です。例えば店舗で一万円の現金をお財布から出して買い物することと、ネットの五百円のガチャを二十回クリックすることを比較すればわかりやすいでしょう。経済的な負担は同じでもクリックに対する心理的なハードルは著しく低いのです」

　夏希の説明に佐竹はかるいうなり声を出した。

「犯罪をためらわせる認識である規範的障害がないということか」

「その通りです。道徳的な障害もないのです。自分の言葉を発信することが犯罪となる自覚があったとしても、心理的なハードルが低いために、手軽に現実感なく実行してしまうことが多いのです。匿名性がこれに拍車をかけます」

「ネットの匿名性が持つ問題点のひとつだな」

「まぁ、そうも言えますね」

つい最近も、某大手企業の製品データ改ざん問題が、大型掲示板の匿名告発により発覚したばかりである。匿名メディアにはプラスの側面も少なくないが、その功罪を話し始めると長くなりそうなので、夏希はあいまいに話を打ち切った。

喉《のど》が渇いていた。会議室内にもペットボトルは並べてあったが、生ぬるくなっているはずだ。

「このフロアに自販機はありませんか」

「ご案内します」

夏希が訊《き》くと近くにいた巡査の徽章《きしょう》をつけた制服警官が、先に立って歩き始めた。

【3】@七月十九日（水）昼

廊下の奥の自販機コーナーでは、小早川管理官が缶コーヒーを飲んでいた。

「ああ。真田警部補、ちょっと」

会釈をして通り過ぎようとすると、手招きをされて呼び止められた。

「真田さん、織田理事官のことでちょっと話があるんですが」

いつになく協調的な態度に夏希は驚きを隠せなかった。夏希は注意深く小早川の顔を見つめた。細い眉が神経質に震えている。機嫌がいいようには見えない。

「優秀な方ですね」

「たしかに、彼は優秀なキャリアには違いありません」

小早川は慎重に言葉を選んでいるようだった。

「あの歳で理事官ですからね」

小早川はあいまいな顔でうなずいた。

「キャリア採用から十五年で警察庁《サッチョウ》の理事官というのが最短コースです。織田さんはそのコースに乗っている出世頭でしょうね」

織田はたしか三十八歳と聞いている。

夏希は一昨日のデートで抱いた疑問のひとつが解決したような気がした。

結婚していないことはキャリアの出世にとって不利だとは聞いている。織田は、独身であることをものともせずに出世するほど優秀な警察官僚であるに違いない。採用以来、脇目も振らずに働き続けてきたのだろう。

（それにしてもあのデートは何だったのだろう）

官僚は政治家や経済人の娘など、自分の出世にプラスになる女性を配偶者に選ぶことが多いと聞いている。函館の高校で数学の教員を勤めていた父の娘である夏希に、出世にプラスになる要素はない。結婚相手として候補になる自分だとは思えなかった。

「謎だ……」

つい口が滑った。

「え？　真田さんは織田理事官を知ってたんですか」

（まずい……）

「まさか。知っているわけないじゃないですか」

あわてて笑顔を作って顔の前で手を振った。

「ですよね……いいですか、真田さん」

小早川の口調はきつくなった。

「あ、はい」

「この爆破事案が警察の威信を損ねていることを警察庁は問題視しているということです。我々、神奈川県警はいま、警察庁に一挙手一投足を監視されていると言ってもいい」

小早川はみけんにしわを寄せて、つばを飛ばした。

「織田さんはリーダー役だけではなく、監視役も兼ねているというわけなんですね」

小早川は我が意を得たりとばかりにうなずいた。

「その通りです。警察庁はたしかに我々の指導監督に当たる立場には違いありません。ですが、織田理事官はあくまで我々の上官ではないのです。そんな彼にあごで使われているのは、本来のあり方ではないでしょう」

小早川管理官の両の瞳《ひとみ》は怒りに燃えているように思えた。

「はぁ、なるほど……」

しかし、小早川の言葉は建前にすぎない。警察庁の指導に県警が逆らえないことは、夏希ですら知っている。小早川の本音は、警察庁と織田に手柄を独り占めされたくないということなのだろう。

「真田さん、あなたも神奈川県警の人間だ。それだけじゃない。臨床医の経験があり博士号さえ持っている方だ。織田理事官の口車には乗らずに、我々自身の手でしっかり県警の威信を守っていきましょう」

ともに手を携えて警察庁に大きな顔をさせないようにしようということか。

甲高い小早川の饒舌《じょうぜつ》を聞いているうちに、夏希はイライラしてきた。

(なんて小さい男なの……)

小早川警視は黒田刑事部長を除くと、捜査本部でただ一人のキャリア警察官だった。だからこそ、準キャリアの夏希に対しては見下しながらも反感を抱いていたわけだ。

だが、彼の存在価値を脅かす存在が現れた。織田は階級も警視正であり、しかも、この捜査本部の実質上の指揮をとっている。エリート意識の強い小早川としては我慢できないのだろう。くだらないライバル意識だと夏希は内心で笑いたくなった。どうせ小早川だって、いつかは警察庁に戻るのだ。

そのうえ、小早川と織田では事件に対する姿勢がまるで正反対だ。

政府や国家の威信を第一義に考える織田には強い反発を覚える。

しかし、そこに私心はない。官僚としてのライバル意識や自分の所属する神奈川県警と警察庁の綱引きを第一義に考えている小早川とは大違いだと夏希は感じた。

「でも、黒田刑事部長は、織田理事官を買っているようでした」

小早川は鼻を鳴らした。

「黒田部長クラスになると、いつ警察庁へ異動になるかわかりませんからね」

夏希は必ずしもそんな理由だとは思っていなかった。だが、いずれにしても権力関係の綱引きなどには反感を覚えるだけだった。

「わかりました。でも、ひと言だけ言わせて下さい」

「なにか？」

小早川管理官はけげんに眉《まゆ》を寄せた。

「神奈川県警の威信も大事なことかもしれません。でも、そんなことよりずっと大切なのは、これからの被害を防ぎ一般市民を守ることですし、また、犯人にこれ以上、罪を犯させないことではないでしょうか」

正論を突きつけられて、小早川は鼻白んだ顔になった。

「ああ、たしかにおっしゃる通りです」

小早川はばつが悪そうに笑うと、きびすを返して、廊下へ戻っていった。

「一般市民を守れ。ははは、そりゃそうだ」

廊下の向こうに小早川の声が消えていった。

「真田警部補っ」

自販機コーナーに案内してくれた制服警官が走ってきた。

声に緊迫感が感じられる。

「犯人と思料される人物から県警相談フォームに投稿がありました」

「わかりました。すぐ行きます」

夏希はペットボトルの緑茶を飲み干すと、空き容器ボックスに放り込んで、廊下を小走りに会議室へ向かった。

第四章　マシュマロボーイ

【1】@七月十九日（水）昼

夏希が会議室に戻ると、管理官席の一台のPCを幹部や管理官たちが取り囲んでいた。

「真田、これを見ろ」

福島一課長が振り向いて、モニターをあごでしゃくった。


――かもめ★百合などというハンドルネームを使うとは、センスが悪い心理分析官どのへ。対話を求めているのは貴官のほうではないか。つきあう必要もないのだが、警察の無能振りを知るよい機会とも考えた。爆発物は横浜市内のある場所にすでにセットしてある。何なら私から聞き出してみるかね？　マシュマロボーイ９４１３

「ついに呼びかけに反応しましたね」

織田の声には緊張感がみなぎっていた。

「マシュマロボーイ９４１３の文字にリンクが張ってありますね」

小早川がリンクをクリックすると、メーラーが立ち上がった。

——masyumaro@grr.la

相手のアドレスが読み取れた。

「こちらからアクセスできますね！」

夏希は声が弾むのを抑えられなかった。

「このメールアドレスから真犯人の発信元を突き止められないのか」

佐竹の意気込みに小早川は眉にしわを寄せて首を振った。

「ゲリラメールという捨てアドレスです。六十分で消えてしまうメアドで、個人情報の登録は必要ありません。登録した際に、いままでと同じように《ＸＪ７》などの匿名ブラウザを使っているはずですから、発信元のＩＰを追跡することは不可能でしょう」

「とにかく、レスを送りましょう。もう煽《あお》りは必要ないでしょう」

織田が気負い込んで夏希を見た。


——お返事ありがとう。頭の悪い心理分析官です。あなたの望みはなに？　どうすれば、爆弾の場所を教えてくれるの？

着信音が小さく鳴った。

「レスが来た！　別アドレスだ」

小早川が叫び声を上げた。

――貴官が何者かわからない。警察手帳の身分証カード部分をスキャンしてメールに添付して送って欲しい。話はそれからだ。


「いやです。そんなの困ります」

冗談ではない。頭の血が下がって夏希はかるいめまいを覚えた。

「もちろん、そんな話には応じられない」

佐竹管理官が怒りに声を震わせて言葉を継いだ。

「階級、氏名で個人を特定されてしまう。証票番号は警察職員番号だ。そんな情報を外部に出せると思うか」

「そうですね。下手すると顔写真をコラ素材に使われます。裸の写真とかとコラされたら、真田分析官、町を歩けなくなりますよ」

わずかだが声を弾ませた小早川を夏希は睨《にら》みつけた。

「うーん、困りましたね」

さすがに織田も戸惑っている。

「ダメだ。そんな要求を飲むわけにはいかない」

福島一課長の決断で拒絶のメッセージを送ることに決まって、夏希は胸を撫《な》で下ろした。

「せっかく、接触に成功したのに」

織田は大きく舌打ちした。

「偽装しますか。それらしい身分証票を作ってみましょう」

小早川が得意げに提案した。

「それだ！」

佐竹管理官が笑みを浮かべて叫んだ。

小早川は会議室の隅に移動し、ＰＣに向かって作業を始めた。

十分もしないうちに、小早川は制服姿の見知らぬ女性の写真入りの偽身分証を出力してきた。

巡査部長　Sergeant　桑田《くわた》宏美《ひろみ》　Hiromi Kuwata　GK538と記されている。

「この写真の女警は誰かね？」

福島一課長が目を見開いて訊《き》いた。

「警備部で持っているモデル素材です」

「でも、この女性モデルに迷惑が掛かるのではありませんか？」

夏希は懸念を口にした。コラ素材などに使われたら、この女性だって大変なことになるだろう。

「ご心配なく」

小早川はにやっと笑って言葉を継いだ。

「この女性は実在しません。数人の女性から顔のパーツを借りて合成した画像です」

「なんと！」

福島一課長は小さく叫んだ。

よい出来だ。夏希には本物の女性写真と区別がつかない。こうして偽造免許証などを作るのだろうか。

「さっさと送りましょう」

織田に促されて、夏希はPCに向かった。

――これがわたしの身分証カードです。お話を続けましょう。

十分ほどでレスが来た。

――ホログラムシールが偽物ではないか。反射でわかるぞ。五分以内に本物の身分証カードを送ってこなかったら、第三の爆弾を爆発させる。SNSにことの次第をぶちまけて、警察の罪をさらす。

「くそっ。ホログラムシールの反射まで確認するとは。本物のシールがそうやすやすと手に入るわけないじゃないか」

小早川管理官は手にしていた偽身分証を床に叩《たた》きつけた。

「どうすればいいんだ。爆発を起こさせるわけにはいかない」

福島一課長は頭を抱え込んだ。

困り果てている四人の男を見て夏希の腹は決まった。

「課長、犯人の要求に応《こた》えましょう」

「真田……しかし」

「わたしは警察官です。現場に出たら、犯人に射殺される危険だってあるのです。こんなことくらいなんでもありません」

夏希はジャケットの内ポケットから警察手帳を取り出して、目の前に差し出した。

福島一課長は両手で丁寧に受け取ると、小早川に渡した。

しばしためらっていた福島一課長は、意を決したように下命した。

「よしっ、小早川。急いでスキャンだ」

「了解です」

小早川がスキャナに走った。

——反省しています。わたしの名前は真田夏希。お話を続けましょう。

メッセージとともに身分証のみスキャナ画像を送る。

またも五分ほどしてレスが来た。


——真田夏希。医科学で修士号、神経科学で博士号取得か。修士論文のテーマは「光トポグラフィー検査における対被験者質問用語の適切な選定」か。博士論文は「恐怖刺激・痛み刺激における延髄ノルアドレナリンの作用」かね。さすがは心理分析官に採用されるだけのことはあるな。ことに抑うつ症状に関心が深いと言うことか。まぁ、そんなお勉強で得た知見とやらを見せて貰《もら》うのも悪くはないな。


「女性であることに反応していない……」

「容姿についても触れていないですよ」

「真犯人は女性なのか？」

織田も二人の管理官も似たような反応を示した。

「女性と即断するのは早いと思います。あえて反応を隠しているだけかもしれません。むしろ気になるのは、わたしの経歴を短時間で調べ上げて、そのテーマを漠然とでも理解しているふしがあることです。レスに抑うつ症状という言葉が出てきます」

夏希の言葉に、福島一課長が眉《まゆ》を寄せて訊いた。

「そうだな、俺には何が何だかわからんぞ。光トポグラフィーってなんだ？」

「近赤外光を用いて脳の血流量を計測する検査方法です。近年、実用化され、抑うつ症状や統合失調症の診断のために臨床で用いられるようになりました。近赤外線をあてながら、被験者にいくつもの質問をすると、健康な人は言葉に反応して脳内の血流量が急速に増大します。ところが、抑うつ症状を持つ被験者では血流量にほとんど変化がなく、統合失調症では不規則な血液量の上昇と下降が見られます。わたしの問題意識は、検査者側の言葉が適切か否かと言うことにあって……」

福島一課長は手を振って制止した。

「わかった。ドクター、重ね重ねで恐縮だが、ここは大学の研究室じゃない。もういいよ」

同じ言葉を以前にも言われたが、「研究室」という言葉に夏希はひらめいた。

「そうか、マシュマロボーイのマシュマロって……」

「なにかわかったのかね？」

「たしかめてみます」

――なんで、マシュマロボーイなんてハンドル使うの？

――マシュマロが食べたいだけだ。

「やっぱり《マシュマロ・テスト》なのか……」

「わかったのか？」

夏希のつぶやきに福島一課長が急き込《せ》んで訊いた。ほかの三人も興味深げに夏希に視線を寄せた。

「心理学の有名な実験のひとつに、マシュマロ・テストがあります。一九七〇年頃にスタンフォード大学の心理学者ウォルター・ミシェルらのグループが、子どもの自制心と、将来の社会的成果の関連性を調査したものです」

「どんなテストなんだね？」

「実験者は四歳の子どもを小さな部屋に招き入れてマシュマロをあげます。『ちょっと出かけるね。それは食べていいけれど、帰ってくるまで食べるのを我慢したら、もう一つあげよう。食べてしまったら二つ目はなしだよ』と言って部屋を出るのです。実験者は十五分後に部屋に戻ってきます。課長が子ども時代ならどうしました」

「俺なら間違いなく食べてしまうなぁ」

福島一課長は頭を掻《か》いた。

「わたしもすぐに食べてしまうだろう」

佐竹管理官も同意見だった。

「いや、二つ目が貰えるのがわかっているなら、我慢するでしょ。ふつう」

小早川管理官は違うようだ。織田理事官はにやにや笑って答えなかった。

「十五分間我慢して二つ目のマシュマロをゲットした子は六百人の被験者のうち、約二百人。三分の一に過ぎませんでした。子どもたちが我慢できた平均時間は二分間だと言われています」

「ははは、俺もタケさんも平均的な子どもだ」

「問題はここからで、被験者の子どもたちのその後の人生がどうなったかを、一九八八年と二〇一一年の二回にわたって追跡調査したのです」

「十八年後と、四十一年後か！　子どもたちは二十二歳と四十五歳になっていたわけだ。なんて気の長い実験なんだ。で、彼らの人生は、どうだったのかね？」

福島一課長は身を乗り出した。

「この子たちにはＩＱの検査も行ったのですが、我慢できなかった子どもたちは、ＩＱが高い者であっても、成長後には学力テストではよい成績をとれませんでした。さらに、社会的にも成功できないという結論が出ました」

「わたしは四十一年後の子どもの歳だ。だから、こうして現場に居続ける人生なんだな。小早川は我慢できるって言ってたな。やっぱりキャリアは違うね」

佐竹の皮肉に小早川は答えを返さずに忍び笑いを漏らした。

「ちなみに、大脳生理学的な分析からは、腹側線条体と前頭前皮質についての差異が見られました。我慢できる子どもでは活発な傾向が見られ、そうでない子では反対の結果が出ています。ともに大脳の中では集中力に関係する部位で、セルフコントロール、自制心には集中力が関係していると主張されています」

「おまけに集中力に欠けてるってわけか。言われっ放しだな。十五分くらい我慢すりゃよかったよ」

福島一課長はまるで自分自身が実験を受けた子どもであったかのように嘆いた。

「ところで、真田さん、犯人がマシュマロボーイを名乗っている理由ですが……」

織田が真面目な顔で話を元に戻した。

「犯人はこのマシュマロ実験の話を知っていると思います。自分のＩＱは高いのに、いろいろなことに我慢できないから社会的に成功できないと、そんな風に考えているのではないでしょうか」

「とすれば、犯人は社会的には負け組ということだな」

福島一課長が鼻から息を吐いた。

「断定はできませんが……自分は社会的に冷遇されているというような意識を持っていると思います」

「要するにひがみ根性か」

「犯人像が少しだけ見えてきたところで、もう一度アクセスしてみます」

——爆弾の材料はどこで買ったの？

――そんなもんどこでも手に入る。以前にも巨大闇サイトが摘発されたろ。

「巨大闇サイト……そんなものがあったんですか？」

夏希が声を出すと、間髪を容《い》れずに小早川が答えた。

「ああ、アメリカの《アルファベイ》だよ。摘発されたときには、違法性のある薬物や毒物、化学物質など二十数万件を販売する告知があったそうだ。売り手は四万人にも及び、利用していた人間は二十万人もいたそうだ」

「そんなに！」

「まぁ、日本に輸入することは簡単ではないがな。主宰していたのはカナダ人の二十五歳の若造だった。拘留中に自殺したが」

「ということは、《アルファベイ》は消滅したんですよね」

「だが、その後も匿名化技術を悪用した《ダークウェブ》と呼ばれるオンライン・ブラックマーケットは増えるばかりだ。検索サイトの検索にも引っかからず、世界各国の警察の目からも隠れて武器や麻薬取引の温床となっている。結局はいたちごっこなんだよ」

小早川管理官は小さく首を振った。

――マシュマロボーイさんは、何が望みなの？　目立ちたがり屋なの？

しばらくレスは来なかった。まずいメッセージを送ったかなと思った頃に着信音が鳴った。

——この国はエゴイストのウジ虫どもが、我々善良な国民の上に立ち、私利私欲の限りを尽くしている。天誅《てんちゅう》を下すのは当然だろう。

——港の見える丘公園でデートしていた人は関係ないと思うんだけどな。

——正義の実行に犠牲はつきものだ。彼の不幸を悲しむ者が少ないことでもわかる。

夏希は二日酔いの時のように胸の奥がむかむかしてきた。

「あんたこそウジ虫でしょ。性根の腐った臆病者《おくびょうもの》」

これくらいの言葉を叩《たた》きつけてやりたかった。

だが、自分の怒りをストレートにぶつけたら、相手はどんな暴挙に出るかわからない。自分の感情を無理にも抑えつけるべき時である。

——少ないはずはないと思う。赤座直人さんに何の罪があるって言うの？　もし、あなたが理想を言うのだとしたら、罪なき人を傷つけるのは本来の目的ではないはずでしょ。

――今回の爆発で、市民を殺すことは目的ではない。

――だとしても、愛する恋人を傷つけられた人は悲しいのよ……あなただって、人の愛を求めていないってことはないはず。

――あんた、偽善者だな。《カルネアデスの板》って知ってるか？


夏希は知らない言葉だった。

「カルネアデスという古代ギリシアの哲学者が考案した法理だ」

背中から声を掛けてきた佐竹管理官に、夏希は振り返った。

「船が難破して海に放り出された人がかろうじて流れてきた板につかまった。そこへ同じ板につかまろうと別の男が泳ぎ寄せてきた。二人が板につかまったら、板は沈んでしまう。最初の男は後から来た男を突き飛ばして水死させてしまった。この場合、突き飛ばした行為を殺人の罪に問うことは法道徳として正しいかという課題なんだ」

「あ、刑法総論の緊急避難の話ですね」

夏希は警察学校の研修で学んだ刑法の条文を思い出した。

「そう。刑法第三七条の基礎にある考え方だ。状況によるが、緊急避難が成立すれば、違法性阻却事由とされ、違法性を失って不可罰となる」

「犯人は、要するに極限状況では、人間は他人の生命を奪っても許されると言いたいわけですね」

「だが、緊急避難と、犯人のやっていることは、まったく性質が違うだろう」

夏希は新たな問いを発した。

──《カルネアデスの板》と、あなたがやっていることと何の関係があるの？

──人間は自分の身を守るためには他人の生命すら犠牲にしていいんだ。他人への愛なんてものは自己愛の投影に過ぎないんだ。ペットを偏愛しているヤツがいるだろ。ああいう人間に限って、まわりの人間に対して冷たい。あれも自己愛の投影の最たるものだ。要するに人間は本当は自分がいちばんかわいいのが当たり前だ。

小川巡査部長の顔が夏希の脳裏にちらっとよぎった。

「なんという自分勝手な理屈だ」

福島一課長は鼻からふんっと息を吐いた。

──だからといって、無差別に人を傷つけていいわけはないでしょ。

――真理に気づいているだけのことだ。

――必ずほかに手段があったはずだと思うんだけど……。

レスはこなかった。

（痛いところを突いたみたいね）

夏希は新しい手法を試みることにした。

（まずは下ごしらえだ）

夏希は画像検索を掛けて、いくつもの写真を自分の前のＰＣに保存した。

メッセージを送るたびに、ネットから落とした写真を写真加工ソフトで適当にコラージュした画像を添付することにしたのである。リアルタイムに反応を見ることはできないが、必ず相手の心理に切り込んでゆくことができる。

犯人の心理にゆさぶりを掛け、まずは怒りの感情を利用するのである。

古典的な心理学では怒りを二次感情だとする立場がある。落胆、不安、悲しみ、傷つき、淋《さび》しさなどの一次感情から自分のこころを守るために、人には怒りの感情が起こると主張するのである。

夏希はカウンセラーとしての経験から、この学説を実感する機会が多かった。

自分の内面を見つめさせるための質問を繰り出すと、クライアントは夏希に怒りをぶつけてくることが少なかった。

だが、質問をさらに深めてゆくと、怒りの奥にあるその人の落胆、不安、悲しみ、傷つき、淋しさなどが見えてくる。

たとえば、臨床心理士として勤めていたときのことである。

職場の非効率な決裁システムへの怒りを爆発させるクライアントがいた。効率のよい制度の導入に対して上司も同僚も少しも理解がなく、そのために自分は過重労働を強いられているというのである。

ところが、クライアントと一緒にその人のこころを見つめ直してみると、職場における人事考課で自分が適正な評価を得られないという、落胆、不安、悲しみ、傷つき、淋しさが浮かび上がってきた。そんな苦しさから自分のこころを守るための防御行為だったのである。

場合によっては、この怒りの矛先が、本来の対象からずれている場合も少なくない。夫婦の不仲による淋しさが、自分の子どもの学校の担任への苦情に姿を変えるようなケースである。

今回の連続爆破事件も、正義を主張し、私利私欲の限りを尽くす為政者への怒りをぶつけることで、犯人が自分のこころを守ろうとしている可能性が高い。

(対面コミュニケーションなら、画像による心理テストは大きな成果を出せるんだけどなぁ)

さらに同時に大脳をスキャンすれば、相手がどの程度怒っているのかどうかもたちどころに判明する。人間は怒りの感情を覚えたときに大脳外側中隔にあるニューロンが活性化し、血流量が増大するのである。

怒りや感情の揺れの向こうに、犯人の不安や傷つき、淋しさが浮かび上がってくれればしめたものである。

——あなたは為政者だけを非難するけれど、世の中には悪人はたくさんいるでしょ？

工場やオフィスのコラージュを添付する。

——まず鉄槌《てっつい》を下すのは為政者だ。

これといった怒りの反応は見られない。企業そのものに関するトラウマは見られないようだ。

——あなたにとって為政者って警察だけ？

学校や学校生活のコラージュを添付してみた。

——警察はその一部だろ。馬鹿なヤツだな。自分のこともわからないのか。

反応に怒りが読み取れる。学校にトラウマがあるのか。

――警察は行政のほんの一部じゃないの。

おもちゃや児童公園など子どもの世界のコラージュを添付した。

――わからないのか。国民に噛《か》み付く権力の犬だって言ってんだよ。

さらに強い怒りの反応が見られる。子ども時代の成育環境にトラウマがあるようだ。

――あなたが攻撃したいのは、為政者だけなの？　ほかにも社会悪はたくさんあるでしょ？

社員食堂や会社の飲み会など、組織内のイレギュラーグループの活発化する場面のコラージュを送る。

――そのうち社会悪をぜんぶ攻撃してやるって言ってんだろ。もうやめろ。どんな誘導尋問のつもりだ。

怒りの反応がマックスになった。

もう、犯人の怒りはじゅうぶんに喚起した。もうコラージュは必要がない。

――警察が総力を傾けてあなたのIPを追っているのに、どうしても辿《たど》り着けない。

――警察は無能だ。

――あなたの知能や能力が高いことは認めるわ。なのに、どうしてこんなことに、その能力を使うの？

――ほかで使う場所もないからな。

――あなたなら、どんな仕事にでも就けるはずでしょ？

――難しいことじゃない。その気になれば、仕事など簡単に見つかるはずだ。

――じゃ、どうしてその高い能力を仕事で活《い》かさないの？

——まわりの人間が馬鹿ばかりだからだ。

——きっと、あなたの提案が受け容《い》れられないことが多いのね。でも、それはあなた自身が若いから、経験不足と思われているからでは？

——なにを言うんだ。大事なのは経験より知見だ。進むべき方向を理論的認識によらず感覚的経験に求める態度は愚昧《ぐまい》以外の何ものでもない。

——あなたは所属していた会社のためを思って、必要な提言をしたのでしょ。つまり、自己利益よりみんなの利益を考えられる人のはず。

——どこの組織も頭の硬い経験主義者によって滅ぼされるんだ。しかもそいつらは、口では全体の利益とか言いながら、本音では自己保身しか考えていないエゴイストばかりだ。

——そういう頭の硬い経験主義者のエゴイストは警察にだって腐るほどいる。でもね、わたしだって我慢している。組織にいる限り、ある程度の我慢は必要なはずでしょ。

――あんたは余計な我慢をして、警察を腐らせている一人のはずだ。

――たしかに我慢をしないことが必要な場合もたくさんあるね。

――あたりまえだ。我慢っていうのは、心が弱い人間の言い訳に過ぎない。

――あなたの考えはよくわかった。でも、こんなことをしたら、ご家族が悲しむはず。

それきり、レスは途絶えた。

(反応あり!)

おそらく、つよい感情の揺れを感じて、レスを避けたのだろう。

「真田さん、ここまでのやりとりで犯人像が浮かび上がって来たんじゃないんですか」

一段落ついたところで、織田が声を掛けてきた。

「いままで感じたことはあまり変わっていません。犯人は知能が高く知識欲が旺盛《おうせい》でいながら、精神的には未成熟な人物です。一方、自尊心の高さは異常なほどに高く、自分の置かれている現状に強い不満を持っています。マシュマロボーイのハンドルネームでもわかるように、その原因を自制心がなく、さまざまな言動を我慢できないことに求めていて、かつ、正当化しています」

「納得できる解析ですが、もう少し具体的な人物像が聞きたいですね」

織田は真っ直ぐに夏希を見つめた。

「ここからは推測に過ぎませんが、学生時代の友人が少ないなど、人間関係の構築が苦手な人物と思われます。また、高学歴で一流企業などに就業した経験もありますね。しかし、仕事上で自分の提言が理解されないなどの問題から、長く続かなかったように思われます。二十代半ばから三十代半ばくらいの年齢でしょう。しかも職場内のイレギュラーグループ、つまり直接の仕事以外の人間関係がうまくいっていない悩みも抱えていたようです。さらに、犯人は家族に対して一定の強い感情を持っているようです」

「強い感情というと、親への嫌悪感情ですか？」

「ただ単に嫌っているのか、偉大な親に認められないで認めて欲しいと願っているのかはわかりません。さらに、犯人は家族の自分への愛情に対する懐疑を持っていると見受けられます」

「なんのために、こんな犯行に及んだと推測していますか」

「現時点ではわかりません」

ある程度の予測はつき始めていた。だが、まだ公表する段階ではない。

「なるほど、大変に参考になりました」

織田は丁寧に言って頭を下げた。

「犯人のメールはすべて違うアドレスから返されてるな」

佐竹管理官がうなった。

「ゲリラメールはブラウザに表示されるウェブ・フォームに適当な文字列を入力して、使用するドメインを選ぶだけで新しいメアドが生成されるんです。ほんの十秒で新メアドができてしまうんですよ」

小早川管理官の言葉をさえぎるようにメール着信音が鳴った。

夏希はあわててPCに向かった。

――ドクター、あんたゲーム好きみたいだね。ゲームしない？

――ゲームですか？

――これからすぐ、横浜市内で小さな爆発を起こす。ゲームはそこから始まる。ドクターが勝てば、次の大爆発は阻止できる。頑張ってね。

本部からの入電を示すブザーが鳴った。

――県警本部より各局。横浜市内で爆発の通報あり。現場は横浜市都筑区新栄町《しんえいちょう》一七番地せせらぎ公園内。繰り返す、横浜市内で爆発の通報あり……

「くそっ。すぐにやりやがった」

佐竹管理官が歯がみした。

「携帯電話を使った起爆だとすると、いつでもどこからでも爆破できますからね」

小早川管理官はいまいましげに首を振った。

「爆発物は事前に仕掛けてあったんだろう。都筑署は見落としたのか」

「都筑区あたりは山林が多すぎて捜索しきれないでしょう。しかし、県警も馬鹿にされたもんだ」

「そんな不便な場所なら、犯人は横浜市北部に土地勘のある人間かもしれない。地取りに捜査員を割こう」

佐竹管理官は声を弾ませたが、小早川管理官は冴《さ》えない顔で首を振った。

「いや、地図を見るとブルーラインの仲町台《なかまちだい》駅からすぐです。徒歩五分ほど……これじゃあ地取りでどれほどの成果が上がることか」

「そうか、駅近くじゃ土地勘とは無関係か」

二人の会話を聞き終えたところで、福島一課長が短く下命した。

「真田、現場に急行してくれ」

「でも、犯人のメール対応は？」

織田が即答した。

「真田さんが戻ってくるまで、わたしが対応しますよ。迷ったときはそちらに電話します」

「わかりました。よろしくお願いします」

「ああ、真田。また、アリシアと一緒に行け。犯人からの挑戦状が残されているかもしれない」

「はい、すぐに行きます」

朝から会議室に閉じこもりっぱなしで、犯人とのアクセスに気を遣いっぱなしだった。息詰まるようなこの空間から抜け出せるのなら、アリシアと一緒のベッドで寝たっていい気分だった。

重責から一時的に解放された夏希は、ほんの少しだけ軽くなった気持ちで会議室を出た。

【2】＠七月十九日（水）夕

エンジンが掛かったグレーメタの鑑識バンが地下駐車場に止まっていた。昨日と違って、ほかの警察犬に予約を取られていなかったらしい。

「行くよ、真田さん」

運手席の窓を開けて小川が叫んだ。

「待ってて。いま行きます」

例によってせっかちな小川だったが、だいぶ慣れてきた。夏希は助手席からバンの中にすべり込んだ。

鑑識バンは赤色回転灯を廻《まわ》しサイレンを鳴らしながら、午後の斜光線に輝く横浜ベイエリアをひた走る。

「東神奈川から県道十二号と十三号で行く。緊急走行なら、仲町台は三十分は掛からないだろう」

夏希の通勤は、舞岡からブルーラインで横浜駅に出て、みなとみらい線に乗り換えて日本大《にほんおお》通《どお》り駅で降りている。なので、反対側とは言え、仲町台の駅名は知っている。だが、都筑区に足を踏み入れるのは初めてだった。

ダッシュボードの無線機から音声が流れた。

――現場到着《ゲンチャク》した所轄署捜査員からの報告によれば、都筑区新栄町一七番地せせらぎ公園内の爆破事案で死傷者は出ていない模様。

「怪我人は出ていないようだ。よかったよ」

「今回の爆破を犯人はゲームって言ってる」

「ゲーム？　誰とプレイするって言うんだ」

小川は口を尖《とが》らせた。

「わたしが対戦相手みたい」

夏希は会議室でのてんまつを簡単に話した。

「じゃあ、アリシアにも気合い入れて残存物を捜索してもらわなきゃな」

「頼りにしてます」

ラゲッジスペースのアリシアは、存在を意識できないほど静かにしている。

「アリシアは、右目が見えないんだ」

ハンドルを握って前方へ視線を置いたまま、小川がぼそっと言った。

「えっ、なんで？」

「カンボジアで地雷探査中に近くで爆発が起こってね。破片が右目を直撃したんだよ」

「そうだったの……」

夏希は痛ましい気持ちでいっぱいになった。

「おまけに事故がトラウマになったのか、ごくたまに動けなくなってしまう後遺症が残った」

「PTSD……心的外傷後ストレス障害ね。犬にもあるのね」

「人間と同じ、いや人間以上に繊細な動物だからね。ことにドーベルマンは、多くの犬種の中でも、飛び抜けて鋭敏な気質を持っている感受性の高い犬なんだ」

PTSDには、トラウマに焦点を当てた認知行動療法が有効である。

まずはアリシアにストレスの存在を自覚させ、アリシアの考え方が彼女の感情や行動に、どう影響しているのかを協同して探ってゆくべきである。さらに生活の中で彼女のこころが軽くなる活動を増やしてゆく。こんな治療方法である。

だが、夏希が「いま、なにがつらいのか話してくれない？」と語りかけても、アリシアの心に届くことはない。夏希が犬語を覚えない限りは……。

人間の場合には眼窩《がんか》前頭皮質が萎縮《いしゅく》することが知られているが、夏希は犬の大脳の構造を知らない。

　薬物療法を用いるほかはないのだろうか。そう言えば、一般的な強迫神経症は犬にも存在すると聞いている。人間に対する治療と同じように、獣医師はエンドルフィン遮断薬や三環系クロミプラミンなどの抗うつ薬を犬に処方するそうだ。

「厳しい地雷探知犬としての基準に外れてしまったアリシアは処分されるところだった。だが、誰かはわからないけど、それを許せなかった人が、彼女をひそかに貨物船に潜り込ませたんだ」

「その船が日本行きだったのね」

「そう。プノンペンから東京、横浜などを経由して神戸《こうべ》まで行くコンテナ船だった。十日間ほどの航路でアリシアがどんな旅をしていたのかはわからない。だが、ある朝、大黒埠頭《だいこくふとう》の隅に捨てられているところを発見された」

「予想外の密航者を発見した船員が、どう扱っていいかわからなくて捨てたのかもね」

「まぁ、そんなところだろう。とりあえずは横浜市役所の動物愛護センターに保護された。そのまま引き取り手が見つからなかったら、アリシアは殺処分されていただろう。だけど、センターに子犬を見に行った《かながわドッグネット》というボランティア団体のメンバーが、アリシアが訓練を受けた犬であることに気づいてくれた。この団体は見どころのある犬を殺処分から救うために、里親を探すボランティア団体なんだよ。俺はその人と知り合いだったんで、彼女のことを頼まれたんだ」

「アリシアは運がよかったね」

「ほんとにそうだ。上司に爆発物探知犬としての採用を願い出たら、この四月から試験採用してくれた。実績を上げれば、正式に神奈川県警の警察犬になれる」

「どうして、アリシアのカンボジアでの経歴がわかったの？」

「彼女は地雷探知犬としての認識番号入りの首輪をつけていた。そのおかげで現地に問い合わせることができたんだ。アリシアという名前はスウェーデン語なんだ。ま、ほかの国にもあるだろうけど。で、スウェーデンで基礎訓練を受けたときのことも問い合わせることができた。基本過程も最短の八ヶ月で修了している。頭の悪い犬なら一年以上もかかるんだぜ」

自分のことを自慢するような小川の口調に、夏希は思わず微笑みを浮かべていた。

「仕方がないのかもしれないけれど、犬の生命を犠牲にして、地雷を撤去するって言うのはつらい話ね」

「いや、それは違う。訓練を受けた地雷探知犬は滅多なことではドジを踏まない。それに体重が軽いから地雷の上に乗っても爆発させないことも多い。いままでの事故率は三〜四パーセントだって言われている」

急に険しくなった小川の声にたじろぎながら、夏希は答えた。

「すごいですね……地雷探知犬って……」

「カンボジアは長い内戦のせいで、数百万個の地雷と不発弾が未処理のまま地中に埋まっている。農村部の四十パーセントが汚染地域で、農民の四十パーセントおよそ五百万人が危険にさらされているんだ。必死で作業を続けているけど、撤去率は十五パーセントに過ぎない」

「横浜市の全人口が三百七十万人くらいですよね」

「そう。横浜市の人口よりもはるかに多くの人が地雷の恐怖に脅えているんだ。しかもカンボジアは国民の平均年齢が二十四歳で、人口の四十パーセントが十八歳未満の少年少女だ。ポル・ポト政権時代の大虐殺と出生率低下のせいなんだ。年間、約八百人が地雷のために被害を受けているが、子どもの割合もきわめて高い」

「なんておそろしく悲しいことなの！」

地雷で手足をなくした少年たちの写真を何度も見たことがあった。高齢化社会も大問題だが、比べものにならないほど悲しい話だ。

「金属探知を使った地雷探査では、すべての金属に反応するから、いちいちすべて確認してゆかなければならない。地雷探知犬はきちんと地雷だけに反応するから、地雷探知犬が探査した後の土地は安全と考えていい。わかるだろう。ここは地雷処理が終わった場所ですって宣言するためには、そのエリアには一発の不発弾も残せないってことだよ」

「わかります。不安が残っていたら、畑仕事なんてできませんものね」

「地雷探知犬は短い時間でどんどん安全な土地を確保できるんだ」

小川は横顔で笑った。すっかり機嫌が直ったようだった。

「じゃあ、人間がやる必要ないんですね」

「いいや、短所もあるよ。風が強いと鼻がきかない。犬は暑さに弱いので、涼しい時間帯しか探査できない。あとは地雷の数が多すぎると、混乱してしまって場所を特定できないってことだな」

「人と犬、両方の短所を補うような形で地雷探査は行われているんですね」

「そうなんだ。それにもうひとつ、最大の欠点がある。地雷探知犬の育成には人件費を中心に莫大《ばくだい》な金が掛かるんだ。一頭につき日本円で百万円ほど。カンボジアではとんでもない金額だ。それでも、現在、八十頭くらいの探知犬が現地で活躍している」

「なるほど、アリシアはエリート中のエリートなのね」

「そう、傷ついたエリートだよ。彼女は」

淋《さび》しそうに小川は笑った。

（へぇ、意外……）

小川がこんなによく喋《しゃべ》る男だとは思わなかった。それにとても情熱的な内心を感ずる。少なくとも地雷に苦しむカンボジアの人々に対しては共感性は薄くはない。

（真っ直ぐな人なんだな。きっと）

夏希は少しだけ小川を見直した。

そんな会話をしているうちにクルマは港北ニュータウンの高層集合住宅街に入っていった。

新栄高校前という交差点を曲がると、中央分離帯のあるきれいな道路に出た。両側に樹木が生い茂り公園地帯にふさわしい。

だが、ちょっと進むと、オレンジ色に染まる空気の中、道路の両側にはいくつもの赤色回転灯が光り、人垣ができている。

小川は公園の森を通り過ぎ、中央分離帯が切れているところでUターンして、入口近くの路側帯にクルマを停めた。

入口には、大勢の野次馬が人垣を作っていた。テレビクルーも報道記者らしき人影も見られる。

外へ出ると、予想していたよりもずっと涼しい風が身体を通り抜けていった。

小川がリアゲートを開けてアリシアをケージから出した。

「あ、あれ見ろよ」「警察犬だ」「ああ、尻尾《しっぽ》振ってる」

野次馬の人気は、アリシアに集中する。

公園入口に歩いて行く間も、アリシアは大人気だった。カメラのストロボやスマホのLEDライトがアリシアに向けて光り続けた。

(アリシアと一緒だと目立たなくていいな)

都筑署の地域課員たちが立哨《りっしょう》する規制線を越えると、右手にはうっそうとした林がひろがっていた。急にあたりは世界が変わったように静かになった。

植樹した樹木ばかりではなく、港北ニュータウンが生まれる前からの林が残っているようにも感じられた。

すぐに広場があって、翡翠《ひすい》色に濁った池が見えてきた。公園ができる前の古い時代に作られた用水池のように見えた。

水面《みなも》の半分以上が睡蓮《すいれん》の葉で覆われている。開花期とあって、つややかな葉と葉の間を白やピンクの睡蓮が華やかに彩っていた。

ヒグラシの鳴き声が遠くの林に響き、夏の森の匂いが漂う。夏希にとってはホッとする空間である。しかし……。

(うわっ、これはヤブ蚊の池ですよ)

夏希は立ち止まると、背中のディパックから「無香料」防虫スプレーを取り出した。

「昨日注意したの忘れたの」

いきなり小川の罵声《ばせい》が飛んできた。

「あのね、これには香料入ってませんから」

噛《か》みつくような調子で、夏希はスプレーを突き出した。

小川はスプレーの裏の説明書きを読むだけでは飽き足らず、自分の手首に掛けて匂いを嗅《か》いでいる。

「ま、これならいいか」

「使っていいって言ってませんよ」

「俺は別に使ったわけじゃないよ」

小川はくるりと背中を向けて歩き出した。

クルマの中で少しだけ小川を見直したことを、後悔しながら、夏希は手首と足首に思いっきりスプレーを吹き付けた。

「現場はあちらのせせらぎ橋の橋脚付近です」

途中で立哨していた巡査の徽章《きしょう》をつけた若い捜査員が、夏希の顔をまぶしげに見て緊張しながら教えてくれた。

歩いて行くと、池の端に白いアーチ橋が見えてきた。

橋のたもとには、がっしりした体格の男が背中を向けて立っている。

「おーい、もっと右手のほうを見てみろ」

本庁鑑識課の宮部が、小川と同じ紺色の作業服姿の鑑識課員たちを指揮していた。宮部は夏希たちに気づいたのか、振り向いて声を掛けながら近づいてきた。

「小川、お早いお着きだな。おっ、また、ドクターと一緒か。お前、そのうちアリシアにヤキモチ焼かれてそっぽ向かれるぞ」

「好きで一緒にいるわけじゃないですよ。そんなことはアリシアだってわかってます」

小川は憮然《ぶぜん》とした表情で答えると、ちょっとうずくまってアリシアの背を撫《な》でた。

「いまの言葉、そっくり熨斗《のし》つけてお返しします」

夏希としても不本意さでは負けていなかった。

「あれ、なんだか昨日より仲よくねぇか」

宮部の言葉に、期せずして夏希と小川は顔を見合わせた。

「やめてください」

「冗談じゃないですよ」

二人の声が重なって池にこだました。

「ははは、まぁいいから」

宮部は急に真顔になると、アーチを指さした。

「見りゃわかるだろうけど、あそこだ」

ふたつのきれいな白いアーチが並び、右側は池の水面の上に弧を描いており、左側は人が歩ける通路になっていた。

「右壁の開口部のところに一メールくらいのコンクリートのテラスがあるだろう」

左アーチ下のトンネルから、右アーチ下の池に向けて出っ張りがあった。

「釣りでもできそうな出っ張りですね」

「実際にあそこから網で水棲《すいせい》昆虫なんかを掬《すく》う子どもがいるらしい。爆発物が置いてあったのは、あの裏側だ」

「でも、爆発は三時半頃でしょう。人通りもあったろうに、よく怪我人が出なかったもんだ」

「どうも犯人は、今回はこけおどしのつもりで爆発させたようだ。いままで二回と比べると、今回のはおもちゃみたいな小さなヤツだな。爆発力も大きくない。と言うより爆発物そのものが吹っ飛ぶくらいでアーチはもちろん、テラスだって傷ついていない。仮にテラス上に人が立っていたとしても怪我することはなかったと思う」

「爆発音に驚いて心臓発作でも起こさない限り、死人は出ませんね」

「それにもし、人に危害を加えるつもりなら、あえてテラスの裏側なんて場所に爆発物を置かないだろう」

「このアーチトンネルがつくる音の反響を利用したのかもしれないですね」

小川の疑問に宮部は大きくうなずいた。

「俺もそう思う。ずいぶん大きな音が響いたらしく、対岸にあるあの移築古民家の管理人が最初に一一〇番通報してきたくらいだ」

対岸には二棟の古民家と付帯施設が建てられていた。直線距離で六十メートルほど離れている。

「爆発物を置いた者の目撃情報はなしですか？」

「ああ、この公園には防犯カメラがないから、記録から爆発物を置いた人物を割り出すことは不可能だ。今回も携帯電話による起爆装置だろうから、爆発物を置いたのが夜の人気のない時間帯だったら、目撃者はいないだろう。地取りは無駄足に終わるだろうな。ま、いたずらレベルだけに、かえって犯人に迫れない」


——ドクター、あんたゲーム好きみたいだね。ゲームしない？


犯人から送られてきたメッセージが、夏希の頭の中に浮かび上がった。

「今回の爆破は、犯人にとってはわたしへの挑戦のつもりのようです」

夏希は宮部に、高島署の会議室で起きていた事実を簡単に話して聞かせた。

もし、一人でも負傷者が出ていたら、こんなに気軽に話すことはできなかっただろう。とは言え、話し終えた夏希は今後の犯人への対応に大きなプレッシャーを覚えざるを得なかった。

「じゃ、この現場には、何かしらヒントが残されているはずなんだな」

「いままで接した雰囲気からすると、犯人は自尊心が異常なほどに高い人物です。あんな大見得を切っておいて、何もヒントを残さないなんてことはしないと思うんです」

「わかった。連中にもう一度、ローラー方式で残存物を探させよう。その前に、アリシアに仕事させるか」

宮部の視線に釣《つ》られてアリシアを見ると、小川の口元近くをペロペロなめている。

「仲いいね。あの人たち」

「ドーベルマンは忠誠心が強いって聞いてるけど、あいつらは恋人同士だからな」

宮部は小さく笑った。

小川はとろけるように目尻《めじり》を下げて小鼻をふくらませている。

「噛《か》み癖はちゃんと直されてても、舐《な》める癖は直ってないなぁ」

「噛み癖って？」

夏希が近づいて行って訊《き》くと、小川はアリシアの頭を撫でながら答えた。

「ドーベルマンは子犬の頃は甘噛みすることが多いんだ。ただ、歯も丈夫だから大きくなると、思わぬダメージを人に与えることがある。もちろん、アリシアはきちんと矯正されているけどね」

小川は当然のことだという風に答えた。

「おい、アリシアの出番だぞ」

宮部の言葉に、小川はリードを持ち直した。

「さぁ、アリシア、いい仕事してくれよ」

小川とアリシアが視界から消えた。

「わたしは現場の印象を観察してます」

夏希は池端のベンチに腰を下ろしてアーチを眺めた。

（いままでの現場とは違う……）

ふたつの現場から受けた強い印象をこの現場からは得られなかった。

豊かな自然を活かした素敵な公園だとは思う。だが、こんな公園は横浜市内にいくつもあるのではないだろうか。規模としても中規模で大きくもなく小さくもない。

（この公園と犯人の心理のつながりが見えてこない）

特徴的といえる施設は、目の前のアーチ橋と移築古民家くらいだろうか。

（アーチは遊歩道を支えている……右手は池）

黄金色の夕陽を浴びて、睡蓮の花々の蔭《かげ》や、岸辺の草地などに、いろいろな種類の水鳥が憩っていた。

時々、間の抜けたような鳴き声が水面に響いた。

夏希は水鳥の名前を聞いてみたくなって、ベンチから立ち上がると、宮部に言葉を掛けた。

「すみません、鳥の名前に詳しい捜査員の方がいらっしゃいませんか」

一瞬けげんな顔を見せたが、宮部はすぐに愛想のよい笑みを浮かべた。

「よくぞ聞いてくれました」

「へ？」

宮部は身を乗り出すようにして話し始めた。

「俺さ、意外と詳しいんだよ。カメラが趣味でさ。金沢緑地の近くに住んでるから、非番の日には、たまにカメラ持って出かけるんだ。カミさんは、俺が家にいないほうが気が楽らしいし、子どもは小五と小二なんだけど、息子たちもさ……」

どこまで脱線するかわからない宮部の饒舌《じょうぜつ》を押しとどめるには、何でもいいから質問するしかなかった。

「あれは鴨ですよね」

池の縁に近いところで五羽の若鳥を率いた茶色い鴨が、水面を滑っている。

「そうさ。カルガモだよ。杭《くい》の上に止まっているグレーの羽の鳥はアオサギ、似ていて白い羽がコサギ、黒っぽい鳥はカワウだよ」

夏希は驚いた。こんなところにウがいるとは。

「長良《なが》川の鵜飼《うか》いで使うウですか」

「それはウミウ。あれは仲間だけど、一回り小さい。このあたりはどっちを見ても高層住宅ばかり建ち並んでいるから、きっとこの池にたくさんの鳥が集まるんだろうな。と言うことは水棲動物や昆虫みたいに鳥の餌になる小動物も少なくないはずだ。池には鯉もいるみたいだよ。

ま、小さいながらもここは水鳥の聖地って感じだね」

「ありがとうございます。助かりました」

鳥の名前などを訊いた自分を、夏希は自分自身でいぶかしく思った。

（いままでのふたつの現場と大きく違うのは、自然環境が豊かでたくさんの動物がすんでいることか）

人工的で自然をあまり感じさせないふたつの現場とは大きく違っていた。だが……。

（それがゲームの答えにどうつながるんだろう）

夏希はコンパクトデジカメで、少しでも気になる光景を記録した。夕方なので撮りやすかった。二十枚以上の記録を残した。ただ、役に立つかどうか心許《こころもと》ない。

記録が終わって、ぼんやりと暮れゆく池を眺めていると、子どもの頃の悲しい記憶が急にフラッシュバックのように蘇《よみがえ》った。

（おっきなママちゃん、朋花ちゃん……）

規模はまったく違うが、この豊かな自然環境が、大沼公園を連想させたからだろう。

（犯人もコミュニケーション上の失敗で、仲のよい人の誤解を受けて孤立したことがあるのかもしれない……）

たしかな根拠はないが、犯人の孤独は、家族や友人から誤解を受けたことから始まっているのかもしれない。他者の理解を失って孤独に陥ったためではないか。そんな気がした。

漠然としたことを考えていたら、小川がアリシアと一緒に戻ってきた。

「よしっ、シッタ」

小川のコマンドが響くと、アリシアはさっと座った。

「アリシアが、また何か見つけましたよ」

小川がポリ袋に入った回収物を顔の前で振って見せた。

手のひらより一回り小さいひしゃげた四角い物体であった。

「なんだこれ？　携帯電話やスマホの部品かな」

袋を受け取りながら、宮部は回収物に見入った。

「さぁ、なにかの金属部材が溶けたもんですかね」

「科捜研に持ち込めば、すぐに答えが出るんじゃないか。おーい、増田《ました》、ちょっと来い」

小太りの若い鑑識課員がすっ飛んできた。

「おまえ、これを全速力で科捜研に持って行け。詳しいことは俺から連絡しておく。サイレン鳴らしてってていいぞ」

宮部は回収破片の入ったポリ袋を手渡した。

「了解っ、三十分で本庁《ほんぶ》まで走ります」

増田と呼ばれた捜査員は、ポリ袋を受け取ると、きびすを返して駆けだした。

「古民家のあたりまで爆発物などが飛散することはないでしょうが、いちおうアリシアに捜索させます」

アリシアは小川の右手の下に自分の黒い頭を持って来た。

撫でてほしいという意思表示らしい。

「もうひと頑張りだぞ」

小川はアリシアの頭をゆっくり撫でながら励ましの言葉を掛けた。

顔を見上げて、アリシアがくぅーんと鳴いた。

「よし、行こう」

リードを持ち直すと、小川はアリシアを対岸へと連れて行った。

アリシアの仕事が終わるまで、夏希は池のまわりを歩きながら、ふたたび観察に入ったが、これといった成果を上げられなかった。

夏希は大きな焦燥感を覚えた。ゲームに負けたら、次の犯行が実行されてしまう。

【3】＠七月十九日（水）夜

捜査本部に戻ったときには、すっかり陽は暮れ落ちていた。

会議室に入ってゆくと、幹部や管理官たちは疲れたようすで椅子に座っていた。

「ああ、真田さん、お帰りなさい」

椅子から立ち上がった織田が声を掛けてきた。

「犯人からの連絡はありましたか」

「一本だけ、ついさっき送られてきました。これです」

織田はPCの画面を見せた。

――ゲームの答えわかった？　今夜、二十時四十五分を楽しみにしているね。


「これは、あいさつみたいなもんですね」

「たしかに深い意味はなさそうですね。ところで、現場観察からなにかヒントは見つかりましたか」

「ふたつの現場ほどにはインパクトはありませんでした」

「ゲームの答えは？」

「残念ながら……まだ見つけることができずにおります」

　織田は、仕方ないという風に軽く首を振った。

「爆発物の捜索もこれといった成果は上げられていない。やはり横浜は広すぎる」

　佐竹管理官の表情も硬い。

「わかります。第三現場のせせらぎ公園は市内では中規模に分類されるそうですが、あそこを完璧《かんぺき》に捜索するだけでも十人くらいの捜査員では厳しいでしょう」

　まわりの林や池まで範囲に入れるとしたら、それこそ大騒動である。宮部が言っていた金沢緑地など気が遠くなるほどの広さだろう。

　まして、犯人は公園に限って爆発物を設置すると予告しているわけではないのだ。

「あと、三時間しかない……」

小早川管理官が悲痛な声を出した。

「犯人は今度は本気だと脅している。大きな被害が出ないとよいのだが……」

福島一課長は眉《まゆ》を寄せて腕を組んだ。

「何もしないで手をこまねいているわけにはいきません。当たって砕けろです。犯人と接触してみます」

夏希は、上司たちの回答を待たずに、すぐに犯人にメッセージを送った。

——せせらぎ公園に行ってきました。あなたは本当にわたしにヒントをくれたの？

着信音が鳴った。

——へぇ、わからなかったの？　じゃ、ゲームは終わりだ。爆弾を爆発させる。

——待って。でも、感じたことがあるの。

——感じたことって何だよ？　答えでなければ意味がない。

——せせらぎ公園には、古くからの深い森や大きな池という豊かな自然があって、たくさんの野鳥たちがいる。いままでの二つの現場とは大きく違う。わたしね。大きな湖の近くにたくさんのつらい想い出がある。それを思い出したんだ。

——あんたの想い出なんて興味ない。

——まぁ、そう言わないで聞いてよ。わたしの祖母はそんな湖の近くに住んでいた。すごく可愛がって貰《もら》ってたし、大好きだった。わたしが十一歳の時にその祖母が死んだの。

——お涙頂戴《ちょうだい》の話など聞く気はない。

——違うの。わたし、祖母が死んだとき、少しも悲しくなかった。それを同い年の従姉妹《いとこ》に言ったら、絶交状態になっちゃった。

——へぇ。あんた冷たいんだな。やさしかったばあちゃんなんだろ？

——世界一やさしかった。でも、本当に悲しくなかったんだ。ところが半月以上経ってから、祖母がわたしに残してくれた誕生日プレゼントとメッセージを見たら悲しくなって、ご飯が食べられなくなっちゃった。

——あんた、鈍いのか？

——そうかもしれない。でもね。わたし学校の図書館に通って必死で調べた。子ども心に自分が異常じゃないかって怖くなっちゃって。

——それで、あんたは異常だったのか？

——いいえ、五年以上かかって高校生のときに答えを見つけた。健康な人間にふつうに見られる「悲嘆の遅延」っていう精神作用だったわけ。

——その言葉は初めて聞くが、要するに脳の自己防衛だろう。

——びっくり！　知能が高いだけあって理解が早いね。その通り。死別の苦しみによって心が壊れてしまわないように、脳が感覚を鈍らせていたってこと。

——論理的に考えれば自明の理だ。

――さすがね。わたしは「悲嘆の遅延」という概念を見つけて小躍りした。従姉妹に話して仲直りしようとしたんだ。

――仲直りできたのか？

――いいえ。その話をする前に従姉妹は交通事故で亡くなった。言い訳の機会は永遠に失われてしまった。

――そいつは残念だったな。

――わたしが精神科医になったのも、脳科学を学んだのも、いまこうしてあなたとお話ししているのも、すべてはこのときの苦しさから。ただ一度の「誤解」が、いつまでもわたしの心の傷となっているからなのよ。

――人間なんてものは、他人のことをちゃんと理解する気なんてないからな。生きてる限り、誤解はついてまわる。

――マシュマロボーイさん。あなたも似たような経験があるんじゃないの？

――なにを根拠にそんなことを言うんだ。

――あの公園はあなたの幼い頃か少年時代を思い起こさせる。家族や友達から誤解を受けて、あなたは苦しんだことがあるような気がするんだけど。

――おまえはなにを言ってるんだ。

――すべての原因となっていることを一緒に考えてみましょうよ。

――余計な話はもうたくさんだ。答えを言わないなら、これで通信終了だ。

それきりレスは途絶えた。

「接触を続けるために、相手の感情に揺さぶりを掛けてみます」

「真田さん、危険だ。犯罪を誘発しかねない」

「もう少し続けさせて下さい。わたし自身が裸になることで、相手を感情的にさせて裸に剝《む》く必要があるのです。さらに、深く犯人の心に入り込んでゆくべきです。これはわたしが見出《みいだ》したアプローチ方法なんです」

夏希は力を込めて言い返したが、織田は断固とした口調で答えた。

「そんなアプローチに成功の保証などない。やめてください」

織田の顔には、はっきりと冷たい拒絶があらわれていた。

説得できないことは明らかだった。

「わかりました。もうやめます」

夏希は引き下がるしかなかった。

(もう少しで切り込めたかもしれないのに)

内心で夏希は歯がみし続けていた。

【4】@七月十九日（水）夜

午後六時半。残り時間は二時間半を切っていた。

こういうときには本当に時計の針は速く進んでしまう。

(鑑識が回収した残存物には、必ずヒントが隠されているはずだ)

アプローチが途切れた以上、ほかに正解を導くファクターは残されていない。夏希はじりじりする思いで科捜研の分析結果を待っていた。

「出ました。結果が！」

壁際でＰＣに向かっていた一人の鑑識課員が叫んだ。

「第三現場の回収物かっ」

佐竹管理官は反射的に立ち上がった。

「はい、スマホゲームの関連グッズです。クローバーメディアが出している《どうぶつキャッチャー》というゲームのものです」

「あれか、春頃に出て大ブームになっているヤツか」

「はい、あっちでもこっちでもスマホを覗《のぞ》き込んで歩き回っている連中がいるあれです」

科捜研から送付されてきたと思《おぼ》しき書類をプリントアウトした紙の束を手にして、捜査員は管理官席に歩み寄って来て佐竹管理官に渡した。

回収物解析結果報告書と題された書類を、夏希も幹部たちもいっせいに覗き込んだ。

（どうぶつキャッチャーのグッズだったか……）

そうだとすれば、予告されている第四の爆発現場はいったいどこだというのだろう。夏希は目をつぶって大脳をデフォルト・モード・ネットワークのアイドリング状態に持ってゆこうとした。

だが、まわりの会話が思考を邪魔する。夏希はふたたび目を開いた。

「名前は知っているが、どんなゲームなんだ？」

福島一課長の問いに小早川管理官が間髪を容《い》れずに答えた。

「いろいろな動物を萌《も》え擬人化したキャラにして、アニマルズと称してCGやアニメーションで描いています。これをスマホの操作で捕らえて集めるゲームです。いわゆるAR……拡張現実ものですね」

「要するにマンガの動物だな。その……ミッキーマウスみたいなもんか」

「絵柄はどっちかって言うと、警視庁の『テワタサナイーヌ』みたいな感じです」

「ああ、ああいう動物だか女の子だかよくわからんヤツね」

福島一課長は苦笑を浮かべて言葉を継いだ。

「ARってのもわからん。説明してくれ」

「内蔵のカメラで撮影される現実の景色がスマホの液晶画面に映し出されます。この現実の画像中に、CGで描画される仮想のアニマルズが合成されて登場します」

「つまり、現実の写真と仮想のマンガがミックスされるんだな」

「そうです。スマホの画面をタップして、ブラウザに表示されているボタンをクリックすることで、そのアニマルズを捕獲します。画面上では投網《とあみ》のような形のキャッチャーというツールを投げつけるのです」

「つまり、画面に出ているマンガで描いたボールを指で触って、マンガの動物にぶつけるってことか」

福島一課長は人差し指で空を切る真似をした。

「お言葉の通りです。アニマルズには種類ごとにポイントが付いていて、犬や猫のような動物は数が多くてポイント数も低く、スマトラサイやタスマニアンデビル、オカピなどレアな動物は数も少なくポイントも高いのです。で、要するにそれらの動物を捕獲したポイントを競うゲームです」

小早川の声はどこか嬉々《きき》として聞こえるような気がする。

「その……ポイントっていうのはためると景品交換でもできるのか？　パチンコみたいに」

「いいえ、高得点者はサイトにニックネームが掲載され、優秀なプレイヤーとして、世間の賞賛を受けられます」

「おいおい、そんな金にもならない子供じみたゲームを、いい大人が喜んでやっているのか」

福島一課長は信じられないという風に首を振った。

「まぁ、若者が中心ですけれどね。でも、最近は中高年にもプレイヤーが増えています。ポイント獲得は、日常生活でなかなか得られない達成感をプレイヤーに与えてくれるようです。職場でも家庭でも達成感が得られる状況が減っている現代社会にはゲームは案外、重要な機能を果たしているのでしょう。似たようなゲームにスマイルバードっていうのもあって」

どこまで続くかわからない小早川の饒舌《じょうぜつ》を、織田理事官がさえぎって、話を本筋に戻した。

「そのアニマルズってのが出現する場所が犯行現場である公算が高いですね。いったいどういう場所なんですか？」

夏希ももちろん同じ考えである。

「レア・アニマルズの出現場所は《聖地》と呼ばれています。交通事故などの危険を避けるために公園が中心ですが、なかには江《え》の島《しま》のような場所や、遺跡、オートレース場周辺なんていうのもあります。この近くでは、たしかよこはまコスモワールドが聖地だったはずです。聖地は刻々と変化するので、プレイヤーはネットなどで情報を収集し続けています」

「それで、解析された物体は、どんな関連グッズだったんだ」

佐竹管理官の質問には、かたわらで起立したままの鑑識課員が答えた。

「はい、どうぶつキャッチャーに使う《捕獲キャッチャー矯正ギプス》だそうです」

「なんだ、そりゃ」

佐竹だけでなく、夏希にもわからないグッズだった。

「画面上でキャッチャーを真っ直ぐに投げるための金属プレートです。スマホ端末の表面に貼り付けて使います。要はアルミプレートに楕円《だえん》の穴が切ってあるだけのものなんですが、このギプスのおかげでキャッチャーが飛ぶ軌道が正確になります。こんなものを使う人間は、どうぶつキャッチャーに相当入れ込んでいるはずです」

「あんた、詳しいな。もしかしてゲームおたくか？」

佐竹管理官の突っ込みに、小早川管理官は歯を剝《む》き出して答えた。

「なにをおっしゃいますか。我々警備部では、世間の流行も追いかけなければならないのです」

「真田、このプレートから第四現場はわからないか。あと二時間ちょっとしかない」

福島一課長の声が掛かった。

「横浜市内のどうぶつキャッチャーの聖地をピックアップできますか？」

夏希の請いに小早川管理官が自分のタブレットを覗き込みながら答えた。

「現在の情報では、みなとみらい内のよこはまコスモワールド、同じ中区の本牧《ほんもく》市民公園、赤レンガ倉庫、三渓園《さんけいえん》、西区の日本丸メモリアルパーク、同じく西区の野毛山《のげやま》公園、金沢区の海の公園、同じく金沢区の長浜《ながはま》公園、中区の根岸《ねぎし》森林公園、鶴見区の三ツ池《みついけ》公園、港北区の岸根《きしね》公園と、まぁこんなところかな」

「おいおい、冗談じゃないぞ。どれほどの面積になると思ってるんだ。夜間に人が入れないのは三渓園くらいだろ。とてもじゃないが、これから二時間で爆発物を発見できるわけがないぞ。真田、絞り込めないか」

福島一課長はすがりつくような目で夏希を見た。

「小早川さん、そのサイトのURLをわたしのスマホに転送して下さい」

「わかった。いま送る」

「すみません、すぐに戻ります」

福島の答えを待たずに、夏希は会議室を飛び出した。

自販機スペースの椅子に座って、しばらく目をつぶって大脳をアイドリング状態に持ってゆく。

(本当にどうぶつキャッチャーの聖地なんだろうか？)

過去の対話からも、科捜研で残存物が捕獲キャッチャー矯正ギプスと解析できることは百も承知のはずだ。そんなに甘い人間だろうか……。

(いや、広大な公園エリアから予告現場を探せってタスクなんだ。簡単な話じゃない。ものすごく厳しいタスクには違いない)

目を開けると、夏希は小早川から送って貰《もら》った横浜市内の聖地一覧を眺めながら、考え始めた。

続けて、せせらぎ公園で撮ってきた写真ファイルを次々に見てみた。白いアーチ橋、移築古民家、水鳥が羽を休める池……。

夏希の脳裏に、夕陽を浴びて水面《みなも》に浮かんでいた、たくさんの水鳥が鮮やかに蘇《よみがえ》った。

カルガモ、アオサギ、コサギ、カワウ……。何といってもせせらぎ公園の景色で、いちばん印象的だったのは水鳥の楽園のあの池だった。

犯人のメタメッセージは鳥に関連するものに違いない。

（鳥……鳥だ！　神奈川県の鳥の聖地があるはずだ）

検索をかけると、《かながわの探鳥地50選》という言葉がヒットした。あわてて、解説を見る。「水辺に住む鳥」、「海辺に住む鳥」、「人里に住む鳥」、「山地に住む鳥」、「丘陵地に住む鳥」の五ジャンルに数カ所から十数カ所ずつ、あわせて五十カ所の探鳥地が記されている。

（横浜市内は……）

藤沢《ふじさわ》市にまたがる境川《さかいがわ》中流域や金沢区の平潟《ひらかた》湾、栄《さかえ》区の横浜自然観察の森などいくつか見られる。

（あった！）

どうぶつキャッチャーの聖地と重なる探鳥地が二カ所見つかった。

中区の三溪園と鶴見区の県立三ツ池公園だ。

福島一課長の言葉通り、建造物をいくつも持つ三溪園は入園料をとる施設で夕方には閉まるはずだ。確認すると午後五時には閉園とある。いまの時間にどうぶつキャッチャーのプレイヤーはいない。

犯人は「今度は本気だ」と宣言している。人のいない施設を攻撃するとは思いにくい。

(重要文化財を狙っているのか)

三渓園は十二棟の重要文化財を持っているらしい。だが、夏希には犯人の狙いが文化財とは思えなかった。いままでのコンタクトの中でも文化財破壊などの意欲は感じなかった。さらに「空虚」と「絶望からくる怒り」を感じさせた第一、第二現場からも導き出せない。

まだ確信には至っていないが、犯行動機に対する夏希の考えからもほど遠い。

(やっぱり三ツ池公園しかない)

夏希はベンチから腰を上げると、鼓動を抑えながら会議室へ向かった。

「鶴見区の県立三ツ池公園がいちばん疑わしいです」

「三ツ池公園だって」

福島一課長が悲鳴にも似た叫びを上げた。

夏希は犯行動機への仮説も含めて、自販機コーナーで考えたことを一同に説明した。

「説得力がありますね」

織田理事官がまず賛同した。

「あと二時間だ。危険性があるなら、すぐに対策を講じなければならない」

佐竹管理官もうなずいた。

「だが、とんでもない広さだ。中に大きな池もある」

福島一課長の嘆きはわかる。夏希もスマホで三ツ池公園の地図を確認して絶望的な気分になった。

「二十九・七ヘクタール。東京ドーム六個分ですね。池は三つあります」

小早川はタブレットを見ながら、絶望的な声を出した。

「何人の捜査員を入れればいいと思ってるんだ。いくら人をかき集めてもこれから二時間では間に合いっこないぞ」

福島一課長の嘆きを、織田が手を振りながら制止した。

「いや、爆発物の発見ができなくとも、とにかく閉鎖して被害を未然に防ぎましょう」

「ちょっと待って下さい」

夏希の声に、会議室にいたすべての人の視線が集中した。自分で思っていたより大きな声だったらしい。

「いちおう、犯人に三ツ池公園を突きつけて、反応を見てみましょう。ほかの場所だったら、時間的ロスが大きすぎます」

犯人からのアクセスはあれ以来途絶えているが、ゲームの答えがわかったと言ったら、反応があるかもしれない。

だが、織田理事官は額にしわを寄せて首を振った。

「いや、今回も携帯電話式の起爆装置を使っているとしたら、非常に危険です。避難が終わる前に爆発させる恐れがある」

「そうでしょうか……。犯人は予告を予告通りに実行することに喜びを感じています。わたしには、犯人が織田さんのおっしゃっているような行動には出ないように思います」

「万が一、すぐに爆発が起きたら、あなたは責任を負えるのか」

織田は真っ直ぐに夏希の目を見つめて問うた。冷静な声音だった。

「いいえ……無理です」

大丈夫だと言い切れる自信はなかった。

「課長、とにかく、公園内にいる市民を避難させるのが先決です」

織田は強い調子で言い切った。

「そうだな。すぐに鶴見署と近隣所轄に連絡を入れろ。港北署、神奈川署、川崎臨港署に応援を出させるんだ。とりあえず、現在、園内にいるすべての人間を外に出して、避難終了後、直ちに三ツ池公園を閉鎖する」

福島一課長の下命に、何人かの捜査員が無線や電話、ＰＣに走った。

(間違っていたら、どうしよう)

急に慌ただしくなった本部に、夏希の心に一抹の不安がよぎった。

「賭《か》けるしかないんですよ」

夏希の肩に軽く手を置きながら、織田がやわらかな声で続けた。

「警察の仕事は賭けに出なければならない場合もあるでしょう。空振りに終わったとしても、それはあなたの責任ではない。我々はその時どきで最善の努力を尽くすしかないのです」

「そうですね……ありがとうございます」

織田の言葉で夏希の心はいくぶん軽くなった。

――無駄な捜査というものはないんだ。もし疑っていたものがシロだとわかったら、それは大きな成果なんだよ。

所轄研修の時に定年間近の老刑事から習った言葉を思い出した。いまの場合、時間が足りないことが問題だが……。

「それから、真田、現場に急行してくれ。アリシアと一緒にな。もし、爆発物が発見できなければ、直ちにほかの場所を探さなきゃならん」

福島一課長が勢いよく命を下した。

「わかりました。直ちに現場に急行します」

夏希はディパックを手にすると、一礼して会議室を飛び出した。

地下駐車場に下りて行くと、タクシーくらいの中型セダンがエンジンを掛けて待っていた。

シルバーメタの地味なクルマだが、屋根に小さな回転灯が載せられている。覆面パトカーらしく、左右の後部座席とリアウィンドウにスモークが貼ってあった。

「ドクターとドライブできて光栄ですよ」

助手席の窓を開けて声を掛けてきたのは、高島署の加藤巡査部長だった。夏希としてはもっとも乗りたくないクルマだった。

「こんばんは、このクルマですか」

だが、夏希は、すました顔で答えを返した。

「気にいらんだろうけどね。このクルマしか空いてないんだよ」

「いいえ、とんでもない。よろしくお願いします」

左の後部ドアを開けると、アリシアが真っ黒な瞳《ひとみ》で夏希を見つめて、ぺろりと一回舌なめずりをした。

（う、う……）

ずいぶん慣れてきたとはいえ、一瞬、身体が反射的に後ろへ下がってしまう。

「ほら、アリシア。真田が来たよ」

アリシアの背中を小川は軽く撫《な》でた。アリシアは小さくぶるんと身体をゆすった。

また、「さん」抜きだ。まぁ、いいけど。

「こんばんは、アリシア」

アリシアの瞳がきらっと光ったように思えた。だが、それ以上の反応は見せなかった。

「出ますよ。ベルト締めて下さい」

運転席の若い私服警官が無表情に告げた。

あの日曜の晩、《帆　ＨＡＮ》で加藤と一緒にいた失礼千万な刑事だ。

たしか、石田とかいったか。

覆面パトカーは赤色回転灯をまわしてサイレンを鳴らしながら、地下駐車場を飛び出した。

東神奈入口インターから横羽線に入ると、狭い二車線は思いのほか空《す》いていた。

「石田、サイレン切れ」

加藤が運転手役の若い捜査員にぶっきらぼうに命じた。

「でも……緊急走行しなくていいんですか……」

「どうせ百キロ以上出せねぇんだ。こんだけ空いてるんだから必要ねぇだろ。沿道住民さまのご迷惑だ」

単に車内がうるさいのが嫌なだけなのか、本気なのかはよくわからない。

車窓に流れゆく倉庫群や物流ターミナルの灯《あか》りを眺めていると、助手席から加藤が言葉を掛けてきた。

「ドクター、今回また組めて嬉《うれ》しいですよ」

「組んだことないじゃないですか」

「所轄研修の時に強盗事犯の捜査したでしょ」

まる一日、加藤の聞き込みについてまわった。ほとんど口をきいてくれず、これといってなにかを教えて貰《もら》った覚えはない。いや、あった……。

比較的新しいパンプスを履いていたので、右の親指に靴ずれができて夕方には足を引きずるしかなかった。遅れて歩いていたらとがめられ、事情を話すと「歩ける靴を選ぶのが警官の第一歩だ」と、ひどく叱られた覚えがあった。

「あのときはどうもお世話になりました。おかげさまで、警察官は履く靴もちゃんと選ばなきゃいけないって教えて頂きました」

皮肉を言ったつもりだったが、加藤には少しも効き目がないようで、鼻先でフンと笑っただけだった。

「今日はなんだかハイキングに行くみたいな格好だね」

「ええ、あのときのお教えを守っています」

口をきくのも面倒くさくなって適当に受け流した。

加藤はのどの奥で小さく笑って答えを返さなかった。

アリシアを真ん中にはさんで右側に座っている小川が、タブレットを覗《のぞ》き込みながら、いきなり大きく舌打ちした。

「三ツ池公園はいくらなんでも広すぎる」

「たしかに東京ドーム六個分ね……」

「無理だよ。アリシアが探し切れるわけない。そうでなくても、今日はせせらぎ公園の捜索で疲れ果ててるんだ。ダメだって言ったのに、上は無理にでも出てもらうってこれだぜ。ったく、なに考えてるんだ」

石田が背中で咳払《せきばら》いした。

「なんとか捜索範囲を絞り込めないかな」

つぶやくと、小川が向き直って真正面から夏希を見据えた。

「頼むよ。アリシアがぶっ倒れちゃったら困る」

小川からものごとを頼まれたのは初めてだった。しかし、この意見は正しいというほかはない。福島一課長がアリシアに出動を命じたのは、ワラにもすがる思いだったのだろう。

当のアリシアは前方を見つめたまま、ほとんど動きを見せない。まるで、本番に備えて待機姿勢を取っているといった感じだった。

「たとえばさ、池の中は当然除外していいだろ。そんな風に探さなくてもいいエリアだけでもわからないかい？」

「犯人は『今度は本気だ』って言ってるんだから、人のいないところは狙わないと思う」

「逆にいつも人がいるところを探せばいいわけだろ」

「ちょっと待ってね」

夏希はスマホで三ツ池公園の地図を舐《な》めるように眺め回した。

「人が入りにくい森林を除外すれば、ずいぶん狭くなるとは思うけど……」

「そりゃ狭くはなるよ。でもさ、駐車場、多目的広場、テニスコート、コリア庭園、遊びの森、それからすべての通路。充分に広すぎるよ」

「あ……」

夏希は肝心なことを忘れていた。

「あのね、どうぶつキャッチャーのこと詳しい？」

「いや、俺はやったことない。あんなバーチャル・リアリティに興味はない」

小川は素っ気なく答えた。

「VRじゃなくてAR、オーグメンテッド・リアリティですよ」

答えたのは運転している石田だった。

「その、オーなんとかリアリティってなんなんだよ」

「VRはすべてがCG等の仮想の世界ですけれど、ARはプレイヤーが見ている現実のシーンに、CGで描画した仮想物体を重ねて表示するんです。どうぶつキャッチャーの場合にはスマホのカメラで撮影しているリアルタイムな動画が画面に表示されて、そこにアニマルズっていうキャラがCGで描画されるんですよ」

「アニマルズってヤツが出現する場所は、どんな風に決まるんだ?」

「運営会社のクローバーメディアが地図上の座標で決めるんですよ。まぁ、東経何度何分何秒、北緯何度何分何秒って感じで指定するんです。数メートルの誤差で正確に描画できるようです」

「石田、おまえ、そんなガキの遊びにハマってんのかよ」

加藤が心底あきれたような声を出した。

「いまどき、キャッチャー未体験なんてのは、カトチョウだけですよ」

カトチョウこと加藤巡査部長は、ふたたび鼻先でふんと笑っただけだった。

「いや、俺もやったことがない」

小川は答えたが、実は夏希もどうぶつキャッチャーには興味がなかった。CG描画のキャラクターに感情移入ができないのである。

「なら教えて下さい。三ツ池公園内の、キャッチャー聖地ってどこなんですか」

「そりゃ、ここじゃわかんないっすよ。実際に三ツ池公園に行って、画面で探してみなきゃ」

「じゃ、なんで三ツ池公園が聖地ってわかってるの？」

「いままでに、レア・アニマルズをキャッチしたヤツらが得意げにネットに流すんですよ」

「ネット見ればわかるの？」

「いや、最初からこの場所だってわかってちゃ、探す楽しみがなくて意味ないじゃないですか。たとえば、三ツ池公園の中でも日によって、時間ごとにアニマルズは居場所を移動しています」

「じゃあ、爆弾を仕掛けた場所はつかめないってことですね」

「そうでもないです。たとえばひとつの公園内で、三カ所くらいを移動するのがふつうだと思うんですよ。現場に行ってみれば、ある程度、絞れると思いますよ」

「絞るためには、現場でゲームをやらなきゃならないってことでしょ」

「ええ……でも、ゲームアプリ自体は無料ですから。どうぶつキャッチャーで検索かけて、アプリをダウンロードして下さい」

「でも、一から覚えている暇はないし……」

「ま、そうですね。ある程度はやったことないと、聖地探しは無理ですね」

「あの……。現場に一緒に行って、聖地探しに協力してもらえませんか」

「え？　あ、俺はいいですけど……」

石田はちらっと助手席の加藤を見やった。

「高島警察署刑事課強行犯係石田三夫《みつお》巡査長」

「はぁ……なんですか」

「いつも本庁《ほんぶ》の連中を道案内するときと同じだろ」

皮肉に満ちているが、許可を出したととらえてよさそうだ。

「ありがとうございます。加藤巡査部長どの」

夏希は助手席に座る加藤の背中に礼を言った。

「俺たちは爆弾探しのお手伝いに駆り出されてるわけだしな。今夜だって、町中にゃ強盗も傷害犯もウョウョ歩いてるってのに」

たしかに強行犯係として不本意な動員だろう。だが、もう少しまともな口はきけないものだろうか。

もっとも二度とコンビを組むことはないだろうし、加藤の性格分析には興味がなかった。

横羽線を生麦《なまむぎ》で下りて第二京浜に入ると、覆面パトカーはふたたびサイレンを鳴らし始めた。

【5】＠七月十九日（水）夜

ものの十五分で、クルマはうっそうとした森に囲まれた県立三ツ池公園の駐車場にすべり込んだ。

と言いたいところだが、駐車場はごった返していてクルマで乗り入れられる状態ではなかった。特に正門側の駐車場付近は止まっている警察車両も多く、道にいっぱい人があふれていて通過するだけで精いっぱいだった。

より広い北側駐車場まで進んでも状態は変わらなかった。

東京タワーを小さくしたような赤白の鉄塔が目立つ、三ツ池公園バス停近くの道にクルマを停めて、歩いて駐車場に入るしかなかった。

北門を入ると、地域課の制服を着た警察官の誘導で、数十人の人々が興奮気味に喋《しゃべ》りながら出口へ向かって歩いている。

すでに出口近くにいるという安心からなのか、生命身体の危機から避難しているという緊張感は少しも見られなかった。

むしろ、テレビにでも出てくるような非日常的事態に、自分たちが遭遇している昂揚《こうよう》感から舞い上がっている人が多いように感じられる。

カップルや若者グループが中心だが、小学生くらいの子どもを連れた家族連れも多い。

若者グループと言っても十代は少なく、仕事帰りのサラリーマンが中心のように思えた。中高年の夫婦も少なくなかった。

夏希が想像していたより、はるかに年齢層は高かった。

「どうなっちゃってんだよ。日本って国は……いい年した大人がガキのゲームに血道上げてるってわけかよ」

加藤の嘆きに石田が笑いながら答えた。

「みんな、金がないんですよ。飲みに行ったって金かかるでしょ。ここに来て缶ビールでも飲みながら、どうぶつキャッチャーやってりゃ安上がりですからね」

「家族連れはコンビニ弁当か……」

加藤の言葉通り、手にコンビニのポリ袋を提げた人の姿も少なくない。

(わざわざ家族で出かけてきて、こんなCGをキャッチするのが、どうしてそんなに楽しいのか)

精神科の臨床医にとっては重要な課題である。患者が何を楽しいと思い、何に悲しみ、何に腹立てるのか、具体的に把握していなければ、その患者の感情の動きもつかめない。だから優秀な精神科医は、その時々の流行にも敏感である。

新しいいまの仕事でも関連するには違いないが、深く相手の感情に入り込まなければならない件数は比較にならぬほど少ないだろう。その意味では気が楽だった。

(と、そんなことを考えている場合じゃない)

耳もとで蚊の羽音が聞こえた。夏希はあわててデイパックから「無香料」の防虫スプレーを取り出して、手首と足首を中心に霧を吹き付けた。

アリシアのリードを手にして後ろを歩いている小川はなにも言わなかった。

(おおっ、機動隊だ)

人混みの背後に機動隊の制服を着た捜査員が整列している姿が見えた。

ジュラルミンの防爆盾や、銀色の箱のようなものを手にしている。宇宙服みたいな緑色の服を着た隊員も二人同行している。そろって大柄でごっつい身体つきの男たちだった。

隊列の先頭にいた三十代の隊員が近づいて来た。

「科捜研の真田警部補ですね」

「あ、はい、真田です」

男は、さっと挙手の礼をすると生真面目なあいさつをした。

「警備部第二機動隊、爆発物処理第二班副班長の河尻《かわじり》です」

副班長とすれば巡査部長だろう。

「あ、お疲れさまです」

「上官から、あなたと小川巡査部長に同行するよう命令を受けています。おっ、このドーベルマンが話題のアリシアですね」

河尻はアリシアを興味深げな視線で見やった。

アリシアも長い尻尾《しっぽ》を振りながら、興味津々《しんしん》といった表情で河尻を見上げている。

「彼女のことが爆処理でも話題になってるのか？」

「そりゃそうだよ。今回の事案でも重要な証拠をいくつも発見しているって話じゃないか。うちでもらいを掛けたいくらいだよ」

河尻は冗談のつもりなのだろうが、小川は真面目な顔で突っぱねた。

「冗談じゃない。大事なアリシアを爆処理なんかに渡せるか」

はっきりと怒りを帯びている声音だった。

夏希たち一行は、いつの間にか十二人という大所帯の混成部隊となっていた。避難してくる人たちが、通りすがりにびっくりしたような視線で眺めてゆく。

多目的広場を抜けると野球場、テニスコート、プールといったスポーツ施設が続くが、夜間は閉鎖されているので、とりあえずは除外してよさそうだった。

左右の林が切れると、大きな池のほとりに出た。遊歩道は池を巻いて左右に分かれている。地図によると、池の周辺に作られた道は最後で一緒になっている。

この目の前が下《しも》の池で、奥に中《なか》の池、上《かみ》の池がひろがっているはずである。だが、照明が届いておらず、ただ暗い空間が続いている。ウィキペディアを見ると「江戸時代に農業用水のため池として浚渫《しゅんせつ》・整備されたもの」らしい。

「お疲れ。さぁ、じゃあ、聖地とやらを探すこととしようか」

「待ってました。うーん、ここにはアニマルズいませんね」

スマホを手にした石田はまわりの木々を見回しながら言った。

夏希たち一行はとりあえず右の道を進むことにした。しばらく歩くと、左右に公衆トイレや売店などが現れ、右手に森を切り拓いた奥に小さな広場が現れた。

「ここには小ものばかりしかいません。この先に里の広場っていうのがあって、広いからそこに行ってみましょう」

画面を覗《のぞ》き込みながら石田が告げた。

芝生の里の広場に着くと、数人の制服警官が、ハンドメガホン片手に声を張り上げていた。

「一刻も早く避難してください」

「爆発が起きる恐れがあります。直ちに出口に向かって下さい」

加藤が一人の制服警官につかつかと歩み寄っていって肩をつかんだ。

「おい金森《かなもり》、お疲れ」

「あ、加藤さん、高島署も応援ですか……爆処理も来てるんですね」

制服警官の親しげな声は、爆処理隊員たちの姿を見て途中から緊迫したものに変わった。

「こちらの本庁のお歴々の道案内だよ。そんなことより、ぜんぜん避難が進んでないじゃないか。予告時刻まであと一時間ちょいだぞ」

「無理言わないで下さいよ。俺たちが現場到着《ゲンチャク》したのも十分くらい前なんですよ。この公園、やたら広いじゃないですか。それで、たぶん五百人やそこらの人間が、あっちこっちに散ってるんです。二十人ばかりの捜査員じゃ、すぐには追い出せませんよ」

「なんだありゃ？」

加藤は数メートル先に目をやって、裏返った声を発した。

「なんだよぉ。てめえらに関係ねぇし。あたしたちの自由だろ」

短い髪を金髪に染めた三十歳くらいの短パンTシャツ姿の女が、本庁交通機動隊の制服を着た白バイ警官に食って掛かっていた。

「警察に、あたしたちを追い出す権利があんのかよ」

同じくらいの年頃の男が、五歳くらいの男の子の手を握って後ろにいる。夫と子どもなのだろうが、二人とも黙って突っ立っている。

「あの通り、我々が避難するように勧告しても、言うこと聞かない人間が少なくないんですよ」

「バカなヤツらだ……言うこと聞かないのは、若いやんちゃな小僧どもが多いのか」

「いや、ほとんどは、あの連中みたいなDQN《ドキュン》系の親子連れが多いですね」

制服警官はあごで家族連れを指し示した。

「だいたい、てめぇらは生意気なんだよ……」

毒づいていた若い母親は、夏希たちの後ろに続く爆発物処理班の捜査員たちを見て絶句した。

「わかったよ、帰りゃいいんだろ。帰りゃ」

夫から子どもをひったくるようにして手をつなぎ、若い母親は広場を出て行った。夫はつまずきそうになりながら後に続いた。

「ったく、子どもが心配じゃないのかね」

「我々のことをぜんぜん信用していないようです。こんなところに爆弾なんてあるわけない、家族のだんらんを邪魔する権利が警察にあるのかって突っかかってくるんですよ。仕方がないから、なだめすかして拝むようにして退場してもらってるんです」

制服警官は親子連れの後ろ姿を横目で追いながら、嘆き声を上げた。

「モンスターシチズンか……」

夏希は独りごちた。あの若い母親は警察に対して「自由に遊ぶ権利」を主張していたというわけだ。

「しかし、防爆防護服の効果は絶大だなぁ。その姿で公園一周したら、DQN連中も泡くって逃げ出すぞ」

加藤がのどの奥で笑った。

里の広場の隅に立っていた高校生くらいの小柄で痩《や》せぎすの少年に、石田巡査長が歩み寄って警察手帳を見せながら声を掛けた。

「あ、ちょっと君、警察なんだけど」

「なんですか」

デイパックを背負った少年は、警戒心を剝き出しにして後ずさりした。

「いや、捜査に協力して欲しいんだ。キミ、この公園でずっとキャッチャーやってたんだろ？」

「だから、なんですか」

声が尖《とが》った。少年の警戒心はマックスに高まっている。

「ひとつだけ教えて欲しいんだよ。この三ツ池公園で、ここ二、三日に、レア・アニマルズが出没した場所ってどこだろう？」

急に少年の顔から警戒心が消えた。少年はスマホを石田に見せた。

「ここ三日間くらいだと、完全に西側に偏って出現します。里の広場以外だと、花の広場と水の広場の二カ所ですね。ほかの場所はまず、ハズレです」

熱のこもった調子で少年はスマホを指さした。

「ありがとう、じゃ、すぐに避難して。ね、出口へ全速力で走ってちょうだい」

「え、スマトラサイ、まだキャッチしてないんですけど……」

「あのおじさんたち見てよ」

石田は河尻らを指さした。

「遊びであんなカッコしているわけじゃないんだよ。ここは危険なんだ」

「わかりました」

少年は不満そうな顔つきで広場を出て行った。

「よーし、アリシア、出番だぞ」

小川が掛け声を掛けながら、アリシアとともに里の広場を捜索し始めた。

夏希たちはアリシアの成果を待っているほかはなかった。

十分ほどでアリシアたちが戻ってきた。

「ここには爆発物はなさそうだね。アリシアは反応を示さない」

小川は冴《さ》えない顔で首を振った。

「じゃ、花の広場に行ってみましょう」

タブレットを片手に石田はどんどん歩き始めた。

「そうだな。まだまだ探す場所は腐るほどあるわな」

加藤も後に続いたので、夏希たちも里の広場を出ることにした。

続いて捜索した花の広場でも、最後に捜索した水の広場でもアリシアは反応を見せず、爆発物は発見できなかった。

十二人の混成部隊は水の広場の真ん中に作られた人口の川床をちょろちょろと流れる水のほとりで涼みながら、小休止をとっていた。

夏希たち全員に徒労感がひろがっていた。

河尻がぽつんとつぶやいた。

「アリシアの捜索能力は本当に信用できるんだろうな」

ヘルメットの下の額には玉のような汗が噴き出ていた。

防爆防護服の二人は肩で息をしている。外気温は二十七度と電光掲示板に赤文字で示されている。

夏希には意外とさわやかだったが、想像するまでもなく、この格好ではとんでもなく暑いだろう。

「おい、アリシアの能力を疑うんなら帰ってもらっていいぞ」

小川は憤然と食って掛かった。

「それより、この公園だという真田警部補の分析は正しいんでしょうねぇ」

皮肉感たっぷりの石田に、腹を立てている余裕はなかった。

「ここだと信じていたんですが……」

夏希は焦燥感に駆られながら考え始めた。

(この公園は、たしかにせせらぎ公園とそっくりだ)

規模ははるかに大きいが池を中心とした全体の構造も、もともとの自然を活《い》かしたところもよく似ている。

いまは眠っているだろうが、探鳥地五十選の「水辺に住む鳥」のジャンルに指定されているからには、たくさんの野鳥が生息しているはずだ。その点でも、野鳥の楽園と感じたせせらぎ公園と通ずる。

さらに、ここはどうぶつキャッチャーの聖地だ。いくつもの条件がこの公園へのベクトルを示している。だが……。

夏希の頭の中に小早川管理官の声が蘇《よみがえ》った。

——スペインやアイルランド在住の協力者のＩＰに辿《たど》り着くようにあえて抜け道を作ってあったとの報告も受けている。

（そうか、ミスリーディング狙い……なのか）

ハッと気づいた。

（捜査員をこの三ツ池に誘導して集中させて、警察が手薄になったところに、本来の目的地で爆発を起こすつもりなんだ）

見事に犯人の仕掛けた罠《わな》にはまったのではないか。蒸し暑さの中で、夏希の頬に冷や汗がにじんだ。

（じゃあ、本当に狙っているのはどこなの、いったい、どこなの）

心のなかで叫び出したかった。

「なんだか元気がねぇな。強気のドクターらしくねぇじゃねぇか」

加藤が声を掛けてきた。

「強気を取り戻したいんですけど、手がかりを見失っちゃったから」

夏希は唇を嚙《か》んだ。

「ドクターの仕事と違ってさ。刑事なんてもんは、百にひとつも当たりゃいいほうだ。ひとつやふたつの外れなんて気にしてたらやってられねぇんだ」

皮肉な言葉のように見えて、加藤の励ましの心が伝わってきた。

ふと気づくと、アリシアが足元に来て、心配そうに夏希の顔を見上げている。

「なんだ、おまえ真田のこと認めてるのか」

ぼそっと小川がつぶやいた。

夏希はちょっとだけ涙がにじみそうになって、あわててアリシアの頭を撫《な》でた。

「ありがとね。アリシア……」

くうんと小さくアリシアは鳴いた。

そのとき、下流の森のなかから、ひとつの人影がふらふらと現れた。

さっき里の広場で、石田が質問していた相手の少年だった。途中で姿を見掛けることはなかったので、上の池と中の池の間の堤を通って夏希たちとは反対方向からここへやってきたのだろう。

少年の顔の半分は、白い物体で隠れていた。

(このかたち……)

夏希の心臓が大きく収縮した。

それは白いゴーグルだった。

白い樹脂の筐体《きょうたい》。黒い大きなふたつのまん丸の目……。

(あっ！　これだっ！　せせらぎ公園のアーチ橋だっ！)

ちょっと離れた場所から見たアーチ橋そっくりのかたちだった。

「あーあ、ダメだよキミ。こんなところにフラフラしてちゃ」

「そうそう、南門はすぐそこだから、すぐに避難しろ」

石田と加藤が少年の追い出しに掛かった。

少年は舌打ちしながら、ゴーグルを外してディパックに入れるときびすを返した。

「ちょっと待って！」

夏希は駆け寄って少年の二の腕をつかんだ。

「えっ……あ、はい」

少年は照れくさそうに夏希を見た。

「ね、あなたが掛けていたゴーグルだけど、それ何に使うものなの？」

夏希が二の腕をつかんで揺すると、少年はとまどいの表情で答えた。

「これは、あの……スマイルバードってゲーム専用のゴーグルです」

「スマイルバードっていうゲームなのね。それってどうぶつキャッチャーと似ているの？」

「あ、そっくりですね」

「で、聖地ってのがあるの？」

「あることにはあるんだけど、ここは違います。ついでだから、三ツ池公園でもちょっと探してみただけです」

「わかった。ありがとう。気をつけてお家《うち》に帰ってね」

夏希は少年の頭を軽く撫でた。

「はい、わかりました」

少年は頰を真っ赤に染めて、ぺこんと頭を下げると、逃げるように走り去っていった。

「石田さん、《スマイルバード》って人気あるゲームなんですか」

「今月の一日に、神泉堂《しんせんどう》から出たばかりで、まだまだ知名度は低いですね。だけど、十代の若者を中心に人気急上昇中です」

「いまの子の話だと、どうぶつキャッチャーそっくりってことですね」

「同じようにポイントゲット型ですね。キャラは《バード》って呼ばれてて、いろんな鳥を萌《も》えキャラ化したものです。特徴はスマホの画面ではなくて、専用のARゴーグルを使ってプレイするところです」

「あの子が掛けていた白いゴーグルね」

「そうです。ゴーグル掛けてプレイするから、臨場感はハンパないです。三個の内蔵カメラが撮っている映像をシームレスに合成して映し出します。だから、ゴーグルを掛けていてもふつうに外を歩けるわけですね。その映像にCGのバードを映し出してスマホでキャッチします。付属のワイヤレスヘッドフォンを使うと、BGMや効果音も楽しめるんですよ」

「暗くなってもプレイできるんですか？」

「かなり強力なフラッシュライトが二基内蔵されていますので、夜間でもある程度は動き回れます。バッテリーを食うんで、夜間のプレイ時間は短くなりますが……。スマホのほかにこのゴーグルがないとプレイできませんから、神泉堂は三万円近いハード代でもうかるわけです。でも、ゴーグル掛けるのに抵抗感があるのか、年齢の高い人には受け容《い》れられていませんね」

石田がスマイルバードに詳しいおかげで、詳細な情報が手に入った。

「バードってキャラはどういう場所に出現するの？」

「よっぽど安全な場所じゃないとダメだから、バードの出現場所は公園などに限られています」

夏希は震える声で訊《き》いた。

「横浜市内のスマイルバードの聖地、わかりますか？」

「いま調べます……キャッチャーと違ってまだ少ないんですよね」

石田はタブレットをスワイプし始めた。

「一カ所だけありますね。港北区岸根町にある岸根公園ですね。ブルーラインの岸根公園駅出口のまん前で、神奈川県立武道館が併設されている整備された公園です」

そう言えば、地下鉄にそんな駅があった。土地勘がない者でも容易に辿り着ける公園だ。

「岸根公園に急行しましょう！」

夏希は叫び声を上げていた。

「信用していいのか？　もうアリシアは限界に近いんだ。ふだんこんな時間に働かせてないからな」

うずくまってアリシアを抱きかかえていた小川が疑わしげな声を出した。

「たしかに我々は、真田警部補に従うように下命されておりますが……」

河尻副隊長も浮かない声で言いよどんだ。

「わたし犯人に騙《だま》されてたんです。三ツ池公園に誤誘導されてしまいました。ここではなんの成果も出せず、皆さまにはご迷惑をお掛けしました。でも、ようやく犯人のトラップが見えてきた気がします」

夏希は声を振り絞って訴えた。

「この公園じゃないことがわかったってことは成果じゃねぇか。捜査なんてもんは少しでも見込みがあるんなら、やるべきことはやるもんだぜ」

意外にも加藤が助け船を出した。

「いま、こっちにクルマをまわしてきます。バス停ふたつ分ですが十分で戻ります」

石田が叫んで駆け出すと、河尻も部下の二人に命じた。

「おい、お前たち、こっちへクルマを回せ」

爆処理班の二人も全速力で駆け出した。

「捜査本部に連絡入れて、応援要請して岸根公園も閉鎖してもらいます」

夏希は高島署に電話を入れて福島一課長を呼び出してもらった。

「だめだ。三ッ池公園やその周辺地域に大きな混乱が見られる。いま捜査員をそこから外すわけにいかない」

福島一課長は強い調子で突っぱねた。

「岸根公園の閉鎖も無理でしょうか」

「神奈川署からもできる限りはそっちへ投入したんだ。新たに岸根公園にまわせる捜査員がいるはずないだろう」

「でも、岸根公園で、もし爆発が起きたら……」

「おい、真田よく聞けよ。いまの警備態勢と混乱は、君が三ッ池公園を犯行場所と推断したからだ。今度は岸根公園か。我々はこれ以上、君に振り回されるわけにはいかないんだ」

夏希としては一言もなかった。たしかに多くの捜査員を動員して無駄足をさせ、市民の楽しみを奪った。すべては自分の浅知恵のせいだ。

「では、わたしたちは岸根公園に向かってもよいでしょうか」

「勝手にしろっ」

電話は一方的に切れた。

「岸根公園の閉鎖もなく、応援もなしです」

「で、俺たちは？」

小川が短く訊いた。

「わたしたちは岸根公園に向かっていいそうです」

勝手にしろという言葉を許可と解釈していいかはわからないが……。

「そうこなくちゃな。それでさ。ドクターの推論ってのを教えてよ」

加藤の顔つきは意外に真面目だった。

夏希は岸根公園を目的地と考えた理由を、小川や加藤たちに説明した。

「ま、ドクターの説に賭《か》けるしかないだろ。あと、四十五分だ。ヤバイぞ」

加藤はそんなことを言って腕時計を見た
「岸根公園でよかったです。隣の神奈川区ですが、八キロくらいですから、サイレン鳴らしてきゃ十分で着きます」

河尻の言葉が終わらないうちに、サイレンの音が東の方角から響いてきた。

夏希たちは車道まで出て、近づくサイレンを待った。

サイレンが大きくなり、あたりの林が回転灯の光で照らされると、見覚えのあるセダンが姿をあらわした。

覆面パトカーの後ろから薄青と白に塗り分けられた大きなトラックが三台も姿を現した。

「爆処理チームのクルマはトラックなんですか」

「ただのトラックじゃありませんよ。先頭は爆発物を処理するための《爆発物処理筒車》です。続いて《爆発物処理用具運搬車》これは爆発物をつかむためのアームをもつユンボみたいな爆発物処理用具を荷台に載せてます、それからさまざまな爆処理資材を運ぶ《爆発物処理用具資材運搬車》の三種類です」

「すごいですね……やっぱり爆発物の処理っていうのは大変なことなんですね」

夏希はいまさらながらに、地雷処理現場という過酷な戦場で生き抜いてきたアリシアのすごさを感じた。

当のアリシアは、尻尾《しっぽ》をぴんと立て、すでに出動待機体勢にあった。

(たしかに、あたしみたいな新米と一緒にされたくなかったよね。アリシア)

夏希が背中を撫《な》でてもアリシアは微動だにしなかった。

夏希たちとアリシアが乗り込むと、加藤が力のこもった声を出した。

「よしっ、行くぜ。全速力だ。事故らん限り何キロ出してもかまわんよ」

「了解っ」

タイヤを軋《きし》ませて覆面パトカーが急発進した。

覆面パトカーは住宅地を出ると、すぐに県道十四号線に入った。

「爆処理の連中引き離しちゃいますね」

「あいつらには後から来てもらおう」

加藤の言葉に従って石田はアクセルを踏み込んだのか、加速感が強まった。夜の町がどんどん後ろへと流れて行く。右手に東海道《とうかいどう》新幹線の屋根が銀色に光って架線にスパークが散り続けていた。

【6】@七月十九日（水）夜

十五分で覆面パトカーは、岸根公園の駐車場に着いた。

だが、残り時間は三十分を切っている。

夏希はドアの外へ出るときも、つま先立ちで歩くような焦燥感に襲われていた。

クルマはあまり止まっておらず、スマホを手にした若者たちが、何ごとがおきたのかと覆面パトカーを見て指さしている。

レンガタイルが敷き詰められている中央広場に入って、夏希は息を呑《の》んだ。

例の白いゴーグルを掛けた若い男女が五十人近くも歩き回っている。

なかには音楽を掛けて踊っている者や、セグウェイ、ブレイブボードなどで走り回っている連中もいた。三ツ池公園と違って、ほとんどが二十歳前後の若者たちだった。

「おい、石田。あいつらを追い出せ」

石田巡査長は小ぶりのハンドメガホンを覆面パトカーから出して口元に当てた。

「この公園には爆発物が仕掛けられている恐れがあります。直ちにこの公園から退出して下さい」

石田の指示は若者たちに衝撃を与えたように見えた。

ほとんどの人間はゴーグルを外し、すぐに出口へ向かった。

だが、どういうわけか、四分の一くらいの者はその場に残ったままだった。

「いまのうちにこの広場をアリシアに捜索させる」

小川はアリシアのリードを手に、中央広場の捜索を開始した。

「警察犬だよ」

「ドーベルマンだ」

「かわいい。ね、すごくかわいい」

女子を中心にアリシアに関心を示す若者たちも少なくなかった。

（まずいな……）

夏希が不安を感じたところに、河尻たちの爆処理チームが到着した。

「おいっ、機動隊が来たぜ」

「ただの機動隊じゃない。あれは爆発物処理班。見ろよ、防爆防護服の隊員が二人いる」

「県警の爆処理は第二機動隊所属だから、川崎の中原《なかはら》から来たんだな」

警察オタクらしき少年たちがうわずった声で噂している。

若者たちの関心は爆処理チームに移った。

「この騒ぎって、例のアレじゃないか」

「あ、マシュマロボーイの。ぜったいそうだな」

「ラッキー！　祭りじゃん」

「おい、動画撮ろう」

「ニカ生でリアルタイム配信しようぜ」

若者の一人がスマホのカメラレンズを夏希たちに向け始めた。

釣られるように次々に光るスマホのLEDカメラライトの灯《あか》りが夏希の目を射た。

「おいっ、お前ら、写真撮るんじゃねぇ」

加藤が手を振りながら叫んでも効果は薄かった。

「写真だって」

「動画だし」

若者たちは失笑しただけで、退去するようすもない。

石田からハンドメガホンをひったくった加藤は、驚くほどの声で怒鳴った。

「カメラ向けてるヤツは検挙する。全員逮捕するぞっ」

ハウリングの音が耳に痛い。

「国家権力横暴」

「マシュマロボーイは、やっぱ神」

若者たちはふくれっ面でスマホをしまうと、ふてくされながら広場を出て行った。

ところが、今度は離れて立っていた少女たちが夏希を指さして騒ぎ始めた。

「もしかすると、あの女のひと……」

「かもめ百合だ！」

「っか、美人。すごくない？」

少女たちは甲高い声で口々に叫んだ。

（しまった……）

夏希は逃げようとしたが、どこにも身を隠す場所はなかった。

「かもめ百合ちゃぁーん」

「かわいい」

「握手して下さい」

高校生くらいの女子がわっと夏希を取り囲んだ。

「わたし、違いますから」

夏希は女子と女子の身体の間をすり抜けて、必死で輪の外に出た。

甘ったるい安コロンの臭いが鼻を衝《つ》いた

女子の輪から離れて夏希は大きく肩で息をした。

「この広場から出てゆかない者は、ぜーんいん、逮捕する。すぐに出ていけ！」

ふたたび加藤がメガホンで怒鳴った。

ほとんどの者は散ったが、まだ、五、六人がしつこく残っている。

「逮捕とか言っちゃって、なんの罪だよ」

「おまわりさぁん、見てるだけじゃ公務執行妨害罪にはならないんじゃないんですかぁ」

「暴行か脅迫が構成要件だし」

残った者たちは、缶チューハイ片手にはやし立てるように叫んだ。

処置なしである。

彼らは自分たちの危機的状況を少しも理解していない。

アリシアが戻ってきた。

「ここには爆発物はないと思う」

小川は冴《さ》えない顔で首を振った。

そのとき夏希のスマホが鳴動した。高島署からだ。

「お前ら、いったい何やってんだっ」

福島一課長の怒鳴り声が耳に痛い。

「はぁ……現場に到着しましたが、若者を中心に数十人が公園内に留《とど》まっていて、退避させるのに苦労しています」

「SNSは、お前らの態度が横暴だっていう投稿と、犯人のマシュマロボーイを賞賛する書き込みであふれかえってるんだぞ。おまけに、ニカニカ動画とかいう動画投稿サイトに加藤巡査部長が怒鳴り声を上げている映像も投稿されてるんだ。市民を丁重に扱うように加藤に言え」

「ご自分でお願いします……加藤さん、福島一課長です」

夏希はスマホを加藤に手渡した。

「え、だけど。こいつら、言うこと聞きゃあしないんですよ」

加藤は口を尖《とが》らせて反論している。

「はい、わかりました。応援来るんですね。じゃ、神奈川署に任せて、俺たちはこいつらをほっときますよ。時間がないんです」

加藤は不快げに眉《まゆ》をひそめながら、電話を切ってスマホを夏希に返した。

「上の連中はおかんむりだ。いま近隣交番から何人か来るそうだ。予告時刻まであと十分だ。俺たちは奥に行くぞ」

加藤は顔をめいっぱいしかめると、先に立って歩き始めた。

夏希たち混成部隊は、加藤の後を追って公園の奥に向かった。

レンガタイルが切れると、芝生で覆われた大きな窪地《くぼち》が姿を現した。

傾斜はゆるやかで、直径は五十メートル近くありそうだ。

森を切り拓く前から生えていると思われる広葉樹がぽつんぽつんと残っていて、ちょっとメルヘンチックな雰囲気も漂う。奥の小高い窪地の縁に大型遊具が横に延びている。

風雨にさらされて傷んだ木の看板には「せせらぎ広場」とある。犯人がヒントを隠した都筑区のせせらぎ公園とも符合する。

(やっぱりここだ……)

夏希の胸で鼓動が高まった。

照明灯は少なく、広場の中は薄暗かった。どこにせせらぎが流れているのかもわからない。

窪地のあちこちでLEDの灯りが光っている。

「ったくもう。ここにもいやがる」

加藤が舌打ちした。

石田は手にしていたメガホンを口元に持っていった。

「この広場には、爆発物が仕掛けられているおそれがあります。危険です。すぐに避難して下さい」

白いゴーグルを掛けた若者たちが、ぞろぞろと坂を上ってくるが、何人かはまだ窪地の中にいた。

「とりあえず俺はアリシアを中に入れるよ」

小川はさっさと窪地に入って行った。夏希はアリシアの後を小走りに追った。

アリシアは芝生に鼻を近づけて、匂いを嗅《か》ぎ続けながら前に進んでいる。

窪地中央にはなぜか単柱式のバスケットボール・ゴールが立っている。すぐ北側に大きな広葉樹が二本並んで夜空に緑色の葉をひろげていた。

二本の樹の根元の真ん中あたりでアリシアが立ち止まった。

(え!)

アリシアは同じ場所の地面の匂いを嗅ぎ続けている。

とつぜんアリシアは小川を振り向いた。

「うわんっ」

夏希がいままで聞いたことのない激しい声で、アリシアはひと声吠《ほ》えた。

「アリシアが反応を見せているぞ!」

張り詰めた小川の声が夜の闇に響いた。

小川はフラッシュライトを地面に向けた。

「ここにある……地面を掘った痕跡《こんせき》がある」

河尻が駆け寄ってきた。

「携帯電話による起爆式だと、電波を届かせるために地面のすぐ下だな……」

うめくように言って、河尻は背後を振り返った。

「爆発物処理用具を広場へ入れろ」

河尻副隊長の下命に二人の爆処理隊員が緊迫した声とともに走り去った。

「了解っ」

まわりを見まわした河尻は右側の広葉樹に目を留めた。

「あそこに外部アンテナが括《くく》り付けられている」

「アンテナからのケーブルを切ったらどうなんだ?」

加藤の問いに河尻は首を振った。

「それがトラップってこともあるんだ。ケーブル切った途端に爆発する可能性を否定しきれない」

河尻の額に汗が噴き出ている。

「あと三分だ……」

石田の声が震えた。

「間に合わない。全員退避。窪地から出ろっ」

河尻が叫んだ。

夏希はきびすを返そうとして、立ち止まった。

五人の少年少女がばらばらに立って窪地に残っている。

「みんな逃げてっ。爆発する」

夏希も叫んだが、五人は動く気配がない。

（あ、ヘッドフォン……）

五人はインナーイヤフォンでBGMを聴きながらプレイしていたのだ。

「あと一分！」

石田が絶望的な声を出した。

夏希の背中を冷や汗が流れ落ちた。

「仕方ねぇ」

加藤はスーツの内側から黒い塊を取り出した。

（拳銃《けんじゅう》……）

小ぶりのリボルバー式拳銃だった。

私服警察官は、ふだん拳銃を携帯しないと聞いている。今夜の出動は犯人確保の可能性があると判断されて、使用許可が出されていたのだろう。

「や、やめてください、カトチョウ」

石田が震える声で、加藤にすがりついた。

「離れてろっ」

加藤は石田を突き飛ばした。
石田は一メートルくらいすっ飛んで芝生に転がった。
加藤は闇空に銃口を向けて引き金を引いた。
大きな破裂音が立て続けに三発響いた。
「な、なんだ」
「きゃーっ」
叫び声が響いた。
全員がゴーグルを外した。
河尻が大声で叫んだ。
「みんな離れろっ」
五人は鍋《なべ》の中で爆《は》ぜたポップコーンのように、窪地の外へと走り始めた。
夏希も夢中で傾斜を駆け上った。
直後であった。
大音響が闇をつんざいた。鼓膜が痛くなった。
かたまりのような空気の圧力が夏希の背中を襲った。
全身の筋肉が突っ張る。
きな臭い煙が身体のまわりを流れてゆく。
咳き込みながら振り返ると、数メートルの火柱が吹き上げている。

すぐに炎は二本の樹に燃え移った。

広葉樹の葉がパチパチと音を立てて燃え続ける。焦げ臭さに青葉の燃える香ばしい匂いが混じっている。

炎はゆらゆらと夜空を焦がし続ける。

どこかで女性の泣き声が聞こえた。

「怪我している者はいないか？」

加藤、石田、河尻、爆処理隊員たちが窪地の縁を駆け回った。五人の若者たちはへたり込んでいた。

警察官たちは一人一人の肩を抱くようにして話し掛けている。

「よかった。負傷者は一人も出ていない」

石田が誇らしげな声で宣言した。

背後から応援の制服警官がどっと押し寄せてきた。

「じきに鑑識もくるだろう。あとは連中の仕事だな」

加藤が平淡な声に戻って言った。

「知りませんよ。マル対もいないのに威嚇射撃なんてしちゃって」

石田が憂慮に眉《まゆ》を寄せながら言った。

「処分が怖くて警察官やってられるか」

「間違いなく監察入りますよ」

「いちいちうるさいな、お前、俺とコンビ解消できたら嬉《うれ》しいだろ」

「まぁね。もっとやさしい相方がいいですからね」

「この野郎。いまのマジだろ」

加藤は笑いながら石田につかみかかる振りをした。

夏希のスマホが鳴動した。

「爆発が起きたんだな」

福島一課長の緊迫した声が響いた。

「はい。たったいま」

なぜ報告もしないのに、福島一課長は知っているのだろう。制服警官の誰かが無線を入れているのだろうか。

「負傷者はどうなんだ?」

「一人もいません」

「間違いないんだな」

ほっとしたような声が響いた。

「退避しようとしない人たちを加藤巡査部長のお力で救えました」

「……まずいな。まずい」

乾いた声だった。

「加藤さんの力なんです。怪我人が出なかったことは、すべて彼のとっさの判断のおかげなんです」

「そんなことはわかってる。とにかく、すぐに本部に戻れ」

「はい……わかりました」

「あ、ご苦労だった。君とアリシアの力で負傷者を出さずにすんだ」

「加藤巡査部長の力です」

「わかってる……早く帰ってこい」

それだけで電話は切れた。

「いや、もう限界ですよ。アリシアをこれ以上酷使できない」

小川が携帯で誰かと話している。

「だから、今夜はカンベンしてください」

小川は怒りの混じった声で電話を切った。

「鑑識課長が、これからもう一度、アリシアに現場を捜索させろって言ってるんだ。冗談じゃないよ。彼女を殺す気か」

「早く帰ったほうがいいみたいだな。ここでうだうだしていると、余計な話を持ち込まれる。俺も怒られに戻らなきゃならんし」

加藤が笑い混じりに言って、小川の肩をぽんと叩《たた》いた。

「お疲れさまでした。アリシアの優秀さを目の当たりにさせて貰《もら》いました」

河尻副隊長がほれぼれとアリシアの背中を撫《な》でた。

アリシアは目を細めておとなしく座っている。

「今夜はいいチャンスでした。爆処理とはこれからもタッグを組むことがありそうですね」

小川はにこやかに、珍しくまともなあいさつをした。

「はい、ぜひそう願いたいですね」

河尻は加藤に向き直った。

「結局、我々は役に立てなかった。だけど、加藤さんのおかげで被害が出ませんでした。感謝します」

河尻はかかとを揃え、加藤に対して挙手の礼を送った。

ほかの隊員たちもいっせいに敬礼した。

加藤は無言で答礼した。

「さ、帰りましょうか」

加藤の声に促され、夏希たちはゆるやかな芝生の坂を上って、出口を目指して歩き始めた。

左手遠くに見える新横浜駅前の高層ホテルの灯りが夏希の目に沁《し》みた。

捜査本部に戻ると、捜査員たちを異常な興奮の渦が取り巻いていた。

「間一髪でしたね」

「間に合ってよかった」

「真田さんすごいなぁ」

「アリシアも素晴らしい」

捜査員たちは真田とアリシアへの賞賛を次々に口にした。

加藤と石田が入って来ると、彼らはいっせいに口をつぐんだ。

福島一課長が加藤に歩み寄っていって苦渋に満ちた顔で告げた。

「加藤巡査部長、しばらく捜査からはずれてもらう。署長も了解済みだ」

「へい。拳銃使ってすみませんでした」

加藤は悪びれたようすもなく答えた。

「追って連絡するまで自宅謹慎しているように」

「パチンコ行っちゃいけないんですよね？」

「あたりまえだ。生活に必要な行為以外は外出禁止だ」

「わかりました。お疲れさまです」

加藤はそのまま会議室を出て行った。

「真田よくやった」

福島一課長が夏希の前に来てにこやかに笑った。

小川は、アリシアが夜を過ごしている戸塚区の警察犬訓練所に直行して、この場にいなかった。

「いいえ、三ツ池公園に無駄に捜査員を集めさせてしまい、時間を費やしたことで綱渡りの結果となってしまいました」

夏希の本音だった。犯人の誤誘導にもう少し早く気づいていれば、加藤が発砲などという苦しい選択をする必要もなかっただろう。

「結果よければすべてよしだ。よくぞ岸根公園を割り出した」

「とにかく加藤さんが今回のいちばんの功労者です」

福島一課長の顔が曇った。

「さっき言っただろう。そんなことは百もわかっている。人間として賞賛されるべき行為だ。だが、発砲許可の確認もとらず、使用すべきでない場面で拳銃《けんじゅう》を使用したんだ。処分は免れんだろう」

「でも……」

「加藤のことはもう言うな」

つらそうな福島一課長の言葉だった。

「それより、真田さん、これ見て下さい」

織田理事官がタブレットを手にして近寄ってきた。

——聖地を汚すマシュマロ野郎、許せぬ

——ゲーマーになんの恨みあるわけ?

——マシュマロボーイ氏ね

——失《う》せろカス

——四千三百万人のゲーマーを敵に回したな

「SNSをはじめネット中が犯人への非難で沸き返っています」

織田が難しい顔で首を振った。

「これはニカニカ動画という動画投稿サイトに爆破の直後に投稿されたムービーです」

小早川管理官が近くの机のPCを指さした。

夏希はPCの前に座ると、再生ボタンをクリックした。


――英雄警察犬と避難しないアホゲーマーを追い出す発砲刑事

動画が始まった。

かなり暗いが、それでもぼんやりと公園のようすが判別できた。

動き回るフラッシュライト、やがてアリシアの登場、加藤の退避勧告から発砲、爆発まですべてが音声入りで記録されている。

「この動画で現場のようすが日本中に伝わり、マシュマロボーイを名乗る犯人への非難が世論を席巻してしまいました」

小早川の言葉に織田も大きくうなずいた。

「まずいです……犯人は孤立します」

夏希はのどの奥でうめいた。

「彼が自暴自棄になると……」

「その恐れがつよいです。犯人はいままで、一部の世論を味方につけていることで安定していました」

「だから、正義を実行するなんて息巻いていたのですよね」

「そうです。ところが、スマイルバードの聖地を爆破したことで、世間の道徳的攻撃の対象が自分に向けられたのです。犯人の逃げ道は断たれました。どんな行動に出るか、心配でなりません」

「まずいですね……たしかに犯人が過激な行為に出る恐れがある」

「もう一度、犯人のプロファイリングをやり直してみます」

椅子から立ち上がると、夏希をつよいめまいが襲った。

夏希はそのまま、椅子に座り込んだ。

「真田、もう帰れ」

背後で福島一課長がつよい口調で指示した。

「でも……」

「お前の頭が鈍っていたら、犯人の次の挑戦に勝てんだろう。すぐに帰れ」

「ありがとうございます」

夏希は福島一課長の思いやりに感謝しつつ、そのまま会議室を後にした。

自分の部屋に戻ると、今日いちにちの緊張で蓄積された疲労を、できるだけ早く全身から追放するためのプログラムを開始した。

だが、ネロリのハーブティーも、バスソルトのぬるめの湯も、漂うヒーリングミュージックも、今夜は効き目が薄かった。全身のたかぶった交感神経は、なかなか沈静化してくれようとしない。

脳裏に岸根公園の爆発前後の光景が何度もフラッシュバックした。

リラックス訓練の成果は、今日のようなつよい刺激の前には無力だった。

(今日の現場についてちょっと調べてみるか……)

やめておけばいいのにと内心で思いつつ、ＰＣのスイッチを入れてしまった。

ブラウザを起ち上げ「岸根公園」と検索窓に入れてみる。ページをめくるうちに、ショッキングなタイトルが視界に飛び込んできた。

——岸根公園は、死体置き場だった？

夏希はむさぼるように記事を読んだ。

——岸根公園は、戦前は旧日本軍の高射砲陣地だった。戦後ＧＨＱに接収されて、朝鮮戦争当時から米軍の基地となっており「岸根バラックス」と呼ばれる兵舎が存在した。

さらにベトナム戦争当時の一九六六年からは、ベッド千床を数える「第106総合病院」と呼ばれる米軍病院となっていた。この病院には、毎日のようにベトナム戦線から戦傷者がヘリコプターで運ばれてきた。

米軍は宗教上の理由から戦死者を火葬にせず防腐処理を施してから本国に送還していた。ただし、日本国内のどこかにあった米軍の死体処理施設が、岸根公園のエリアに存在したという記録は残っていない。

公園内の篠原《しのはら》池に死体が浮かんでいたとか、一帯には常にホルマリンの匂いが充満していたという噂も地元には残っているが、これらは都市伝説に過ぎない――


仮に都市伝説にしても、犯人はこのエピソードを知っていたのではないか。

美しい公園が整備され、幸福な人々がゲームに興ずる空間を、死体置き場に戻してやれ。そんな犯人の暗い思い入れを垣間《かいま》見る思いがした。

(犯人の心の闇は深すぎる)

夏希の心を暗澹《あんたん》たる思いがふさいでいた。

(どうすれば、犯人の心に歩み寄ることができるだろう)

犯人が心の闇に囚《とら》われたのは、家族か友人か、本来は大切であるべき人との人間関係の食い違いや決裂といった事情があるに違いない。

犯人の心の闇は、やはり誤解から始まるのかもしれない。

ちょうど、朋花から誤解を受けて孤独に陥った少女時代の夏希のように。

昨今、脳生理学で着目されているミラー・ニューロンという言葉がある。霊長類などの脳内に見られる神経細胞の一種を指している。

Aがある行動を取ると、それを見ていたBの脳内では、まるで自分自身が同じ行動を取っているかのような活動電位が発生するのである。この細胞がミラー・ニューロンであり、ものまね細胞とも俗称される。

猿の脳に電極を刺していたときに、目の前で研究者がサンドイッチを食べたら、その猿の脳波にモノを食べているのと同じ反応が生じた事実から発見された。

人間が社会を作り上げ、維持してゆくためには、他者との相互理解は必須《ひっす》である。相手を理解しようとし、自分を理解してもらおうとする欲求は、人間が社会を作って生きてゆくためには欠かせない要素なのである。そのかなめとなっている脳内組織が「鏡の脳細胞」ミラー・ニューロンなのである。

人が孤独に陥るのは、この相互理解に問題が生じたときである。脳科学的に言えば他者との間のコミュニケーションの際にミラー・ニューロンが十全に機能せず、他者への共感が乏しい場合に生じやすいとも言える。このため、ミラー・ニューロンは「社会性の細胞」とも呼ばれている。

人間はほかの誰かと心で結びついていなければ生きてゆけない動物なのである。独りぼっちだと感じたときに、人は自己に対しても他者に対しても破壊的になり得る。

夏希は朋花に絶交されて、そのつらさを人のこころの仕組みを学ぶことで薄めようとした。

そうとした。

朋花が死に、弁明が不可能になった後も、心理学や精神医学を学ぶことで、傷ついた心を癒《い》やそうとした。

だが、犯人は傷つきを癒やす方法も見つからず、ただただ心の闇の底へと陥っていったのだろう。

犯人の苦悩の根源を知って、こちらの心からの共感を示すことが、心の闇から犯人を救う第一歩に違いない。

しかし……。

どうやって夏希の共感を伝えるというのだ。

カウンセリングでは、表情、声音、しぐさなど、ノンバーバル（非言語）の豊富な手段で、カウンセラーのクライアントへの共感を伝えることができる。対面コミュニケーションで発信できる情報量は豊富である。

人は面と向かう相手が嘘を言っているか否かを、相手の発話におけるイントネーション変化だけでも判別することができる場合が多い。

ラインでのいじめ、SNSでの炎上などは、さまざまな要因が複雑に絡みあって発生する。だが、その主要因が、文字言語だけのコミュニケーションであるために、伝達できる情報量が少ないことによるものであることは疑いもない。

（対面コミュニケーションが可能ならば、何とかする手段はあると思うんだけど……）

メールだけでは、あらゆるノンバーバルな意思伝達手段が使えない。文字言語の力には限界があるのだ。

簡単に言えば、文字で何を書いてもそれだけでは信じてもらえない場合が少なくない。ミラー・ニューロンを文字言語だけで活性化させることは難しいのである。

また、自分の心に少しでも不協和音をもたらす夏希の言葉を聞いた瞬間に、犯人は通信を終了させて一方的にコミュニケーションを遮断できる。

これでは、犯人との間に相互理解の関係を導くことは事実上不可能である。

（いったい、どうすればいいのか……）

ベッドに入ってからも、夏希の心は静まってくれなかった。

日付は変わったが、興奮が続いていた。

手持ちの睡眠導入剤を飲んで、夏希はなんとか眠りに就くことができた。

第五章　ジェノサイド

【1】@七月二十日（木）朝

翌朝、いまひとつすっきりとしない頭を抱えて高島署の捜査本部に着いた。

捜査本部には大きな緊張感が漂っていた。

具体的な予告はないものの、孤立した犯人がどんな暴挙に出るかはわからない。

本部長席には黒田刑事部長の姿も見えた。黒田部長は夏希の姿を見ると手招きした。

「おはようございます」

「真田くん、昨夜はよくやってくれた。君の力で被害が未然に防げた」

黒田部長は、にこやかに賞賛の言葉を口にした。

「ありがとうございます。でも、次の爆発が起きる危険性は消えていません」

「たしかに、君の言うとおりだ。あれ以来犯人からのメールはなく、ＳＮＳ等は犯人への非難一色だ」

黒田部長は眉《まゆ》を曇らせて言葉を継いだ。

「さらに、爆発物を入手可能だった者の捜査も一向に進んでいない。建築関係や研究所などをしらみつぶしに当たっているが、これと言った報告はゼロだ」

「だが、ひとつだけいい知らせが入った」

福島一課長が明るい声を出した。

「横浜市立大学附属市民総合医療センターからの連絡だ。入院中の赤座直人さんの意識が戻ったそうだ。今朝、集中治療室から出て一般病棟に移ったとのことで、生命の危機は脱した」

会議室に拍手がひろがった。捜査員は誰しも被害者の身を気遣っているのだ。

夏希も心からホッとした。

「それは朗報だ。犯人も殺人の罪から免れたわけだからな」

黒田部長も顔をほころばせた。その通りだ。犯人に今後の犯行を断念させやすくなったことは間違いがない。

「とりあえず、また、犯人に接触してみます」

「メール以外に犯人と接触ができない現状では、相手の質問に答えずに相手の顔色を読み取るという従来の刑事の捜査方法はまったく使えない。新しい犯罪には新しい捜査方法を試みるしかない」

「なるほど、そう言われればそうですね」

「君の能力に期待している。頼んだぞ」

「全力は尽くします」

夏希は一礼して幹部席から下がった。

——港の見える丘公園で受傷した赤座直人さんが回復したよ。安心して、あなたは人殺しなんかじゃない。

——ねぇ、あなたの悩みを教えてくれない？　きっと力になれると思う。


ＰＣに向かって二本のメールを送信した。

すぐにサーバーから「Returned Mail」が返ってきた。

「あ、そうか。このアドレスもう使えないんだっけ」

夏希は肝心なことを忘れていた。昨日の現場での刺激が多すぎたのだ。

「そうだよ。ゲリラメールの有効時間は六十分だ」

小早川管理官が背後に立って言った。

「こちらから連絡する方法はなしか……」

佐竹管理官が落胆の声を上げた。

「仕方ありません。かもめ百合のＳＮＳアカウントから犯人に呼びかけましょう」

夏希の提案に、織田理事官は難しい顔を見せた。

「犯人が孤立している現状では、できるだけ避けたいのですが……」

たしかに織田の主張にはうなずける点がある。

岸根公園でも、夏希をかもめ百合と見破って取り囲んだ少女たちがいた。かもめ百合からの発信は、不測の事態を引き起こす恐れがある。

佐竹、小早川の両管理官は顔を見合わせて発言しない。黒田部長が臨席しているためかもしれない。責任を負いたくないのだろう。

「しかし、相手の出方を少しでも把握したいな……」

福島一課長はつぶやいた。

「真田、投稿してみろ」

黒田部長が幹部席から指示した。鶴の一声だ。織田理事官も異論を唱えなかった。

「はい、わかりました」

夏希はPCに向かって、メール送信したものと同一内容を投稿した。

すぐにたくさんのレスがついた。

ほとんどは昨日の現場でかもめ百合らしい女性私服警官を目撃した。美女だったというような他愛もないものだった。

一時間ほどしてメールの着信音が鳴った。

夏希の心臓は大きく拍動した。

──幸福に酔っている横浜市内の人間を今日の十六時五十分に不幸のどん底に突き落とす。

——どういうこと？　詳しく教えて。

——おまえの好きな画像ゲームだ。


添付されてきた画像を見て、夏希の背中にどっと汗が噴き出した。

すべて死体や白骨が大量に写っている画像だった。

それぞれの画像に一言ずつ言葉が添えてあった。

一枚目には《ピータールーの虐殺》
二枚目には《ナチスドイツによるホロコースト》
三枚目には《スレブレニツァの虐殺》
四枚目には《ルワンダの虐殺》

それぞれ歴史上の著名な大量虐殺事件のおぞましい記録である。

あまりにもショッキングな画像に、その場の空気が凍りついた。

「ここまで……」

追い詰められたのか。夏希には言葉が続かなかった。

ネット上で孤立したために、犯人は自らを深い闇におとしめてしまったのだ。

どうすればいいのか。

「まずいな……」

佐竹管理官がうなった。

「画像はみんな、国際的にジェノサイドとして認められている事件ですね。それを時代的に並べたものです。一枚ごとの画像にはあまり意味がないんじゃないでしょうか」

「ジェノサイドってただの虐殺とは違うのか」

福島一課長の問いに、小早川管理官がしたり顔で説明を続けた。

「ジェノサイドは、あるひとつの人種や民族、宗教や国家などの構成員を抹消しようとして行われる大量虐殺行為です……待てよ。イギリスのピータールーの虐殺ってのはジェノサイドじゃないよな」

「ヤツは大量殺人をやるつもりか」

福島一課長が乾いた声でつぶやいた。

「これは、攻撃の性質が変質したものではないかと……」

そこまで話して、犯人の心を変質させたのは自分にも責任があると夏希は気づいた。

「なんだね。わかったことがあったら、なんでも話してくれ」

黒田部長が促した。

「いままで犯人の攻撃行動はすべて《道具的攻撃》と呼ばれるものでした。これは、ある目的を達成するために意図して行われる理知的な攻撃です。犯人がゲームと称していた都筑区せせらぎ公園における攻撃が典型例です」

「道具的攻撃ね、何となくわかる。それがどのように変質したというのかね」

「犯人はスマイルバードのプレイヤーを攻撃したことにより、日本中のゲーム好きの人間を敵に回してしまいました。ゲームを好む人は一般にインターネットとの親和性が高いために、犯人を非難する声がネットにあふれました。犯人に協調的な意見を導き出した港の見える丘公園での第二事案から一転して、犯人は世論から袋叩《ふくろだた》きになっています」

「時間を追うごとにその傾向は強まっているね」

黒田部長の言葉通り、SNSや巨大掲示板は、昨晩からマシュマロボーイを非難する投稿で炎上状態となっていた。なかにはマシュマロボーイに対する殺害予告まで投稿されている。逆にクソコラグランプリをはじめ、警察への非難は時間を追うごとに減少していた。

「このため、犯人の攻撃理由は《反応的攻撃》と変わりました。これは自分の身が脅威にさらされたときに、自分を守ろうとして為《な》される情緒に支配された攻撃で、すべての哺乳類《ほにゅうるい》に見られるものです」

「反応的攻撃は道具的攻撃よりも危険なのかね」

「そう言えます。大脳生理学、認知神経学的には、扁桃《へんとう》体内側からの信号が脳幹の青斑核《せいはんかく》を刺激することによってノルアドレナリンという物質が分泌される現象が起きます。ノルアドレナリンはモノアミン系の神経伝達物質で、これが過剰分泌されると、交感神経系が異常に活性化して心拍数が増加するなどの身体反応が起き、闘争的な情動を引き起こします」

「要するに動物的な行動をとりやすくなるというわけだね」

「はい、簡単に言えば窮鼠猫を噛《か》むという心情でしょうか。キレるという現象はこの反応的攻撃を指している場合が多いと思います。合理的判断に狂いが生ずるので、犯人は自分の身を守るつもりで、自分を壊してしまうかもしれません」

「どうにか未然に防ぐ手はないものか」

　福島一課長は頭を抱えた。

「真田、君はいままで犯人の爆破事案を解析して、昨夜は見事に被害を防いでくれた。今回もぜひその手腕を発揮してくれ。今夕の事件を防ぐために、何か思いついたら、迷わずその方向で進んでほしい」

　黒田部長は明確な発声で夏希に指示を出した。

「わかりました。ですが、とても難しいことだと思います」

「頑張ってくれ。こんな時に申し訳ないが、重要な会議があるので、わたしはこれで失礼する」

　号令が掛かって、捜査員たちはいっせいに起立して黒田部長を見送った。

「しかし、犯人がこんなに極端な凶暴性を発揮したのは初めてだ。こうなったのは、昨日の岸根公園の件が詳報されたこの動画のせいだよなぁ」

　小早川管理官は皮肉たっぷりに、岸根公園の動画を再生している。

　会議室の中に無言でうなずく捜査員が何人かいた。

「仕方がないだろ。三ツ池公園に捜査員を配置したことが原因だ。そこで時間を食いすぎたから、岸根公園には十二人しか行けなかったんだ」

佐竹管理官の言葉にもとげが含まれている。

二人は夏希に対する黒田部長の手放しの賞賛がおもしろくないのだ。要するに妬《ねた》み嫉《そね》みの感情である。二人とも結局は、自分に確固たる自信がないものに違いない。

「とにかく、あと八時間も残されていないんです。昨日までの経緯はいまは忘れましょう。また時間との戦いなんですから」

織田理事官は穏やかに言ってその場を取り繕った。

黒田部長の過大な期待、小早川管理官をはじめとする一部の捜査員の冷たい視線。

夏希のプレッシャーは最大限になった。


——お願い、画像の意味を教えて！


夏希は犯人に何度も呼びかけたがレスは来ない。

すでに行動を開始したのかもしれない。

(第一現場を除いて、犯人はいままですべて公園に爆弾を仕掛けてきた。公園に対する犯人のトラウマは明確だ……前提として、不幸な成育環境や家庭的なトラウマ、学校社会での孤立があると考えられる。トラウマから生まれた犯人の報復感情を整理してみよう)

①「なんでうまくいかないんだ。自分のせいじゃない」
自尊心が異常に強く頭脳明晰《めいせき》な人物が、家庭、学校、職場などで他者との良好な関係を築けないことから、自らの能力を活《い》かせずに社会的に失敗したという不本意な挫折《ざせつ》感を抱いている。それは、他者との間に多くの誤解やすれ違いが生じた結果だった可能性が高い。

②「高収入で豊かな暮らしをしているリア充や、幸せな生活を送っているカップル・家族が憎い」
こうして生まれた社会へのきわめてつよい疎外感から、幸福に暮らす人への厭悪《えんお》を覚えて、幸福な空間を破壊したいと願っている。

③「悪いのはこんな社会を作っている為政者だ。奴らに鉄槌《てっつい》を加える」
さらに、個人的な、ひがみそねみ感情を、道徳的攻撃にすり替えて自分の行為を正義の実行と正当化している。

この三段階説が、犯行動機への夏希の仮説だった。実は論理的にはおかしいのだが、感情に歪《ゆが》みを生ずると、人間の考え方は自己に都合のよいようにねじ曲げられる。
夏希はノートに書き出した三段階説を何度も読み返した。

(本当のつよい攻撃感情は②なんだ)

③は実は犯人が対外的に標榜《ひょうぼう》しているだけのテーマに過ぎないことに気づいた。簡単に言えば「格好をつけているだけ」なのだ。

幸福に酔っている人間を攻撃するという、今回の予告の文言でもはっきりしてきた。

続けて、最初のみなとみらいの現場から昨夜の岸根公園までの爆破現場を思い返してみる。

第一のみなとみらい地区五十三街区の現場は何もない場所だった。他者に対するメッセージ性は希薄で、むしろ、犯人の内心を吐露したものといってよい。夏希は「夜空の石炭袋」と感じた。つまりは「空虚」。犯人の大きなトラウマを感じた。おそらくは成育時の家庭的な心的外傷によるものだろう。虐待を受けて育った可能性もある。

第二の港の見える丘公園ではカップルを狙ったように見せながら、実はそうではなかった。カップル攻撃をメシウマと感ずる者たちを見下す「冷笑」が感じられた。そこには他者の心をコントロールしようとする反社会性パーソナリティ障害の傾向をつよく感じた。

第三の現場、都筑区のせせらぎ公園では、単にゲームを行ったものと考えてよい。自分の犯行を妨害しようとする夏希に対して挑戦状を叩《たた》きつけてきただけだろう。

第四の現場では……夏希は岸根公園の現場をゆっくりと思い浮かべた。

スマイルバードに興ずる若者たち、彼らは他人のことに関心がないばかりか、自分の身に迫る危険にすら無頓着《むとんちゃく》だった。加藤巡査部長が発砲して脅すまで、ゲームの世界に没頭し続けた。それは動物としての自己保存本能が退化しているレベルと言えた。つまり、彼らプレイヤーたちは、おどろくほどの鈍感さを持つ人々だった。

(そうか、そうなのか)

夏希は、犯人が攻撃したかったものが見えてきた。

犯人は無関心や鈍感についての怒りを、あのスマイルバードのプレイヤーたちにぶつけたかったのだ。

(犯人は、まわりの鈍感な人間の無関心に傷つけられてきたと感じているのだ。それが激しい破壊衝動へと変わっていったものに違いない)

夏希は確信したが、それで犯行予告場所がつかめるわけではない。

犯人との連絡が取れないまま、時間だけが空しく過ぎていった。

夏希はいままでの資料をもう一度見直していた。

ふと、昨夜、家に帰ってから見た岸根公園の歴史に触れたウェブサイトが脳裏に蘇《よみがえ》った。


——岸根公園は、死体置き場だった？


横浜市内の戦跡、軍の病院、死体置き場……そして、公園。

目の前のPCで新たに検索を掛ける。

「そうか！　山下公園の氷川丸《ひかわまる》だ！」

夏希は無意識のうちに叫び声を上げていた。

会議室内の多くの捜査員がいっせいに夏希に注目した。

岸根公園を選んだ点からも犯人は戦史に詳しいと思われる。氷川丸は海軍の特設病院船だった歴史を持つ。

太平洋《たいへいよう》戦争時の海軍病院船は、日本郵船の朝日丸《あさひまる》や大阪商船の高砂丸《たかさごまる》など、六隻存在したが、現存しているのは日本郵船の氷川丸ただ一隻である。

海軍病院船は遠隔地の港を巡回して傷病兵の治療や収容を行う移動病院であった。だが、たくさんの傷病将兵が氷川丸で亡くなったはずである。つまり氷川丸も戦死者の死体置き場であったとも言える。

数ある横浜市内の公園の中から、いままで犯人が本気で攻撃したのは岸根公園だけであった。海軍病院船だった氷川丸と、ベトナム戦争の戦傷者を収容した岸根公園の「第106総合病院」。大日本帝国海軍と米軍の違いはあれど、ともに横浜の暗い歴史の一端を担った場所である。両者には明らかな共通性がある。

試みに「横浜市内の戦争遺跡」で検索を掛けてみると、金沢区の海軍航空隊跡や神奈川区の浅野学園に残る大防空壕《ぼうくうごう》跡など意外に数は多かった。

だが、観光客など一般の人が容易に立ち入れる場所はふたつしか見つからなかった。ひとつは氷川丸。もうひとつは横浜市青葉区と東京都町田市にまたがる「こどもの国」だった。こどもの国は弾薬製造貯蔵施設であり、敗戦後は田奈《たな》弾薬庫としてGHQが接収していた。だが、こちらは接収後も病院として使われた歴史はない。

　こどもの国は、巨大施設だが、十六時三十分には閉園してしまう。氷川丸は十七時までの営業だが、犯人が指定した爆破予告時刻は十六時五十分。まだじゅうぶんに人の残っている時間帯だ。

　十六時五十分という犯行予告時刻も、ひとつのヒントだった。いままで犯人は多くは夜間それも二十一時ごろに爆発を起こしてきた。今回はなぜそんなに早い予告時間なのか。必ず理由があるはずだった。

（氷川丸こそ、犯人が暗い破壊衝動を晴らす場所としてふさわしい……）

　夏希は確信していた。

「山下公園、氷川丸を捜索目的としたいです」

　胸に迫り来る焦燥感に、言葉をつかえさせながら、夏希は自分の考えを幹部と管理官たちに説明した。

「理論が飛躍しすぎているように思いますが……」

　口調は丁寧だが織田理事官の目は冷たかった。

「時間がありません……賭《か》けるしかないのです」

　時計の針は一時をまわっていた。残り時間は四時間弱だ。

「氷川丸を閉鎖して下さい」

　夏希は毅然《きぜん》とした調子で言い放った。

「閉鎖は日本郵船側の許可がないと無理です。ですが、有料施設だけに閉鎖すれば多額の損害が生じます。間違っていました、ではすまされません」

織田理事官の言葉は辛らつだった。

「三ツ池公園の例もあるしな」

佐竹管理官はここぞとばかりに嫌みを口にした。

夏希としては真っ向から反論するわけにはいかなかった。三ツ池公園の件は、どう考えたって自分が犯人に騙《だま》された末の誤判断だ。

「わかりました。閉鎖はあきらめます。でも、お願いです。わたしとアリシアだけでいいですから、氷川丸に行かせて下さい」

夏希は熱を込めて幹部と理事官たちに懇願した。

「無駄足に終わるぞ。恥の上塗りになる」

唇を歪めて佐竹管理官はうそぶいた。

「今朝の黒田部長のお言葉をお忘れですか？　何か思いついたら、迷わずその方向で進んでほしい、とのお話でした」

ここは権威を持ち出すしかない。また、こういう事態が発生したときのために、黒田部長はあんな言葉を残してくれたのだ。

「警察犬だけなら、連続爆破事案の捜査とはわからないな……」

それまで黙ってようすを窺《うかが》っていた小早川管理官が肯定側についた。きっと夏希から黒田部長に告げ口されるのが嫌なのだ。

「俺は真田とアリシアを行かせるべきだと思う。どうだね。織田理事官？」

福島一課長も加勢してくれた。

「そうですね。真田さんとアリシアだけなら……」

織田理事官は歯切れが悪いながらも賛同した。

「爆処理はどうする？」

佐竹管理官も反対することをあきらめたらしい。

「爆処理が行ったら目立ちすぎる。逆に閉鎖しない県警に世間の非難が集中しますよ」

体面をまず考える小早川管理官の発想はやっぱり官僚的だ。

「爆処理チームは、アリシアが爆発物を発見したら、来て貰《もら》えばいいです」

夏希の言葉に福島一課長がうなずいた。

「県警本部から山下公園はたった六百メートルだ。本部の駐車場に昨日と同じチームを待機させよう」

配慮に夏希は感謝した。川崎からではいざという時、間に合わない。

「真田は目立つから変装して一般観光客の振りをして乗船すればいい。タクシーで行け」

佐竹管理官が刑事らしい発想で指示した。

「では、すぐに出かけます」

夏希は両眼のまわりの筋肉が強張《こわば》るのを覚えた。今度は失敗できない。

変装するための衣服を手に入れる時間はなかった。が、昨日と同じように今日もカジュアルなフィールドジャケットにボトムはチノパンで登庁していた。世間の人は警察官とは思うまい。

　昨夜アップされた動画のせいで一部で面が割れている恐れがある。いつもとはまったく違うテイストでアイラインを強調し、口紅を濃く塗って派手めにメイクしてみた。

　それから、紫外線避《よ》けに持って来たビッグフレームのサングラスが役に立ってくれそうだ。

　実はシミそばかすの原因となる紫外線は皮膚以上に瞳《ひとみ》から吸収するのである。女優やモデルが大きな濃いめのサングラスを掛けるのは決して面隠しのためだけではない。夏希はサングラスを常に持ち歩いていた。

（今度こそ失敗はしないぞ）

　メイクをすませてトイレを出る夏希は、プレッシャーをはね除《の》けようと心に誓った。

【2】@七月二十日（木）夕

　山下公園の東端でタクシーを降りて氷川丸を見上げた。

　黒い船体は現代の客船とは違ってとても細長く見える。貨客船であるために後部デッキが広くとられていることと、上部構造の客室部分の高さが抑えられているためだ。

　ずんぐりむっくりした現代の大型客船と比べて、夏希の目にはとても優美に映った。

　タラップを上ってエントランスホールに入ると、受付の前で紺色の現場鑑識作業服姿の小川がアリシアのリードを手にして待っていた。

「なんだか化粧濃いね、それに……サングラス似合ってないよ」

いきなりのあいさつがこれだった。もっとも、小川が（アリシア以外の）女性の見た目を口にしたこと自体が驚きだった。

「いいの、顔隠しだから。ところで、今日は岸根公園の現場に行ったの？」

小川は口を尖《とが》らせて答えた。

「冗談言うなよ。昨日のいちにちでアリシアは疲れ切ってたんだぜ。彼女にそんな過重労働させられると思ってんのか」

「そうね、今日のアリシア、元気いっぱいだね」

アリシアは舌をペロペロと動かしながら、勢いよく尻尾《しっぽ》を振っている。

「瞳の輝きが違うだろ？」

小川は目尻《めじり》を下げてアリシアの首元を撫《な》でた。アリシアは気持ちよさそうに目を細めた。

「お待たせしました。日本郵船氷川丸の船長です」

金筋が何本も輝く肩章の入った白い開襟シャツを着た五十代終わりくらいの高級船員が声を掛けてきた。硬い表情が目立つ。

「はじめまして。お手数をお掛けして恐縮です。真田です。こちらは小川と申します」

サングラスを外してにこやかに頭を下げると、船長は驚いたように夏希を見た。

「びっくりしました。船長さんがいらっしゃるんですね」

夏希があえて作ったのんきな調子に釣り込まれるように、船長はひとのよさそうな笑顔を浮かべた。

今回の捜索はあくまで隠密行動だ。相手に不必要な緊張や警戒を与えてはならない。

「半世紀以上昔の昭和三十六年からこの場所にコンクリートに支えられて動かないのに船長ってのも不思議かもしれませんね。でも、わたしは長い間、日本郵船の海に浮かぶ船の航海士をつとめてきたんですよ」

名刺交換をすると、立花《たちばな》船長は目を丸くして夏希の顔を見つめた。

「へぇ、科学捜査研究所の警部補さん……お若いのにご立派ですな」

「恐れ入ります。よろしくお願いします」

船長はまわりを見まわしながら、ぐんと声をひそめた。

「ところで、この船に爆弾が仕掛けられたというのは、本当なんですか？」

「念のための捜索です。この氷川丸に爆弾を仕掛けたという脅迫メールが届いたのですが、すでにマリンタワーなど市内の観光地十数カ所の運営者に対して同様のメールが届いています。警察では単なるいたずらの可能性が極めて高いと判断しております」

捜査本部を出るときに考えてきた嘘だった。

「我々は職務上、いちおう捜索しないとならないので……」

小川も調子を合わせた。

「お電話を頂いてから、当方の警備員たちに命じて船内を丹念に巡回させ、目視で不審物を探索させました。ですが、現在のところ不審物発見の報告は入っておりません」

「ありがとうございます。目視でわかりにくい偽装が為《な》されている恐れがありますので、いちおう警察犬の嗅覚《きゅうかく》を利用した捜索を行わせて頂きます」

「ご苦労さまです。しかし、この船を狙う理由がさっぱり思いつきません。昨夏、氷川丸は重要文化財に指定されました。本船は八十七年前の昭和五年に竣工《しゅんこう》した北米航路の貴婦人です。この貴重な歴史的遺産に万が一のことがあっては大変です」

「いや、ご心配なく。今回もいたずらに決まっています」

小川が強い調子で言い切っても、船長の眉《まゆ》は開かなかった。

「世間を騒がせている例の爆弾犯人ではないんでしょうね」

「いいえ、あちらとはまったく別件です。例の一件は、こんな少人数で対応できる事案ではありませんので」

夏希の首筋に汗が流れた。精神科医は患者に真実をそのまま告げないことが要求される場合もあり得る。だが、こんなに堂々と嘘をつくことには慣れていない。

「それもそうですね。あっちはただの脅しじゃなくて現実に何回も爆破事件が起きているんですから」

船長は大いに得心したようにうなずいた。

「できるだけ目立たないように船内を歩かせて頂きます。ご案内頂かなくて結構です」

「どうぞ納得がいくまでお調べ下さい。何かありましたら、受付にお電話下さい。ご連絡が届くように手配しておきます」

「ありがとうございます。ご協力に感謝します」

白ペンキで塗られた壁が明るい廊下を歩き始めてすぐに、小川が振り返った。

「真田さん、やっぱりあんた、どんな格好してても目立つからさ、一緒にくっついて歩かないでよ。少し離れて歩いてくれないかな」

「かえって怪しまれる。そのためにこれ借りてきたんだよ」

夏希は高島署から特別に借り出した一眼レフデジカメをアリシアに向けて構えて、連写でシャッターを切った。

「カメラ……どうするつもり？」

「あなたたちを取材しているフリーライターの役になるつもり。ところどころで写真撮るよ」

「あ、なるほど。そしたら、観光客も不思議に思わないな。意外と頭いいじゃないか」

「ありがとう。おほめにあずかり光栄ですわ」

皮肉混じりの冗談で返したつもりだが、小川はにこりともせずにくるりと背を向けて歩き始めた。

一万二千トン級、全長百六十三メートルの船内は広いといっても、観光客の立ち入れるエリアは限られている。また、廊下部分は不審物を置いたら、すぐに誰かに発見されてしまうだろう。まして、すでに警備員が巡回を終えているのである。

エントランスのあるBデッキでは一等食堂室が捜索の中心となった。つややかなニス塗りの壁に意外と現代的な幾何学模様のカーペットが敷き詰められている。

「うわーっ、あれ警察犬？」

「ドーベルマンだ。かわいい」

十数人の観光客が夏希たちに関心を向けてきた。

「背中撫でてもいいですか」

小学生くらいのストローハットをかぶった女の子が瞳を輝かせて尋ねてきた。

「ごめんね。お仕事中だからダメなの」

「わかりました」

失望して目を伏せる表情がかわいい。

(こんないたいけな子にも危険が迫ってる。避難させる方法はないのか)

だが、捜査本部での会話を思い出しても、幹部たちが夏希の考えに従ってくれるとは、とうてい思えなかった。

その後も観光客の興味深げな視線にさらされ続けたが、夏希は拒絶オーラを発するように努めた。仕事を装うために、淡々とアリシアたちの写真を撮り続けた。

当時使われていた銀食器が展示され、一部のテーブルの上には樹脂の料理模型で豪華なディナーのようすを再現してあったが、横目で見て通り過ぎるほかはない。

フォークやナイフなどを収めてあったと思われるカトラリーケースなどは、いちいち引出しを開けて確認してみたが、どの段にも何も入っていなかった。

続いて爆弾を隠蔽《いんぺい》する場所が多く、人目が届きにくいと思われる機関室へ向かった。

Bデッキとはまったく雰囲気の異なるメカニカルな空間に降り立った途端、夏希は絶望的な気分になった。

探す場所が多すぎる。

「さすがに、でかいエンジンだな」

複雑な機関を見まわしながら、小川も悲鳴を上げた。

これだけの大きさの船を動かす動力源だけにとてつもない大きさだった。シリンダーはいくつあるのだろう。構造は入り組んでいて、捜索すべき場所も多い。

狭くて急な階段を下りて、機関室最下部のDデッキに辿《たど》り着いたときにはアリシアも舌を出してはぁはぁと苦しそうに息をしていた。

機関室だけでたっぷり一時間は要した。すでに時計の針は三時半を回っている。犯行予告時刻まで一時間半を切った。

四層構造の氷川丸のうち、まだ捜索していない場所は最上部のAデッキだけとなった。一等特別室や一等社交室を擁するもっとも華やかなデッキである。

黒い鋳鉄の装飾性に富んだ手すりが美しい階段を夏希たちは上っていった。正面の壁には大きな鏡がはめ込まれていて、まるで映画に出てくる貴族の館《やかた》のようである。

折り上げ天井に埋め込まれた照明器具のアール・デコ模様や、イタリア大理石の暖炉が美しい一等社交室は、シャーロック・ホームズのドラマにでも出てきそうだった。

ベッドやチェアなどの手の込んだ調度が、ステンドグラスの窓から差し込む光に彩られた一等特別室も目を惹《ひ》いた。変なたとえだが、イギリスあたりで作られたドールハウスを大きくしたような雰囲気であった。

だが、アリシアは一度も反応らしい反応を見せなかった。

操舵室《そうだ》から、最上部の広々としたAデッキ甲板に出たときには、夏希もすっかり意気消沈していた。

氷川丸の特徴のひとつであるAデッキ甲板は船体後方の三分一ほどを占めている広々としたフローリング甲板だった。

さえぎるものがないAデッキからは、海沿いの主要な建物がぐるりと見渡せた。間近なものだけでも、マリンタワー、ホテルニューグランド、シルクセンター、さらには県警本部の白いビルも見える。

左舷《さげん》西側には、大桟橋に停泊している大型豪華客船の白い優美な船体も光っている。

「本当に氷川丸なのか……また、昨夜みたいに間違えていないか」

「うん……ここまで探してなんにも出ないってことは……」

さすがに自信がなくなってきた。

「地中に埋められている場合よりも、ずっと発見しやすいはずなんだけどね……」

「やっぱり今回も間違っているかもしれない」

夏希が肩を落としたとき、右舷方向でエンジンの始動音が響いた。

反射的に、音のする方向を見ると、海を挟んだ桟橋に停泊しているグラスエリアが多い瀟洒《しょうしゃ》な白い船体が小刻みに震えている。

潮風に乗ってディーゼルエンジンの排ガスの臭いが漂ってきた。

出港間近の中型クルージング船のようである。

何の気になしに舳先《へさき》近くの船名を見た夏希は頭の奥でなにかがチカッと光ったような気がした。《LUPINUS　ルピナス》と英文字とカタカナが二段にわたって記されている。

ルピナス……紡錘状の青や白の花をつける植物の名だが……。

夏希はあわててタブレットを取り出して、今朝、犯人から送られてきた大量虐殺の画像を表示した。

一枚目には《ピータールーの虐殺》
二枚目には《ナチスドイツによるホロコースト》
三枚目には《スレブレニツァの虐殺》
四枚目には《ルワンダの虐殺》

続けてピータールーの虐殺を検索してみる。

一八一九年と古い話で、写真の発明以前の事件である。当然、写真もニセモノだ。別の虐殺のものだ。さらに選挙法改正を求める集会を、政府が弾圧した事件でジェノサイドでもない。

犯人は隠し文字に使うために無理にピータールーの虐殺を並べ立てたものに違いない。

「ルピナス！」

夏希は我を忘れて大声で叫んでいた。

アリシアがびくっと身体を震わせて、夏希を横目で見た。

「どうしたんだ、いったい……アリシアが驚くじゃないか」

小川の苦情にかまっている余裕はなかった。

「あ、あの船……ルピナス……」

ルピナスを夏希は震える手で指さした。

言葉が続かなかった。

また騙《だま》された。犯人は、夏希を氷川丸に誤誘導して、このAデッキからルピナスが爆破されるところを見せつけようとしていたのだ。

「あれはレストラン船だよ。日に三回くらいクルージングのプランがある」

小川はなんの気もなく言った。

「犯人が狙っているのはあのルピナス号なの。ここにいるわたしたちに見せつけようとしてるんだよ」

夏希は貼りつく舌を剝《は》がすようにして懸命に訴えた。

「なんだって！　根拠は！」

小川の顔色が変わった。

「犯人から送られてきた大量虐殺の写真に添えられていた言葉の上の一文字を並べ替えると、《ルピナス》って文字が……」

夏希はタブレットを見せながら、理由を述べ立てたが、最後は声がかすれてしまった。

「わ、わかった」

小川はアリシアのリードを腕に挟んで固定し、スマホを取り出すと画面をタッチし始めた。

「十六時四十五分にサンセットクルーズが出航する！」

「本部に連絡入れなきゃ」

「それ以前に、あと十分しかない。すぐに、あの船の出航を止めさせて、乗船客を避難させよう」

「急ぎましょう」

夏希は出口へ続くキャビンへ向かって駆け出した。

ルピナスの係留桟橋は氷川丸と併行している。

ちらっと時計を見る。

「あと七分っ」

後ろから走ってくる小川に怒鳴った。

平屋建ての観光船乗り場の建物に飛び込む。

銀色のポールの間に赤い樹脂テープを渡した乗船通路の奥で、船員帽をかぶった五十歳ぐらいの係員が入口ゲートを閉鎖しようとしていた。

「警察です。緊急捜査のために乗船しますっ」

警察手帳を提示して係員の男の身体の横を駆け抜けた。

「あ、ちょっとあんたっ」

男の声を尻目《しりめ》に、夏希は桟橋へとひた走る。

「ダメです。犬は困ります」

背後の声に振り返ると、係員が両手を開いて、小川とアリシアの前に立ちふさがっていた。

「警察だ。緊急事態なんだ。通せっ」

「聞いてませんよ。確認させてください」

夏希は乗船口へ向かって走り続けた。

湾口方向から射す斜光線に客室全面の広いガラスエリアがつよい反射に光っていた。

エンジンがうなる音が波間に低く轟《とどろ》いている。

船尾側の舫《もや》いロープはすでに解かれて巻き上げられ、ルピナスは船首ロープだけで鉄さび色のボラード（繋船《けいせん》柱）とつながっていた。

ヘルメットに作業服姿の男が、ボラードから船首側の舫いロープを解いた。ロープはすぐに船内のウィンチに巻き取られてゆく、

（船が出ちゃう！）

夏希は乗船口に向かって走った。

「おい、無茶はやめろっ」

桟橋で舫い綱を持っていた男がつかみかかろうとした。

「警察よっ。放してっ」

男の脇をすり抜けて夏希は岸壁の縁に立った。

船体は桟橋に対して斜めの姿勢に移ろうとしていた。

目の前に四角い乗船口が見える。

桟橋との間に三十センチほどの隙間が生まれて海面が見えている。

夏希はジャンプしてルピナスに飛び移った。

「危ないじゃないですかっ！」

桟橋にいる作業員と同じような格好だが、肩章をつけた五十男が厳しい声で怒鳴った。

胸のバッジには甲板長とある。

「警察です。緊急捜査です」

夏希が警察手帳を提示すると、男の表情はとまどいに変わった。

「はぁ……船長を呼んできます」

爆弾のことを話そうと思ったが、大混乱を招く恐れがある。甲板長はそのまま通路の奥に消えた。

「おいっ。大丈夫かぁ」

小川が桟橋で叫んでいる。

かたわらにはアリシアが耳と尻尾《しっぽ》をシャキッと立て、背筋を伸ばした待機姿勢で控えていた。

「大丈夫、心配しないで」

ルピナスと桟橋の間は刻一刻と離れてゆく。

「いま、本部に連絡を入れた。停船命令が出るかもしれない……おい、どうしたんだ？」

最後の言葉は、夏希ではなくてアリシアに向けられたものだった。

小川とアリシアをつなぐリードがぴんと伸びた。

「おいっ、アリシア」

小川はリードを手放し、後ろへひっくり返りそうになった。

アリシアが宙を飛ぶ。

一メートルほどの距離をジャンプして、アリシアは夏希の足元に飛び込んできた。

「アリシア、よく来てくれたね」

チノパンの右脚の横でアリシアは夏希の顔を見上げている。

じんときて涙がにじみそうになった。

この船に本当に爆弾が仕掛けられているとしたら、たった一人では怖くてたまらないのだ。

いまのいままで、船に乗ることだけを考えて恐怖を忘れていた。

汽笛が意外に軽い音で鳴って横浜港に響いた。

山下公園の岸壁を離れたルピナスは、舳先《へさき》を北東へ向けると、ベイブリッジ方向へ波を切り始めた。

アリシアが全身をぶるっと震わせた。つぶらな瞳《ひとみ》は何かを訴えるように夏希をじっと見つめている。

「リードを持てばいいのね」

夏希がリードを持つと、アリシアはいきなり走り出した。いままでに一度も見たことのない反応だった。

アリシアは、右舷《うげん》側の通路を船首方向に走る。ずっとガラス窓が続いている通路は人の姿はなかった。

左手を見ると、レストランではディナーが始まっていて、カップルや家族連れがアペリティフのグラスを手にして談笑している。別の部屋にはウェディングドレスとタキシードの新郎新婦の姿も見られた。

右手のガラス窓が切れると、乗船客が海を眺めるための前部デッキに出た。

ウィンチの設置されている真下の前部甲板では作業が終わったのか、すでに甲板員の姿は見られなかった。

潮の香りが強く漂う前部デッキの奥に一人の男が立っていた。

全身から冷ややかなオーラが放たれている。

(犯人だ……)

ひと目見て直感した。

夏希の身体は強ばり、背中を冷や汗が流れ落ちた。

チャコールのロングブリム（つば広）ハットを被《かぶ》り、黒いセルフレームのメガネを掛けている。

黒地に白で大きくロゴを入れたストリート系ブランドのTシャツと、軽くダメージの入ったストーンウォッシュデニム、オレンジ色のスニーカーで足元を固めている。

地味なこしらえだが、決してセンスは悪くない。

若い。二十代終わりくらいだろうか。

色白の細面で、いくぶん吊《つ》り上がった眉《まゆ》のあたりに神経質さを感ずる。

薄い唇がいくぶん冷たそうな印象を与えるが、どこから見ても連続爆破事件の犯人とは見えない。

臨床医としての直感から、この男に重篤な精神性疾患らしき兆候はみられないと、夏希は感じていた。

だが、右手にA４判の雑誌が入るくらいの小ぶりのボストンバッグを提げている。爆発物が入っているに違いない。

夏希の両脚はがくがくと震えたが、懸命に勇気を奮い起こした。

「あんたが、かもめ百合……いや、真田夏希心理分析官か」

男は抑揚のない声で平らかに言葉を発した。

中音の比較的通りのよい、特徴の薄い声だった。

(やっぱり、犯人だった)

両膝が、がくがくと震えた。

叫びだしそうになる自分を懸命に抑えつけて、夏希はできるだけ温かでやさしい声音を出そうとつとめた。

「はじめまして。マシュマロボーイさん」

「そいつが有能な警察犬だな」

「ええ、アリシアっていう子なの……かわいいでしょ」

男は口の中で笑ったようだった。

「真田さんが、ここまで辿《たど》り着くとは思わなかったよ。あんたやっぱり頭いいな」

「赤座さんは助かったよ。意識が戻ったの。あなたは誰も殺してない。こんなこと、もうやめて」

夏希は声に力を込めて説得したが、マシュマロボーイの答えは意外なものだった。

「真田さんのせいで、僕はいままで誰一人殺せなかった」

「そうね。あなたを救えてよかった」

「救った？　冗談言わないでよ。僕が作ったゲームをぶっ壊し続けたのは真田さんじゃないか」

急に男は激しい口調に変わった。

「壊したわけじゃなくて、一緒にゲームしてただけじゃないの」

「僕はゲームを作るのは好きだけど、プレイヤーになるつもりはない。ゲームの中で踊ってくれるプレイヤーを見ているのが好きなんだ。だけど、あんたのせいですべてがメチャクチャだ」

「じゃ、あなたが作ったゲームを、あなたとわたしで終わらせましょ」

「ゲームはもう終わるよ。だけど、最後は僕が高みの見物さ」

「どういう意味？」

「真田さんには僕を捕まえることはできないんだ」

薄い口元は冷淡に歪《ゆが》んだ。

危険な兆候だ……。

「ね、こんなことやめようよ」

男は力なく笑っただけだった。

「もう終わりにしたいんだよ」

「なにを……終わりにしたいの」

「毎日、イライラとガッカリのふたつの感情しか味わえない人生さ」

淋《さび》しげな声だった。

「多くの人がそう思って暮らしてる。わたしだって同じよ」

「いや、違うっ」

「どうして」

「あんたは社会に、まわりの人間に認められている。だけど僕は……」

一瞬、男の両眼に宿った淋しげな色に期待を込めて、夏希は言葉をきわめた。

「メールでもちょっとお話ししたけど、あなたはまわりの人から誤解されて傷ついたことがあるんじゃないの？」

「あるんじゃないの、どころの話じゃない。小さい頃から、いつだって誤解ばかりされてきた。家でも学校でも職場でも……」

「わたしが誤解されて苦しんだことは話したよね？」

「ああ。だけど、真田さんは、それでもうまくやってきたんだろ」

「決してうまくやってきたわけじゃないよ」

「だって、いまだって、みんなに期待されてここに来てるんじゃないか」

「誤解を解きましょう」

「なんだって？」

「あなたくらい優秀なら、期待する人はいくらでもいるはずよ。いろいろな誤解を解いて、あなたを必要とする人たちを一緒に探しましょう」

「もう遅いよ。いまさら、やり直しはきかない」

男の声はひたすらに投げやりだった。

「あなたは人を殺してない。だから、きっとやり直せるよ」

「刑務所に行くくらいなら、初めからこんなことはしてないさ」

「罪を償えば、あなたならちゃんとやり直せる」

「いまさら余計な説教するなよ」

「わかった。ごめんなさい」

夏希は素直に頭を下げた。

「いいよ、どうせゲームは終わりなんだ」

「とにかく、いつだって引き返せる。遅いなんてことはないよ」

夏希は自分の言葉がむなしく響くことを感じていた。

「ほら、僕を捕まえるためにヘリが飛んできた」

青い空のかなり高いところに中型のヘリコプターが飛んでいるのが、視界の端に映った。

「違うよっ」

夏希は叫んだ。

「何が違うんだよ」

男はヒステリックに叫んだ。

「あなたがここにいることはわたしとアリシアしか知らないんだから」

ルピナスに爆弾が仕掛けられているおそれがあると知っているのは、夏希と小川だけだった。栈橋に残された小川はすぐに本部に報告を入れたはずだ。しかし、ヘリの出動すべき事案とは思えないし、県警航空隊のヘリの手配がつく時間があるはずもない。

「嘘つけ。その手には乗るかよ」

男は鼻で笑った。

「ほんとだって。どうして信じてくれないの」

夏希は声を張り上げて懸命に訴えた。

「僕を捕まえようとしている警察が、信じられるわけはないじゃないか」

「わたしを信じて……」

男は右手のボストンバッグを顔の前に突き出した。

「これね。わかるよね、そう、あんたたちが必死になって探してたものだよ」

夏希の全身にビリビリと電流が走った。

続いて男は、デニムのポケットからチューインガムほどの小さなリモコンを取り出した。

「こっちはカメラのリモコン。十秒後にシャッターが切れるとね……」

男は楽しげに笑って言葉を継いだ。

「ふふ……ドカーンってわけ」

ここで爆発が起これば、大きな被害が起きる。

「何でセルフタイマーなんて使うの？」

冷静さを欠いていた。いま質問するような内容ではない。

「だって死へ向かう真田さんの恐怖の顔がみたいじゃん」

「そんなに淋しいの？」

「どういう意味だ」

「あなたは、死ぬときにも誰かに一緒にいてほしいのね……」

「別にそんな意味じゃないっ」

男は激しい口調で否定した後に、一転して静かな口調で続けた。

「あんただったら、天国での話し相手にちょうどいいと思ってね」

「帰りましょう。あなたの居場所を一緒に見つけましょう」

夏希は声にならない声でつぶやいた。

「だから、帰ろうよ。生まれる前にいた場所へ」

「やめて……お願い……」

声がかすれて、夏希の目の前の景色がチカチカして見えた。

「それじゃ皆さん、さようなら」

男はリモコンの真ん中にあるスイッチを、手品でもするような手つきで押し込んだ。

赤いLEDがチカチカと点滅し始めた。

(リモコンを取り上げて爆発を止めなくちゃ)

だが、金縛りに遭ったように夏希の身体はどうしても動いてくれない。

「ほら……その顔が見たかったんだよ」

男は暗い笑いを浮かべた。

「アリシア……」

夏希はすがるような思いで、すぐかたわらの足元に立つアリシアを見た。

だが、アリシアは黒い全身を硬直させ、歯をガチガチ鳴らして白目を剝《む》いている。一度も見たことのない不安定なようすだった。

——事故がトラウマになったのか、ごくたまに動けなくなってしまう後遺症が残った。

小川の声が蘇《よみがえ》った。

(そうだった。アリシアにはPTSDの症状があったんだ)

赤い点滅の速度が急に速くなった。もうダメだ……。

「お願い、アリシア、助けてっ」

夏希は無意識のように叫んでいた。

とつぜんアリシアは四肢に力を込めて宙に跳ねた。

「うおんっ、うおおんっ」

激しく吠《ほ》えて男に襲いかかった。

右腕に嚙《か》みつく。

「うわっ、痛ててっ」

男はリモコンもバッグも放り出して後ろにひっくり返った。

間隙を縫ってアリシアはバッグを咥《くわ》えて、頭を大きく振った。

バッグはそのまま宙に飛び出した。

次の瞬間。

空気を切り裂く轟音が鼓膜に突き刺さった。

「いやっ」

船体が大きく左舷側に揺れた。

夏希は後ろへつんのめって尻餅をついた。

男は反射的にステンレスの手すりをつかんで衝撃に耐えようとしている。

右舷側のすぐ真下から大きな水柱が上がった。

夕陽に光る水しぶきが大波のように夏希を襲う。

このまま沈んでしまうかとの恐怖に夏希の全身は激しく硬直した。

船体は横揺れを繰り返しながらも前進を続けて、爆発箇所から離れてゆく。

すぐに横揺れの衝撃は収まった。

(助かった……)

頭から潮水を浴びながら、夏希はその場にへたり込んだままだった。

力が入りすぎたためか、四肢が痛い。

「ちくしょう、こんなに小さい爆発じゃないはずだったんだ」

男は凶暴に歯を剝き出すと、ポケットからアーミーナイフを取り出した。

「クソ犬め、最後の最後まで邪魔しやがって」

左手でナイフを構えると、男はブレードをアリシアに向けて突き出した。

ナイフの刃が西陽に銀色に反射した。

「うーっ」

アリシアは姿勢を低くしてうなり声を上げた。

両者の距離は三メートルほどだろうか。

「やめてーっ」

夏希は力を振り絞って叫んだ。

そのとき、背後の廊下から駆けて来る複数の足音がバラバラと響いた。

「大丈夫ですか」

「なにが起きたんですか」

爆発の衝撃に驚いて駆けつけた三人の船員だった。

男は歯がみして、右足で力を込めて床を踏みつけた。

「あんたとともに、クソ犬だけは殺してやろうと思ったんだ……」

言葉とともに、男は自分の左の首筋にナイフを当てた。

「待って、死んじゃダメっ」

夏希の必死の言葉も空しく、男は力を込めてナイフを引き切った。

左の首筋から噴水のように血しぶきが噴き出した。

「ぐーっ」

男は最後の力を振り絞ってワイヤーの手すりを越えた。

赤っぽい小さい箱が甲板に飛んだ。

そのまま男の身体が宙に消えた。

すぐに小さな水しぶきが上がった。

「落水者だ」

乗船口にいた甲板長が叫んだ。

「両舷停止、取り舵《かじ》十五度っ！」

船長らしき白い開襟シャツの男がヘッドセットで指揮すると、船体が左舷《さげん》方向に向きを変えて船足がぐんと落ちた。

「甲板長は水難者救助の指揮をとれっ！　事務長は海保と警察に落水者の連絡っ」

「了解っ」

「承知致しました」

甲板長と事務長は駆け足でキャビンに戻っていった。

「大丈夫ですか……」

船長が夏希を抱え起こしながら訊《き》いた。

「なんとか……生きてます」

「ここは操舵《そうだ》室から死角になっていて爆発の衝撃まで気づきませんでした。あの男が爆発を引き起こしたんですね。いったい何者なんですか？」

「不幸な一人の人間です」

夏希は力なく答えた。

「はぁ……では、わたしはいったんブリッジに戻ります」

船長は軽く頭を下げると、キャビンに戻っていった。

夏希は這《は》うようにしてアリシアに近づいた。

かがみ込んでアリシアの首を抱きしめる。

アリシアの犬の匂いが不思議と嫌でなかった。

「くぅーん」

ひと声悲しげなアリシアの鳴き声が響いた。

「ありがとう。アリシア……」

夏希はそのままずっとアリシアを抱きしめていた。

遠くからパトカーのサイレン音が響き始めた

【3】@七月二十日（木）夕

ルピナスは何ごともなかったように、山下公園の観光船桟橋に戻ってきた。

というわけでもなかった。

乗船客は興奮していて、わぁわぁ騒いでおり、キャビン内には異様な熱気が沸き起こっていた。下船口には一刻も早く船を下りたくて仕方ない人々が押し寄せていた。

結局、アリシアを連れた夏希は、最後に下船することになった。

船長と甲板長が下船口で見送ってくれた。

「大変でしたね。若い女性の身であんな危険な目に遭って」

心から同情するような船長の口調だった。

「いえ、警察の仕事ですから」

「さすがですね……救助態勢を取りましたが、犯人を発見できませんでした。助かるはずはありませんが、遺体を収容しなければなりませんね」

「おっしゃる通りです」

たしかに犯人がいったいどこの誰だったのか、この事案はまだ終わったわけではない。

「ベイブリッジ付近は潮流も速くて、死体が上がりにくいんです。あの橋は飛び降り自殺の名所にもなっています。対策は講じているようですが、まだまだ少なくない。死体が上がったとしても、犯人のものか特定できないかもしれませんね。やっぱり警察ってのは大変だ」

いささか興奮して喋《しゃべ》り続ける甲板長を制して船長がにこやかな顔で言った。

「今度はぜひ、お仕事抜きでお乗り下さい。大歓迎しますよ。本船はランチ、ディナー、ナイトクルーズのほかに貸切クルーズも行っております。本日のように定期クルーズで結婚式などのパーティーをなさるお客さまもいらっしゃいます。機会がありましたら、ぜひ」

「はい、ぜひ」

頭を下げて、夏希は桟橋に渡った。

観光船乗り場の建物を出て、夏希は驚いた。

何十人というスーツ姿と制服警官が、こちらを向いて並んでいる。

桟橋に残した小川はもちろんだが、黒田刑事部長、織田理事官、佐竹管理官の顔が見える。

機動隊服の河尻副隊長も輪の中にいた。爆処理チームも出動してくれたのだ。

待ち構えていた警察官たちは、夏希の姿を見ていっせいに拍手した。

胸が震えて、じんと熱くなった。

左のマリンタワー方向の広場には、たくさんの警察車両が止まっていた。

例の爆処理チームの三台のトラックも見えた。

「真田くん、無事で本当によかった」

先頭に立っていた黒田部長が声を掛けてきた。

「ありがとうございます」

刑事部長が臨場することはほとんどないと聞いている。夏希は小さくなって頭を下げた。

「君の力で、三百名を超える乗員乗客は救われた」

「でも、犯人を救えませんでした」

夏希は唇を嚙《か》んだ。

「ルピナス船長からの連絡で当時の状況は聞いている。君の行動は全面的に賞賛されるべきだ」

「本当の救いの神はアリシアです」

夏希はアリシアを見て、言葉に力を込めた。

アリシアは舌を出して息をしながら、尻尾《しっぽ》を振っている。

「そうだな。アリシアにも感謝しなければならない。ほら、彼女を恋人に返してやりなさい」

黒田刑事部長は笑顔で左手方向を指さした。

ぽつんと立ってる小川のそばに歩み寄った。

「わたしアリシアに生命を救われたの。わたしだけじゃない。アリシアはルピナスに乗っていたすべての人の生命の恩人よ」

小川は照れて横を向き、見当違いの答えを返した。

「初めてアリシアに振られたよ」

リードを手渡すと、小川は屈《かが》み込んでアリシアの首を抱きしめた。

「アリシア、お前……よかったな無事で……」

小川は震える声でアリシアの頭や首のあたりを撫《な》でまわした。小川の両眼には涙がにじんでいる。

アリシアは気持ちよさそうに「くーっ」と全身を震わせて鳴いた。

「お疲れさまでした。真田警部補とアリシアが出張ると、どうも我々の出番がないですね」

河尻が冗談めかして敬礼した。

「さ、本部に帰ろう。今日の顚末を報告書にしてくれ」

佐竹管理官が促したが、黒田部長が制した。

「いや、真田くんは疲れ切っているはずだ。今夜は家に帰るといい」

黒田部長の言葉はありがたかった。もう立っているのも嫌なほどだった。

「ありがとうございます。やはり犯人を救えなかったダメージは大きいみたいです」

「君のせいではないが、たしかに残念だ」

織田理事官が近づいて来た。

「僕のクルマでお送りしましょう」

「よろしくお願いします」

夏希が立ち去るときに、ふたたび大きな拍手が沸き起こった。

賞賛を背中で受けながら、夏希は明るい気持ちにはなれなかった。

今回の事件は、患者の自殺を食い止められなかった勤務医時代の苦い気持ちをまざまざと蘇《よみがえ》らせるものだった。

あの事件で臨床から逃げてきたのに、心理分析官の仕事で似た思いに苦しむとは思いもしなかった。

マリンタワー下まで歩いて行くと、織田は空色のフランス車に近づいて行った。

「理事官って専用車があるんじゃないんですか？」

中型クーペだが、こんな洒落《しゃれ》た公用車はない。

「僕は理事官になったばかりですからね。さぁ、どうぞ狭いですけれど」

助手席に乗り込むと、白いレザーシートが高級な雰囲気だった。

クルマは新山下入口から狩場《かりば》線に入った。狩場ジャンクションから横浜横須賀《よこすか》道路を通るつもりなのだろう。

エンジン音も静かで、織田の運転もジェントルなので、夏希はリラックスしてカーステから流れるボサノヴァに身を委《ゆだ》ねていた。

しばらくすると、織田が静かに口火を切った。

「しかし、よかった。死者が一人も出なかったことは大成功ですよ」

「でも、犯人は死んでしまいました」

「自死ですから、我々の責任じゃない」

冷たい織田の言葉に反発を覚えずにはいられなかった。

「犯人は上空を飛んでたヘリを警察に包囲されたと考えて、追い詰められて死を選んだんです」

「自暴自棄になったというわけですか……しかし、それこそ、我々の責任じゃない。捜査への影響を懸念して確認しましたが、あれは民放テレビ局の取材のヘリです」

「事件の取材ですか」

夏希は小さく叫んだ。

「まさか。小川巡査部長から報告は入りました。ですが、我々は連続爆破事案の犯人がルピナスに乗っている事実を、あの時点では確認していませんから」

「じゃ、何の取材だったんですか」

「大型豪華客船の飛鳥《あすか》IIがあの時刻に大桟橋を出航したんです」

「そうだったんですか……」

大桟橋に停泊していた優美な船体が氷川丸から見えたことを思い出した。

不幸な偶然が、最後に犯人を追い詰めてしまった。

夏希は胸の奥にわだかまる苦い思いに、全身の血が下がるような錯覚を覚えた。

だが、織田は淡々とした口調で続けた。

「ルピナスの船長や甲板長たちが犯人の自殺の一部始終を目撃していてくれてよかったですよ。警察に落ち度がないことをきちんと証言してくれますからね。すでに警察庁から大手マスコミにこの点を強調して流しています」

「わたしは何とかして彼を助けたかったです。とても残念でなりません……」

ルピナスでの記憶は、いまでも夏希の胸を強く締めつけていた。

「お気持ちはわかりますが、それは本来の我々の仕事ではありません」

「やはり織田さんにとっては警察の体面がいちばんなんですね」

「当たり前です。それが僕の仕事ですからね」

皮肉に過ぎるかと思ったが、織田の声は自信に満ちていた。

「ネット炎上やクソコラグランプリといった心ない投稿で傷つけられた警察の威信を回復するため、僕は今回の職務に就きました。あなたのお力ですべてはうまくいきました。あらためて感謝申し上げます」

「はぁ……まぁ、炎上なんかはよくあることじゃないですか。また、こんな騒ぎはいくらでも起きてくるでしょう」

なぜかしばらく織田は黙った。やがて静かに言葉を出した。

「あなたは科学者だ。科学の方法論について熟知している。だから、お話ししたいのですが、これはほかの人には言って欲しくないことなんです。他言しないとお約束頂けますか？」

ずるい男だ。そう言われてはどうしたって聞きたくなるではないか。

「約束します。絶対に誰にも言いません」

「あなたのご指摘通り、いま言った理由だけで、僕がわざわざ捜査本部に参加する必要はありません。これは表向きの理由です」

「では本当の理由は？」

「今回は国家機関や行政に対して一般国民が嚙みついてきた典型的な事例です。今回のネット炎上やクソコラグランプリなどのサンプルデータは、これからきちんと解析する必要があります」

「まぁ、そういうお仕事も必要でしょうね」

「だから僕は行政側の当事者である捜査本部に詰めて、神奈川県警の対応を見続けたかったのです。捜査本部と犯人とのやりとりもリアルタイムに観察したかった。今回は大変に勉強になりました」

「つまりわたしは実験動物ですか」

「そんな風に言わないで下さい。今回のマシュマロボーイのような知能だけは異常に高いのにもかかわらず精神的には小学生レベルで、政治性も宗教性も持たないテロリストは今後も増え続けてゆくでしょう。ところが、警察も我々も彼らのことを知らなすぎる。適切な対応ができるはずもありません」

「マシュマロボーイはテロリストではないでしょう」

「いいえ、爆弾を四回も爆発させて国民を危機に陥れたのですから、立派にテロリストですよ。言ってみればサイコパス型……いや違いましたね。反社会性パーソナリティ障害型テロリストです」

「そうでしょうか……」

夏希には、不幸な一人の人間にしか見えなかった。

「メールだけの一方通行コミュニケーションしかとれない犯人は、特殊捜査班を代表する刑事警察が対応の訓練を積んでいない相手です。いまの警察組織が想定していない犯人だとも言えます。いわば、わがままテロリストです。今回のあなたの対応は見事だった」

なぜか織田の手放しの賞賛は少しも心に響かなかった。それよりも、夏希は新たに湧き起こってきた織田への疑いを問いただしたくなってきた。

(抑えなきゃ……)

夏希は懸命に自分の心と戦った。

だが、いつものように心のなかで湧き起こった質問欲求は、収まってはくれなかった。

「織田さんはわたしが彼の内心に迫ろうとしたとき、激しく止めました。なぜですか」

「あのとき言ったように、危険だからです」

織田は淡々と答えた。

「まさかとはおもいますが、彼の犯罪行為を観察し続けようとして、あの時点での接触を避けさせようとしたのではないですよね?」

織田は虚を突かれたように黙った。

「あなたは怖い人だ……」

乾いた声でつぶやいた織田は急に明るい笑顔を作った。

「わたしはそこまで人が悪くはなれませんよ。真田さんの思い過ごしです」

織田の端整な横顔を見ていて、夏希はどこかうそ寒いものを感じた。

「ところで、真田さん、警察庁に異動する気はないですか？」

「ど、どういうことですか」

「わたしたちと一緒に反社会性パーソナリティ障害型テロリストの研究をしてみませんか？　地方警察のような上意下達の男社会ではあなたの能力は活《い》かしきれないでしょう。警察庁はもっとずっとリベラルな職場ですよ」

今回、現場に出てみて織田の言葉も一理あると知った。

「でも、黒田刑事部長はわたしに期待してくれていますし……」

「そうでしたね。心理分析官を特別捜査官枠で採用しようという方針は、黒田刑事部長のお考えだそうです。また、あなた自身の採用についても、今回の起用もすべて黒田部長の肝煎《きもい》りだそうです。京都大学で心理学を専攻した後に法学部に転科してから警察官僚となった方ですから、心理学や精神医学、脳科学などに理解が深いのです」

織田の口調には敬意がこもっていた。織田自身も心理学などを修めているのだろう。

「そうだったんですか。とてもありがたいです」

自分と心理分析官の仕事を理解し応援してくれる黒田刑事部長に、夏希は心の中で手を合わせた。

「ひとつ伺っていいですか？」

「なんでしょうか？」

「十七日に横浜でお目に掛かったときの話なんですが、あれは偶然じゃないですよね。織田さんはわたしの高校生時代の友人、田丸《たまる》由香のご主人のお知り合いなんですよね？」

織田はおもしろそうに小さく笑った。

「そもそも、あなたは由香さんのご主人の職業をご存じですか？」

「たしか……公務員だったと……」

遅まきながらはっと気づいた。

「そうです。田丸直人《なおと》は僕の大学時代の同級生ですが、さらに国家公務員としても同期なのです。田丸は現在、内閣官房にいます。彼から奥さま由香さんのお友だちに神奈川県警初の心理分析官がいらっしゃると聞いて、どんな方なのか会ってみたくなりましてね」

「最初から言って下さればよかったのに」

夏希はちょっとムカついた。

「ナチュラルなあなたの姿を拝見したかったんですよ」

「なんだか、やっぱり実験動物にされているような気がします」

「ですから、ぼくはそんなに悪人ではありませんよ」

さも心外だという声で織田は否定した。

「ところで、あの晩。第一の現場を見下ろせる《帆 HAN》にお連れ頂き、二人でいるときに爆発が起きましたが……あれは偶然なんですか？」

「いやだなぁ。僕があの爆発現場の位置を初めから知っていたと言いたいんですか」

「そうですよね。失礼しました」

「もし知っていて、何もしなかったとしたら、それこそ職務怠慢じゃないですか」

織田は声を立てて笑った。

（まさかとは思うが、犯人は私が知ってる最初の投稿以前にも行政機関などにメールを入れていたのかもしれない。織田は本当は何かを知っていたのではないか。危険の生じない場所と知って観察のために見て見ぬ振りをしたのではあるまいか。しかも、それは上司も承知なのかもしれない）

観察が警察庁自体の意向なら、職務怠慢とはならないはずだ。

（爆発まで十五分しか余裕がなかった第一事件の犯人のメッセージはリアルタイムに神奈川県警に伝えられたものなのだろうか。もしかすると、あれは二度目のメッセージだったのかもしれない）

だが、さすがにそれ以上の突っ込みは夏希にはできなかった。

イケメンでものやわらかくセンスも抜群だが、やはり気味の悪い男だ。

佐竹管理官や小早川管理官は小さい男だし、小川は変人だ。でも、織田のように不気味な人間ではない。これがエリート中のエリート官僚の特徴なのだろうか。

「もう一度伺います。警察庁に来ませんか？」

夏希の心は決まっていた。

「ごめんなさい。いまの職場が気に入っているんです」

「残念だなぁ。我が研究チームにあなたのような方に来て頂きたいのだが……」

「でも、また一緒にお仕事できるといいですね」

夏希はばつの悪さをごまかすために社交辞令を口にした。

「そうですね。また、いつかご一緒できるでしょう」

織田との会話に疲れて夏希は眠ってしまった。

目覚めたのは舞岡駅の近くだった。

織田の運転するクーペは夏希の部屋の近くで止まった。住所からカーナビが案内したようだ。

「また、お目に掛かりたいです。今回の話もしたいし……」

「それは職務上のお話ですか」

「違いますよ。また、お食事でもしましょう。《帆 HAN》のマスターもあなたをお連れしたら喜びますよ」

「はぁ、そうですね……機会がありましたら、ぜひ……」

夏希は織田のおおまかな予定を訊かなかった。

日曜日の夜にあれだけ望んでいた幸福が訪れたはずだったのに……。

「おやすみなさい。送って頂いてありがとうございました」

「いいえ、今日は本当にお疲れさまでした。じゃ」

運転席から軽く手を振ると、織田はクルマを発進させた。

夕闇の中に軽やかなエキゾーストノートとともにクーペの美しい曲線が消えていった。

近くの森からヒグラシの鳴き声が切ないようなやさしい響きで聞こえてきた。

【4】@七月二十八日(金)夜

七月の最終金曜日になっていた。

夕飯後のひととき、夏希は珍しくBGMも流さずに、シェリーグラスも手にせずに、リビングのカウチソファに座っていた。

一枚の資料に目を通していたのである。

今朝、科捜研に出勤してみると、警察庁の織田から夏希あてに今回の事案に関する資料データが送付されていた。織田としては、夏希の今後のプロファイリングに役立てよという趣旨なのだろう。

データを持ち帰った夏希は自分の部屋でプリントアウトしたのだった。

犯人が海へ飛び込むときのはずみで携帯していた小型ゲームが宙に飛び、運よく甲板に留《とど》まった。夏希は気づかなかったが、あの場で事務長が拾い上げたそうだ。

たしかに夏希も、犯人のデニムのベルトループから赤い四角い小箱が飛んだ光景は見た覚えがある。だが、その後のショックですっかり忘れていた。

遺留品は、ひよこっちのすぐ後に流行《はや》った携帯ゲーム《サイバー・モンスター》だった。遺留品には《サイモンズタグ》というサイバー・モンスターを首から提げるためのドッグタグが付されており、これにはシリアルナンバーが刻印されていた。

高島署刑事課では一九九八年に発行されたこのシリアルナンバーを頼りに捜索を続けた。数日後、二〇一五年にゲーム本体とともにネットオークションで落札した横浜市内の三十歳の無職の男性に辿《たど》り着いた。

▼毛利輝彦（モウリ・テルヒコ）（男）

昭和六十一年（一九八六年）十一月十日、神奈川県横浜市生まれ。死亡時年齢三十歳。

父親は西区で弁護士事務所を開業、五人の弁護士以下十数人の職員を雇用する。企業法務や不動産関連事件に強く、神奈川県弁護士会の役員等も歴任していた。母親は専業主婦。

成育歴に特筆すべき点はなし。


平成二十五年（二〇一三年）三月　東都大学大学院理学研究科化学専攻博士課程後期課程満期退学（二十六歳）

同年四月　（株）三沢化学工業に研究職として採用（二十六歳）

平成二十六年（二〇一四年）三月　同社を自己都合退職（二十七歳）

同年四月　（株）ムラハシ・ロジスティックに総合職として採用（二十七歳）

同年九月　同社を自己都合退職（二十七歳）

同年十二月、定職に就かないことを難詰された父親に暴行を加えて、山手警察署に身柄を確保される。刑事課の取り調べを受けるが、厳重説諭に留《とど》めて送検せずに釈放。犯歴なし。

これが契機となって実家を飛び出し、横浜市港南区内のアパートで一人暮らしを始める。以降、学生時代から趣味として取り組んでいたコンピュータ・プログラミングの知識を活かし、ゲーム会社等からプログラム開発を請負い生活していた。昨今では受注量が減って生活は苦しかった。

ハッカーとしての活動をしていたか確認はできていないが、死亡時期と同時期に活動を停止した国際的なハッカー《ブリリアントK》との同一性が推察できる。

精神科を含めて各種医療機関への長期的な通院歴はなし。政治団体、宗教団体への所属は見られず、政治活動等を行っていたという事実は確認できない。

居住地近隣住民とのつきあいはほとんどなかった。また、交際している女性はおらず、友人も少なかった。プログラミング以外に特定の趣味に傾注していた形跡は見られない。

港南区のアパートを家宅捜索した結果、爆発物を精製するために必要な塩素酸カリウム、塩素酸ナトリウム、硝酸などが発見された。これらは、三沢化学工業の研究員時代に、日吉《ひよし》にある勤務先の研究所から盗み出してあったものと推定されている。

また、同時に遠隔操作装置を作るために使ったと思われる各種の電子部品も発見されて、高島署員に押収された。

被疑者死亡のまま、毛利輝彦は七月二十六日に横浜地検に書類送検された▲

毛利輝彦の一生は、警察にとっては、こんなわずかな分量の文字言語で記録されるのだ。たとえば、「成育歴に特筆すべき点はなし」と断言している。彼がどんなことで傷つき苦しんだかは、どこにも書かれていない。父親に暴力をふるって警察沙汰《ざた》になったことしか記録には残らないのだ。

とは言え、ネットで対峙《たいじ》していた犯人が、ルピナスの甲板で悲しき一人の若い男となり、いま資料を読んだことで毛利輝彦という人物として姿を現した。

毛利輝彦の経歴は、夏希の予想を大きくは外れていなかった。

ルピナスの甲板上に立っていた輝彦の姿を、夏希はありありと思い出した。

（あたしよりひとつ下だったんだ……）

見た目ではもう少し若く見えたが、輝彦がほぼ同年輩であったことも、夏希の気持ちを暗くした。

博士課程後期課程の満期退学は、三年以上在籍し必要な科目の単位を修得した上で博士論文を提出していないか、提出しても博士号を取得できなかった者をいう。退学後三年以内に学位論文を提出し、合格した場合は博士課程修了となる。つまり、学業を怠けていたというわけではない。

せっかく専門を活《い》かせる化学工業企業の研究職に就いたのに、たった一年で退職している。二番目の物流企業でどんな仕事を与えられたのかはわからないが、わずか半年で辞めている。

（なぜ、あの人はサイモンなんかを身につけていたんだろう）

サイバー・モンスターは、ひよこっちにバトル要素を加え、男の子をターゲットとした携帯ゲームである。マッチ箱ほどの四角い樹脂の箱は「戦うひよこっち」をコンセプトとして一九九六年に発売された。

二台のサイモンを接続して、それぞれが育成したモンスターをモノクロの液晶画面上で戦わすことができる。ひよこっちと大きく異なるのは接続して二人で遊べる点だった。

夏希も、小学校時代に、同級生の男子たちが、赤や青のサイモン同士をつなげてバトルしているところを何度も見たことがある。

大人気だったゲームだけにファンも多かった。この一月には二十年ぶりにリメイク版が復活して話題になった。

死を覚悟した最後の場で身につけていたからには、輝彦にはサイバー・モンスターに対するよほどの思い入れがあったのだろう。

少年時代の友との友情や楽しい想い出が詰まっている小さな宝箱だったのかもしれない。あるいは、仲のよい友だちとのつながりを主張するものだったのか。だが、大人になってネットオークションで落札したときには、もはや対戦相手はいなかっただろう。

――小さい頃から、いつだって誤解ばかりされてきた。家でも学校でも職場でも……


波の音に混じった輝彦の叫び声が脳裏にまざまざと蘇《よみがえ》った。

どんなつらい環境に、輝彦が生きていたのかは、もはや推察することもできない。

だが、周囲から理解されない思いが募って、心の闇を増殖させていったのだろう。

同時に彼は、まわりの社会やそこに生きる人々への理解を自ら遮断していったのだ。

たとえ話に過ぎないが、彼にもう一度、サイモンを接続してくれるような友人がいたとしたら、今回のような事件は起きなかったかもしれない。

(あたしには助けることはできなかった……)

輝彦と夏希の出会いは遅すぎたのだ。

ルピナスの甲板上では、心を通い合わせる時間はなかった。

(もし、彼があたしの患者やクライアントだったら……)

輝彦の心の闇を晴らす手助けができただろうか。

自信はない。

だが、今後の仕事の中で、心の傷に悩む人への手助けが少しでもかなうことを夏希はつよく願っていた。

レースのカーテンの向こうから、近所の家で咲く茉莉花《まつりか》の香りが漂ってきた。

【5】＠七月二十九日（土）昼

七月二十九日の土曜日は水蒸気でぼんやりとした晴れ空がひろがった。

「今度こそはまともな相手だといいな」

自宅近くのコンビニの帰り、夏希は近くの林沿いの道を歩きながら、つぶやいていた。

明日は大学時代の同級生である優奈《ゆな》の仕事関係の知り合いとデートすることになっていた。

その男性も結婚相手を探しているという。

織田信和で懲りたので、今度は簡単に身元について訊《き》いてみた。

三十三歳の都市銀行につとめる男性ということだ。

(銀行員なら間違いないだろう)

出所不明な人物とはもう会いたくなかった。

いや、エリート官僚の織田こそ、表面的には由緒正しい人物なのだが……。

川沿いの道に出た夏希は我が目を疑った。

陽ざしを浴びてこちらへ歩いてくる一人の男。一匹の黒い犬を連れている。

「アリシア！」

夏希は駆けだしていってアリシアの前で屈《かが》み込んだ。

アリシアは、舌を出してはぁはぁ言いながら、つぶらな黒い瞳《ひとみ》で夏希を見つめている。

頭を撫《な》でると、アリシアは小川に見せるような甘やかな顔で応《こた》えた。

リードを手にしているのは当然、小川だった。

薄緑色の薄手のブルゾンを羽織っている。

ケミカルウォッシュの安っぽいデニムはやめてほしい。

（センス悪すぎ）

紺色の現場鑑識作業服姿のほうがどれほどマシかわからない。

私服でいるところを見ると、非番なのだろう。

「なんで、アリシアがここに？」

夏希の質問に小川はオウム返しに答えた。

「なんで、真田がここに？」

「真田さんと呼びなさい」

小川はもにょもにょと口の中で何かつぶやいた。

「わたしのうち、この町だよ」

「そうだったのか……」

「で、アリシアはなんで舞岡にいるわけ？」

「ブルーラインの舞岡駅と下永谷《しもながや》駅の間くらいのところに警察犬訓練センターがあってね。アリシアはそこで預かってもらってるんだ」

そう言えば、戸塚の訓練センターと言っていた。勝手にJR戸塚駅のあたりかと思っていたのだ。

「えー！　ってことはさ、アリシアとわたしは同じ町の住人ってことだよね」

「ま、そういう見方もできるか。ここが町かどうかは別として」

小川は素っ気なく答えた。

アリシアともっと一緒にいたかった。

「ね、お昼食べた？」

「いや、まだだけど」

「食べに行かない？」

「アリシアを放っておけないよ」

この近辺では犬と一緒に入ることのできる飲食店は少ないかもしれない。というより、夏希は舞岡の飲食店をほとんど知らなかった。

「そうだ。コンビニでお弁当買って一緒に食べようよ」

「ま、別にいいけど」

美女のお誘いなのに、もうちょっとましな返事はできないものか。

夏希と小川とアリシアはコンビニでサンドイッチとペットボトルのお茶を買って、舞岡下谷《しもやと》公園という小さな公園まで歩いて行った。

うっそうとした森に囲まれてはいるが、これといった設備もない。

園内に入る瞬間、一瞬だけ緊張感が走った。事件の後遺症で軽い公園恐怖になっているのかもしれない。

ベンチに並んで座って二人はサンドイッチをパクついた。

こっちに出てきてから、紹介者なしで男性と二人でご飯食べるのなんて初めてだ。

(でも、相手がこの変人か)

サンドイッチをさっさと食べ終えた変人が口火を切った。

「俺さ、不思議なことがあるんだ」

「なに、不思議なことって」

夏希はサンドイッチの食べかけを手にしたまま訊《き》いた。

「この前のルピナスでの話なんだけど、あのときアリシアが取った行動が理解できないんだ」

「わたしを追っかけてルピナスに飛び乗ったこと？」

「それはまだわかる。おそらく火薬の匂いを追いかけたんだろう。でもさ、アリシアは、犯人の爆弾入りのバッグを奪って海に捨てたんだろう？」

「そうだよ。それで、わたしも三百人の人も助かったんじゃない」

「だけど、そんな訓練受けてないんだよ。アリシアはあくまで火薬や火薬の痕跡《こんせき》を発見して、我々に知らせることしか訓練されていない」

「そうなんだ」

「一般の警察犬だって、命令があれば犯人を攻撃するけど。誰の命令もなかったわけだし」

「わたしあのとき『お願い、アリシア、助けてっ』って叫んだんだ」

「真田の叫び声を攻撃命令と解釈したのかなぁ……そうだとしても、バッグを奪って海に捨てたところは理解できない。アリシアの能力を超えている」

「素人考えだけど。アリシアはあの場の状況をちゃんとわかってんだと思う。わたしたちが考える以上にアリシアは賢いんだよ」

「賢いのは嬉《うれ》しいんだけど、訓練以外の行動を取ることは警察犬には禁物なんだ」

小川は難しい顔でアリシアを見た。

「そうか、杓子《しゃくし》定規だもんね。警察ってとこは」

「エサもね、基本的にはドッグフードオンリーなんだぜ」

「えー、あんなに働いているのに」

「盲導犬なんかも一緒なんだ。いろいろなもの食べさせると、精神状態が不安定になる恐れがあるんだよ」

「かわいそう」

「俺もかわいそうでならないんだ。だが、仕方がないんだ」

小川はそれきり黙りこくってしまった。

非常に居心地が悪い。

「なんか話題ないの？」

「あ、あの犯人の遺体、まだ回収できていないらしい」

「そうか……難しいってルピナスの船長さんも言ってたよ」

昨夜読んだ資料が頭に浮かび、ますます気分が暗くなる。

「もっと明るい話題ないの？」

夏希は詰め寄るような調子で訊いた。

「あ、そういや、高島署の加藤さんさ……軽い処分で済んだんだよ」

「そうなんだ！」

「あのときの動画がテレビで放映されて、マスコミでもネットでも英雄扱いさ」

「なるほどね。そりゃ納得」

「最初は減給とか派出所への異動とか検討されていたらしいんだ。けど、世論に叩《たた》かれるのが怖くて、結局、厳重注意って下から二番目の軽い処分で済んだ。なんか警察庁からの指示があったという噂だ」

あるいは織田が指示したのかもしれない。まぁ、結果的にはよかった。感じの悪い刑事だが、情熱を持ったすぐれた警察官には違いない。

夏希はちょっとドキドキしながら訊いてみた。

「ね。今度の非番の日に、横浜かどこかで食事でも行かない？」

「行ってどうするの」

小川の答えは身も蓋《ふた》もなかった。

「どうするって……」

夏希は絶句した。

でも、考えたら、夏希もなんでこんなことを言い出したのかよくわからなかった。少なくともいま一緒にいたかったのは、アリシアと別れたくなかったからだ。

「ま、いいや。あなたに言っても無駄だった。それよりさ、またちょいちょいアリシアに会いたいなぁ」

「事件が起きれば会えるかもね」

「そうじゃなくて。時々、会わせてよ」

「ま、アリシアの気分次第だな。あんたたち仲よくなれたみたいだし」

アリシアは夏希の膝《ひざ》に顔をうずめてうつらうつらしている。

「そうねぇ、わたし犬嫌いだったのにね」

「信じられんな。すっかり馴染《なじ》んでるじゃないか」

「だって、アリシアは生命の恩人だもん」

夏希はアリシアの頭をやさしく撫《な》でた。

アリシアはちょっとだけ顔を上げて黒い瞳《ひとみ》で夏希を見つめると、ふたたび膝に顔をうずめた。

「だから最初から言ったろう。彼女は優秀だって」

「うん、肌身で理解した」

「ま、真田には感謝しているよ。今回の事件のおかげで、アリシアの評価がぐんと上がって正式採用になったんだ」

「ふつう、それ最初に言うでしょ」

夏希の声が大きかったのか、膝のアリシアがビクッと身体を震わせた。

「大きな声出すなよ。アリシアはデリケートなんだ。まだわからないの？」

小川は目を三角にして尖《とが》った声を出した。

「はいはい、ごめんごめん」

（ふつうの結婚にはもっとも向かない男だわな）

目の前の雑木林が西風に揺れて、樹々の白い葉裏がキラキラ光った。

（風のダンスだ）

もうすぐ八月。夏色の風がかろやかに林を通り過ぎていった。

本作品は、書き下ろしです。
本書はフィクションであり、登場する
人物・組織などすべて架空のものです。

脳《のう》科《か》学《がく》捜《そう》査《さ》官《かん》　真《さな》田《だ》夏《なつ》希《き》

鳴《なる》神《かみ》響《きょう》一《いち》

平成29年 12月25日　初版発行
令和6年　8月10日　25版発行

発行者●山下直久

発行●株式会社KADOKAWA
〒102-8177　東京都千代田区富士見2-13-3
電話　0570-002-301（ナビダイヤル）

角川文庫 20696

印刷所●株式会社KADOKAWA
製本所●株式会社KADOKAWA

表紙画●和田三造

ISBN978-4-04-106167-1　C0193

◆◇◇

角川文庫発刊に際して

角川源義

第二次世界大戦の敗北は、軍事力の敗北であった以上に、私たちの若い文化力の敗退であった。私たちの文化が戦争に対して如何に無力であり、単なるあだ花に過ぎなかったかを、私たちは身を以て体験し痛感した。西洋近代文化の摂取にとって、明治以後八十年の歳月は決して短かすぎたとは言えない。にもかかわらず、近代文化の伝統を確立し、自由な批判と柔軟な良識に富む文化層として自らを形成することに私たちは失敗して来た。そしてこれは、各層への文化の普及滲透を任務とする出版人の責任でもあった。

一九四五年以来、私たちは再び振出しに戻り、第一歩から踏み出すことを余儀なくされた。これは大きな不幸ではあるが、反面、これまでの混沌・未熟・歪曲の中にあった我が国の文化に秩序と確たる基礎を齎らすためには絶好の機会でもある。角川書店は、このような祖国の文化的危機にあたり、微力をも顧みず再建の礎石たるべき抱負と決意とをもって出発したが、ここに創立以来の念願を果すべく角川文庫を発刊する。これまで刊行されたあらゆる全集叢書文庫類の長所と短所とを検討し、古今東西の不朽の典籍を、良心的編集のもとに、廉価に、そして書架にふさわしい美本として、多くのひとびとに提供しようとする。しかし私たちは徒らに百科全書的な知識のジレッタントを作ることを目的とせず、あくまで祖国の文化に秩序と再建への道を示し、この文庫を角川書店の栄ある事業として、今後永久に継続発展せしめ、学芸と教養との殿堂として大成せんことを期したい。多くの読書子の愛情ある忠言と支持とによって、この希望と抱負とを完遂せしめられんことを願う。

一九四九年五月三日

角川文庫ベストセラー

角川文庫ベストセラー

天国の罠　堂場瞬一

ジャーナリストの広瀬隆二は、代議士の今井から娘の香奈の行方を捜してほしいと依頼される。彼女の足跡を追ううちに明らかになる男たちの影と、隠された真実とは。警察小説の旗手が描く、社会派サスペンス！

歪　捜査一課・澤村慶司　堂場瞬一

長浦市で発生した2つの殺人事件。無関係かと思われた事件に意外な接点が見つかる。容疑者の男女は高校の同級生で、事件直後に故郷で密会していたのだ。県警捜査一課の澤村は、雪深き東北へ向かうが……。

執着　捜査一課・澤村慶司　堂場瞬一

県警捜査一課から長浦南署への異動が決まった澤村。その赴任署にストーカー被害を訴えていた竹山理彩が、出身地の新潟で焼死体で発見された。澤村は突き動かされるようにひとり新潟へ向かったが……。

ジャングルの儀式　新装版　大沢在昌

ハワイから日本へ来た青年・桐生傀の目的は一つ、父を殺した花木達治への復讐。赤いジャガーを操る美女に導かれ花木を見つけた傀は、権力に守られた真の敵を知り、戦いという名のジャングルに身を投じる！

夏からの長い旅　新装版　大沢在昌

充実した仕事、付き合いたての恋人・久邇子との甘い逢瀬……工業デザイナー・木島の平和な日々は、放火事件を皮切りに、何者かによって壊され始めた。一体誰が、なぜ？　全ての鍵は、1枚の写真にあった。